ジョン・ヘンリ・ニューマン
(1801–1890)
1845年カトリック教会転会，47年司祭叙階，79年枢機卿に任命される（レオ13世），2010年福者に列せられる．

ハイストリート
奥に見えるのは13世紀に建築された大学教会

聖メアリ教会
ジョン・キーブルがオックスフォード運動の嚆矢となる説教「国民の背教」を行ない，ニューマンが主任司祭を務めた大学教会 The University Church of St Mary the Virgin の南ポーチ．チャールズ一世に仕えたニコラス・ストーンの設計になる．そのカトリック，バロック様式はピューリタンの不興を買った．

オックスフォード運動と英文学

野谷啓二　著

開文社出版

はじめに

本書は、一九世紀前半のイングランドで起こったオックスフォード運動を起点として二〇世紀半ばまでの「カトリック文学」を考察する。一六世紀の宗教改革以降、プロテスタンティズム、特にイングランドにおいて国教会の地位を現代においても保つイングランド教会とその文化規範は、国民国家イギリスの創出・維持と不可分となり、英文学の主流作品のバックボーンであった。しかし一八世紀の啓蒙運動は皮肉にも、その「鬼子」とも言うべき中世主義を産み落とす。中世主義という豊かな土壌から、一九世紀半ば以降、カトリックの信仰文化に根差した文学が登場するようになった。イギリスのカトリック・ルネサンスである。

本論考ではまず、オックスフォード運動とはどのようなものであったか、その実相を明らかにすることから始め、運動の中心人物で、最初の「カトリック知識人」となったジョン・ヘンリ・ニューマンの二つの小説と詩を解読し、中世主義の、あるいは反近代主義的エートスをJ・H・ショートハウスの歴史小説、つづいて二〇世紀前半のカトリック知識人を代表するG・K・チェスタトンとヒレア・ベロック両者の処女小説、そして第二次世界大戦後の、カトリック社会を超えて広く一般読者層にも受け入れられたイーヴリン・ウォーの長編小説、さらにアングロ・カトリック詩人T・S・エリオットの佳品の分析を通じて探っていく。

カトリック作家とは、一九世紀後半のカトリック教会復興期の護教的精神を受け継ぎ、教会の反近代主義の立場を擁護し、プロテスタント文化を批判、攻撃することを特色とする文人である。彼らは反近代の諸価値をヨーロッパ中世に見出し、プロテスタント宗教改革を否定的に解釈し直し、彼らの時代の諸問題を解決する処方箋をカトリシズムに求めたと言えよう。カトリシズムの特徴である秘跡が作品の重要な要素として取り込まれる。全体をとおして「カトリック文学」の特質が浮かびあがれば幸いである。

本書で取り上げられる作家たちの作品の魅力はその「十字架イメージ」にある。すなわち、人間的時空という横軸に超自然的なもの（一言で表すなら「愛である神の働き」）の縦軸が交差するその一点（エリオットの言う"The point of intersection of the timeless / With time"であり、究極的には贖いの死と復活に帰結する「受肉」）のドラマを追及するところにある。世俗化の流れに抗した「ニューマンの子供たち」の実像に迫ってみたい。

本書には「イングランド教会」という呼称がかなり頻繁に出てくるが、少しばかり説明を加えておきたい。この用語はthe Church of Englandの訳語であるが、わが国では従来から「英国教会」、「英国国教会」、「イギリス国教会」等の訳語があてられてきた。筆者がそれに従わないのは、そもそもそうした訳語が示すような教会が実体として存在していないためである。問題の核心はEnglandを「英国」と解してよいかという点にある。確かに、日本語の「イギリス」とその漢字表現の「英吉利」は、Englandを意味するポルトガル語から派生したものだが、それが国家としての「イギリス」・「英国」と同義であるかと問われれば、同君連合以前の近世イングランドの時代を別にして、「否《ノー》」と答えざるを得ないだろう。われわれが英国《イギリス》と呼んでいる国家の現在における正式名称は、the United Kingdom of Great Britain and Northern Irelandである。この国家はイングランドを母体にまず一七〇七年のスコットランドとの合同、さらに一八〇一年のアイルランドとの合同によって形成された連合王国である。つまり、英国を構成するのはイングランドだけではなく、ウェールズ、スコットランド、アイルランド（現在では北アイルランド）を含む。The Church of the United Kingdomという教会が歴史的に存在していれば問題ないが、それがない以上、国家としての英国全体に、国教会としての裁治権が及ぶような誤解を与える訳語の使用は、厳に慎まなければならない。Englandすなわち「イギリス」と考えるのはイングランド中心主義である。もちろん「イングランド教会」はイングランドでは依然としてthe Established Churchであり、「イングランド国教会」と訳すことは無理ではないだろう。因みに『英米史辞典』（研究社、二〇〇〇年）は正しく「イングランド国教会」を、岩波書店の『キリスト教辞典』（二〇〇二年）は、問題のある『英国国教会（見出しのみ、項目本文では「英国教会」）』を採用している。

目次

はじめに　iii

第一章　カウンター・カルチャーとしてのオックスフォード運動
　——「カトリック」教会復興による「聖性」の追及——……1

第二章　聖体を保存する教会……33
　——ニューマンの小説『損と得《ロス・アンド・ゲイン》』——

第三章　『カリスタ』に見られるニューマンの教会観……47

第四章　カトリック信者にとっての「死」……73
　——ニューマンの『ゲロンシアスの夢』——

第五章　ショートハウスの『ジョン・イングルサント』にみるハイ・チャーチ信仰……95

第六章　チェスタベロック出現……115
　——『ノッティング・ヒルのナポレオン』と『エマニュエル・バーデン』——

第七章　中世主義者としてのイーヴリン・ウォー……177
　——『名誉の剣』にみられるカトリック信仰——

第八章　カトリック文学とは何か　195
――超自然的世界の言語化――
第九章　神の恩寵の現われとしてのマリア　211
――T・S・エリオットの『マリーナ』――
初出一覧　229
あとがき　231

第一章　カウンター・カルチャーとしてのオックスフォード運動

――「カトリック」教会復興による「聖性」の追及――

一九世紀はじめのイングランドは、一六八八年のいわゆる「名誉」革命によって国是となったプロテスタンティズムによる国教会体制の下で非合法化され、いわば暗闇の存在として蔑みの対象でしかなかったカトリシズムに、ようやく光があたり始める時代である。(1)といっても、この光の光源は、宗教改革を拒絶した「劣等」な人々を英化《アングリサイズ》するという名目で殖民してきたアイルランドが、偉大な「解放者」ダニエル・オコンネルの指導で勝ち取った「カトリック解放」ではない。(2)イングランドには少数のローマ・カトリック信者がレキュザントとして残ってはいたが、「解放」された信者の大部分はアイルランドの人々だったからである。カトリシズムがイングランド文化に定着するのは、むしろカトリック解放という政治決断に続いて、イギリス政府が取ったいくつかの自由主義的な政策によって既得権を奪われることになる保守派の聖職者が、国教会内部の政治的運動として始めたオックスフォード運動が、教会内部の諸派や時代思潮とぶつかり合いながら、内容的に深化する過程で提示する「教会観」が、アングロ・カトリシズムの信仰実践として実を結び始めるからである。イングランドのローマ・カトリック教会は、この運動から、ジョン・ヘンリ・ニューマンをはじめとする有能な知識人の改宗者を迎え入れることになり、信徒の大多数がアイルランド系の労働者であった教会のままでは難しかったと思われる、全体として社会に受け入れられる教会に変貌する素地ができるのである。

オックスフォード大学入学以前に福音主義の信仰に覚醒したニューマンが、イングランド教会の牙城であったオックスフォードで、国教会体制の枠組に留まりながらも、カトリシズムによる教会活性化運動を推進するようになり、ついにはイングランドの規範文化から飛び出ざるを得なくなる、その精神のダイナミックな動きを、ジェフリ・フェイバーは「神学の巡礼」と表現している。(3) 以下、一八四五年のローマ・カトリック教会への改宗まででではあるが、この「巡礼の旅」を共にしながら、オックスフォード運動の意義について考察したい。

一　一八三三年以前のニューマン

大きな歴史的事件が起こるためには、いくつか偶然としか思えないような（信仰者はそれを摂理というだろうが）条件が重ならなければならない。オックスフォードを舞台に起こったウィクリフ（John Wycliffe）とウェスレー（John Wesley）の運動に続く、第三の教会改革運動であるオックスフォード運動が可能となるためには、まず、ニューマンが『アポロギア』で一五歳のときのこととしている、福音主義的宗教体験が不可欠であった。ニューマンに、物質現象の実在を疑い、「唯一絶対の、光輝くばかりに自明である、私自身と私の創造者という二つの存在を信じた」(4) 経験がなければ、オックスフォードでのジョン・キーブル（John Keble）、ハレル・フルード（Hurrell Froude）、エドワード・ピュージィ（Edward Pusey）らとの邂逅もおこらず、「無事に」法曹の道へと進み、父親の銀行事業の失敗で傾いたニューマン家を立派に再興していたかもしれない。福音派の信仰の特徴は、神と「私」との個人的かつ直接的な対面を重視することである。教会も、このような回心体験を持つ人々によってのみ構成される、選ばれた人々の集会である。国教会内部の一派閥としての、それに加えて非国教《ノンコンフォーミスト》の福音派は、一九世紀イングランドに顕在化した奴隷制、労働環境、教育、貧困などの社会問題の解決に尽力し、慈善事業と海外宣教の分野でかなりの成果を収めていた。奴隷制廃止のために努力したウィリアム・ウィルバーフォース（William Wilberforce）を擁したクラパム・セクトの活動が想起される。したがって、ニューマンがロンドンにとどまり、「アングリカニズムの聖都」（"the sacred city of Anglicanism"）(5)と称されたオックスフォードで歴史、特に教会史に触れなければ、社会改革に熱心な福音派のキリスト者となっていたであろう。オックスフォードは、そこに住む者を過去の歴史との生きたつながり、すなわち伝統に敏感にさせる大学市《まち》なのだ。ニューマンは選ばれし者としての自覚的な信仰を福音派と共有しながらも、中世以来一貫して保守的な、歴史と伝統のオックスフォードに登場することになった。

神の存在を確信したのと同時期、ニューマンが神意として「自分の天職」（"calling in life"）は独身で生きるような犠牲を求める」ものと感じたことも見逃せない。彼は生涯独身でとおす召命を感じたのである。(6)『アポロギア』に基づいたこれまでのニューマン像に修正を迫る七〇〇頁を超える大部のニューマン論を著したフランク・ターナーは、証拠はないものの、この自覚を性の目覚めと聖性の欠如とを関連づける、ニューマンのカルヴィニスト的な罪意識に起因するものと推測している。そしてターナーは、後述する、イングランド教会内でカトリック性を追及する事業が破綻するのを防ぐためにニューマンが試みた、リトルモアでの男子修道院的生活による聖性追及の意思こそが、彼の人生でただ一つ一貫している要素であると言う。(7)ニューマンは一八一七年の六月のはじめ、トリニティ・コレッジに入学する。学業の面ではきわめて優秀であったが、学位取得最終試験の成績は極度の緊張のために惨めなものであった。それでも二二年四月にオックスフォードの教育改革をリードしていたオリエル・コレッジのフェローに任命されたのは奇跡的なことであった。ニューマンは任命の日を「彼の人生の転回点であり、最も記憶に残る日」としている。[8]

それもそのはずで、オリエルのフェローにならなければ、翌年、同僚のウィリアム・ジェイムズから教会の正統性と位階制理解には欠かせない「使徒継承」(Apostolical Succession)の概念を聞くことも、[9]後にダブリン大主教となるウェイトリ(Richard Whately)から、反エラストゥス主義の教会観、すなわち国家から独立し、それ自身の特権と権限を備え、神によって設立された自律の可視的存在という教会観について教えられる機会もなかったであろう。[10]オリエルでの知的交流をとおして、ニューマンは「物質的現象が、目には見えない本物の象徴であり、(本物を表わす)手段である」という考えを受け入れるようになる。[11]二五年に司祭に按手され、二八年には大学教会である聖メアリ教会の主任司祭となった。そして三二年の一二月にフルードとともに地中海旅行に出かけ、翌三三年五月にシチリアで重篤な熱病に罹る。この病から奇跡的に回復し、果たさなければならない使命を感じる。ローマで面会した、後にローマ再訪を期待する言葉に応えて口にしたター大司教となるニコラス・ワイズマン(Nicolas Wiseman)の、後にイギリス最初のウェストミンスター大司教となるニコラス・ワイズマン(Nicolas Wiseman)の、ローマ再訪を期待する言葉に応えて口にした「私にはイングランドでしなければならない仕事がある」("I have a work to do in England.")[12]という言葉が、帰国するニューマンの頭に響いていた。

二　オックスフォード運動の発端

オックスフォード運動の始まりはニューマンの見解に従って、キーブルが一八三三年七月一四日に聖メアリ教会で行なった夏季巡回裁判のための礼拝説教「国民の背教」(the Assize Sermon on National Apostasy)とするか、イアン・カーのように、キーブルの説教を受けて、同年七月二五日から二九日までサフォークのハドレーのローズ (Hugh James Rose) のもとに、今後の方針を協議するための集会が持たれたときとするのが一般的であろう。[13] 確かに、ウースターコレッジのパーマー (William Palmer)、キーブルの薫陶を受けたパーシヴァル (Arthur Perceval) とフルードが参加したこの会合こそが、集団としての最初の動きであった。ローズはケンブリッジ大学の出身であるが、ドイツ留学から最新の合理主義聖書学に危機感を抱いて帰国しており、ドイツ教会の問題は信条の軽視と位階制の欠如が原因だという認識を示していた。さらに聖職禄の配分という教会専管事項に、改革と称して国家が介入する事態をすでに憂慮していた人物でもある。

ローズの「ホイッグ党によってイングランドの扉が最も嘆かわしい異端に開かれる」[14]という怒りと焦燥感に火をつけたキーブルの説教の直接契機は、カトリックが大多数を占める植民地のアイルランドに、国教会として存在していたアイルランド教会の、二二主教区のうちの一〇教区を廃止し、その余剰金を貧しい聖職者の補助と教会施設の維持費に充当し、さらに聖職者に納税義務を負わせるという法律が、一八三三年六月に制定されたことである。しかし、このように述べただけでは、ことの重大さを認識することは困難であろう。そこで多少の紙幅を割いて、当時の国教会、特にハイ・チャーチ派の人々が抱いた危機感を説明しなければならない。

国教会体制を揺るがす三つの改革

アイルランドでは一八二九年以来、カトリック信者にも義務づけられていた国教会への一〇分の一税の納付が不払となるケースが増えた。これはこの年にカトリック解放法 (Catholic Emancipation Act) が成立した影響が大きい。"Emancipation"は奴隷解放との類推で使われた用語であり、イングランド人の意識のなかでアイルランド人は黒人奴隷と同列に扱われていたわけである。この解放と前年の審査法《テスト》と自治体法《コーポレーション》の廃止により、庶民院に非国教徒が選出される可能性が開かれた。さらに一八三二年の選挙法の改正は、国教会にあらゆる宗派の人間が関与できるようになったことを意味し、これまで国教会のみにあるとされていた、啓示された真理に対する掌握力を弱める結果を招いた。「確かにイングランド教会は［いぜんとして］唯一の国教会であったが、国内にはこれとは異なる教会の存在が認められ、また議会は世俗化し、事実上イングランド教会の『信徒代表』ではなくなった」(15)のである。国教会保守派の目には、非国教徒の議会進出は「拝金主義」(mammonry)と「民衆政治」(democracy)の勝利、またカトリック信徒の進出はアイルランドの政治状況と結びつけられ、共和制に移行する流れと映った(16)。しかし、彼らが最も深刻な問題として受けとめた変化は、「イングランド教会の一般信徒会議としての議会」(a lay Synod of the Church of England)という長く認められてきた国会の性格が否定されたことであった。

一八世紀前半の主教ホードリ(Benjamin Hoadly)は、福音書は可視的教会の権威を保証していないという説教を行ない、いわゆる「バンゴリアン論争」(Bangorian Controversy)に火をつけ、ホードリを擁護する国王ジョージ一世による一七一七年の「聖職者会議」(Convocation)の閉会を招いた。これ以後は、アングリカン信者の代表のみが集う議会が、聖職者会議を代行する形となっていた。ホードリは、教会は内在する霊的権利を何ら有せず、市民的権利から独立していないという考えに立ち、教会と国家が合同する原理は宗教的真理ではなく功利的利点にあるとする、エラストゥス主義に傾いていた(17)。これに対してハイ・チャーチ派は、教会は内的・霊的独立性を保持するとの立場であり、国家は教会を保護し、援助する畏敬的責務を負っており、教会の方は国家を聖化する使命があると考える。教会が国家に依存するのではなく、教会と国家の相互依存を前提とするわけである。この考えはフッカー（Richard Hooker）の主張する、教会と国家の有機的な結合を基盤にするものである。ところが、議会の性格が一変したことにより、フッカーが両者の結合を正当なものとみなしていた条件が、消滅してしまったとも考えられる事態となった。

三つの自由主義的改革法の成立を受けて施行されたアイルランド教会改革法は、宗教改革以来の教会と国家との関係という問題に対する関心を再び喚起させた。今や非国教徒が含まれるようになった議会と政府によって運営される国家は、教会を保護する義務を怠り、かえって神立の、正当な叙階の継続によって使徒の時代から連綿と継承されてきた主教の霊的権能に介入するばかりである。名誉革命以来、イングランド教会のアイデンティティを構成していた、「ピューリタンの熱狂とローマ・カトリックの迷信、ユニタリアンの反三位一体に対して、知的には賢明で、政治的には安定し、神学的には正統を提供してきた」という自負が崩れ始めた(18)。一言でいえばそれは「信仰告白国家」（“the confessional State”）イングランドの衰退を意味したのである(19)。したがって危機を感じたニューマンが『時局冊子《トラクト》』の第一号で、教会が人間のものではなく神のものだということを保証する「使徒継承」の教義を扱ったのは、まったく自然なことだったのである。

国教会内に改革の動きがまったくなかったわけではない。たとえばヴァン・ミルダート（William Van Mildert）主教が選挙法改正と同年の一八三二年に行なったダラム主教区改革によってダラム大学を設立したことは言及に値する。とはいえ、国教会の対応は遅れたと言わざるを得ない。聖職者の任地における不在と兼職、複雑な既得権が絡み合って生じる所得格差は放置できない状態となっていた。非国教化と教会財産の没収を主張する過激な意見すらも現われていたのである。一八三一年のガイ・フォークス記念日にエクセター主教の人形が焼かれる事件が起こったのは、貴族院で主教たちが選挙法改正法案に反対したことへの民衆の反感の表われであった(20)。ローマ・カトリックの「火薬陰謀事件《ガンパウダー・プロット》」の失敗を祝い、プロテスタンティズム体制を国民全体で毎年確認する重要な祝祭日であるというのに、国教会の主教の人形が焼かれたのである。一般国民と教会との乖離はそれほど大きくなっていた。

国家が一つの信仰を告白し、国民国家と国民教会の一体化を図ろうとするのが近代イングランドの宗教改革だったが、名誉革命体制で、ローマ・カトリックとピューリタン諸派は国教会から締め出され、国民教会としてのイングランド教会の原則だった、できるだけ幅広く信徒を抱え込もうとする「包容主義」が事実上崩壊していた。教会人のうち、特に「ハイ・アンド・ドライ」と言われたハイ・チャーチ派は、一八世紀には、字義どおりに「舟が浜にあげられ」、「時流に遅れた」存在となり、一七世紀のアンドルーズ（Lancelot Andrewes）が代表する霊性も干上がって、のどかに狐狩りを楽しんでいた。そうした彼らの関心が、社会改革の荒波に洗われながらも、何とか既得権を守りたいという現実的なものに終始したとしても不思議ではない。このような伝統的ハイ・チャーチ派は「祈るトーリー党」とし存続してきたが、アメリカとフランスの革命に見られる急進主義の台頭とともに、その反動としてジョージ三世の時代にようやく目を覚ましつつあった。[21] しかし、事実上、国民全体の教会ではなくなっていた国民教会は、一八三〇年にシャルル一〇世による教会復興の動きに反対して起こったフランスの七月革命を目撃し、自らの教会の存立基盤を揺るがす脅威を感じざるを得なくなった。

このような危機的状況からオックスフォード運動が誕生する。『時局冊子』合本第一巻につけられた「内容紹介」（"Advertisement"）が、教会を国家の保護の下に安住させず、聖職者の権威が依拠する真の土台である、「われわれ［聖職者］が使徒継承の存在だという」事実を自覚するように求めるのは、教会を取り巻く環境が悪化し、歴史的な正統性に活路を見出す方法しか残されていなかったからなのである。それは結果的に、カトリック性をイングランド教会に回復させる事業になった。オックスフォード運動は、一八三〇年代のイングランドが、アメリカとフランスの状況、今や鬼子と化したアイルランドの問題、そして国内の、名実ともに破綻しつつあった名誉革命体制の原理的矛盾に対応するために実行した「社会改革政策に対するオックスフォードの保守主義《トーリイズム》の反逆」であったのである。(22)

三　オックスフォード運動の展開

ニューマンは運動を推進させるための媒体を"Tracts for the Times"(『時局冊子』)と名づけたが、それはアングリカンの主流文化から見れば、実質"Tracts against the Times"と呼ぶべき、時代の潮流に逆行する主張を展開するものであった。その第一号は同僚の聖職者に宛てられ、彼らを「心地よい隠遁」("pleasant retreats")から引き出すために書かれた。「教会の危機を認識して、立ち上がれ」。「政府と国が神を忘れて教会を投げ捨て、教会から名誉と財産を奪うなら、あなたがたはどのようにして教区民の尊敬と注目を求めるつもりか」。「非国教徒の苦難を見よ」。「教導者が一般信徒に導かれる以上に大きな悪があるだろうか」。「世を導くことこそがわたしたちの使命なのに」。こうした言葉には、オックスフォード運動の一つの本質が浮き彫りにされている。この運動はいい意味での聖職者主義《クレリカリズム》なのである。ニューマンは同僚聖職者に向かって訴える。イエス・キリストが使徒たちに聖霊を送り、使徒たちは後継者として主教を按手し、聖なる恵を伝えた。その主教の補助者、代理として立てられたのが、一般聖職者なのではないか。わたしたちは「わたしたちを司祭に叙任した主教をとおして聖霊を受け、秘跡執行の権能を受けたのだ」。「あなたがたのなかにある、この神の恵みを掻き立てよ」。

第二号では、「国家が教会の権利と財産に干渉するとき」は、聖職者が政治的にならなければならない、と主張される。「わたしたちは国家によって作られた存在なのだろうか」と問いかけ、聖職者の特別の地位を訴える。最重要の教義として「使徒によって設立され、主教、司祭、執事の職を備えた普遍の可視的教会」が提示される。「イングランド教会における使徒継承について」（“On the Apostolical Succession in the English Church”）と題された第一五号では、イングランドの宗教改革は、まったく「新しい教会」を設立したのではない。そうではなくて、「初代教会の権利と真の教義が主張され、確立されたのだ」という、イングランド教会のカトリック性を主張する見解が披瀝される。宗教改革は改革以前のカトリック教会とのつながりを断絶するものではないないのだ。(23)

オックスフォード運動の核心には、イングランド教会のアイデンティティに関するアングロ・カトリシズム独特の理解がある。それは矛盾するようではあるが、プロテスタント教会であるイングランド教会は、真のカトリック教会であるという考えである。イングランド教会は宗教改革によって、キリストの普遍の、可視的教会から分裂したのではなく、ただその腐敗した支部の一つであったローマ・カトリック教会と袂を分ったにすぎない。したがって使徒継承《アポストリシティ》と普遍性《カソリシティ》を保持しているというのである。こうした教会観は、ニューマンが初代教会の、特にギリシア教父の文献に親しんだことで補強された。(24)ニューマンが教父神学から獲得したのは、「可視的教会はキリスト教信仰の本質であり、真のカトリシズムの原理である。それをプロテスタントは否定し、ローマ・カトリックはゆがめた」という確信であった。ニューマンは、一つの可視的教会はギリシア、ローマ、アングリカンの三つに枝分かれしたのであり、「啓示された真理は枝分かれ以前の初代教会の教え、聖書と教父の残した文書のなかに、完全な形で見出される」と考える。(25)

このいわゆる「枝分かれ論」の解釈は、モードリン・コレッジのパーマー（William Palmer）が展開したものであるが、枝分かれした各教会の本質は同一であり、ただ「存在する場所という外面的な偶然」だけが異なる。[26] 一九世紀半ばにイングランドに司教座が置かれ正式に復興されることになるローマ・カトリック教会は、むしろイングランドの宗教改革以前の教会とは無関係の「新しい」教会だという主張も、こうした理論の延長線から出てくる。アングロ・カトリックの立場からすれば、ローマ・カトリック教会は「使徒伝承」から逸脱しており、他方、ローマ・カトリック教会側からは、アングリカン教会は「普遍性」を欠いていると批判された。これら二つの要素の両立が真の教会を構成するのだが、[27] この問題意識をニューマンは早期に自己のなかに取り込んだのであり、一八三九年の夏以後、彼を本格的に悩ますことになる。[28]

ニューマンの危機意識は、伝統的ハイ・チャーチ派の聖職者の無知によって増幅された。彼は「何もしないでただ途方に暮れる」(“do-nothing perplexity”)教会に怒りと軽蔑を感じていた。トマス・アーノルド(Thomas Arnold)は国教会にユダヤ人、ローマ・カトリック、クエーカー以外の信者をすべて入れよ、と主張していた。これは崩壊した国教会の国民教会としての実質を、包容性を可能な限り高めて回復させようという試みと理解できよう。これに反して、ニューマンの立場は教義《ドグマ》を根幹に据えた戦闘的なものである。彼は「リベラリズムを反教義の原則」と捉え、「教義こそが自分の信仰の根本原理」だとする。リベラリズムと闘うことは、彼の変わらぬ姿勢だと言う。[29] そしてニューマンは聖書、初代教会、そしてアングリカン教会の教義と考える「可視的教会は目に見えない神の恩恵を人間に伝える媒体である秘跡と典礼を備えている」という重要な教会理解に到達する。[30] 神が創設し、歴史のなかに存在する可視的教会という教会観の受容は、『時局冊子』発行の目的である「教義の復興」の中心課題となる。ニューマンは、教会を救うためには国教会よりも偉大な原理に立ち返るほかはないと考えた。この原理への回帰運動こそが「第二の宗教改革」となるべきオックスフォード運動なのであった。[31] それは「普遍にして使徒の教会」というキリスト教会の根源的なアイデンティティを再確認することであった。

伝統的ハイ・チャーチ派からの脱皮

イングランド教会の使徒継承性を意識していたのは、フルードの認識では、ジェイムズ一世から宣誓拒否者（Nonjurors）までの神学者たちであった。その後は超自然的な信仰理解の衰退とともに忘れ去られた。しかし、今までのオックスフォード運動の理解に修正を迫る研究書を著したノックルズは、この議論は一世紀半の「暗黒時代」（"tunnel period"）の後に、自分たちの輝きの時代が始まるという印象を与えたいトラクタリアンたちの戦略だと言う。[32] すなわち彼らは、一世紀半ものあいだ埋もれていた使徒継承という宝を掘り起こしたのはわれわれだ、というレトリックを展開したというわけである。ただ、ノックルズが論証するように、連続性が認められるにしても、ハノーヴァー朝の古いタイプのハイ・チャーチ派とオックスフォード運動の推進者たちとの間には、確かな差異があったことは否定できないだろう。

オックスフォード運動以前の典型的教会人像は、「温和で品行方正ではあるが、その天職の重大さには間違いなく気づいていない」[33]というものであった。前述した「ハイ・アンド・ドライ」とは、伝統的なハイ・チャーチ派の教会人の性格を言い当てた表現であり、チャーチ（R W. Church）によれば、「宗教的感情に欠け、現世的で、形式的で、非福音的で、独善的」な人物である。また、「最善でもたんなる道徳を教える者で、最悪の場合は世俗世界の同盟者・奉仕者」として断罪されても仕方のないような存在であった。[34] このような聖職者の変質は名誉革命体制確立の際に、ウィリアム三世に臣従を拒否したカンタベリー大主教サンクロフト（William Sancroft）やバース・ウェルズ主教ケン（Thomas Ken）の国教会からの離脱によって、一七世紀のロードやアンドルーズの伝統が消滅したためであろうし、[35] より大きな要因としては、一八世紀の啓蒙主義によって宗教の合理化が進んだためであろう。

伝統的ハイ・チャーチ派の特徴は、君主制を聖なるものとして尊重する。そのためチャールズ一世が議会派ピューリタンに処刑された一月三〇日の殉教記念日と、五月二九日の王政回復記念日は、教会祝日として祝われた[36]。因みにニューマンも一月三〇日を祝日としていた。こうした政治的意味合いから、一八二〇年代においても、「王様殺し《レジサイド》の末裔」という表現は、プロテスタントの非国教徒の信用を傷つける道具として使うことができた[37]。

聖書の権威か教会の権威かという問題は、プロテスタントとカトリックを分ける重要な論点であるが、ハイ・チャーチ派は、「聖書は救済に必要なすべての事柄を載せている」という「三九箇条」[38]の第六条の見解には反対しないが、聖書の適切な理解のためには初代教会の伝承に照らされなければならないと考え、教会会議の文書、教父の著作も尊重する[39]。聖書が救済に必要なものをすべて含んでいるという主張は、カトリック的な意味での教会が必要ではないということを含意する。なぜならカトリックにおいては、救済は教会の秘跡をとおして個人にもたらされるものだからである。カトリックが秘跡と認める告解は、伝統的なハイ・チャーチ派は認めなかったが、トラクタリアンたちは積極的に評価した。「告解は小教区司牧の命である」とニューマンは記している[40]。告解が必要となるのは、「洗礼による再生」の教義を認める以上、洗礼後の罪を赦す権能とシステムが必要となるためである。福音派の信仰では、キリストの贖いに対する信仰が信者の行為に優先する。一八世紀後半以降の福音派の信仰はキリストの贖いを中心に据えたものであり、彼らはハイ・チャーチ派とは異なり、洗礼による再生を認めない[41]。

伝統的ハイ・チャーチ派との相違を示すもう一つの展開は、ハノーヴァー朝では衰退していた初代教会尊重の気持が[42]、ニューマンの教父学への関心の深まりによって高められたことである。彼の関心は、チャールズ一世時代のアングリカン神学者を経由したものではなく、一八一六年にミルナー（Joseph Milner）の教会史を読んだことから始まる。[43] ニューマンをはじめとするトラクタリアンたちは、初代教会を最終絶対的な判断基準とするのに対して、伝統的ハイ・チャーチ派は、「教会は初代教会の奴隷ではない」という立場を維持した。[44] 彼らは初代教会支持と宗教改革者を支持することに分裂を感じなかったのである。

ノックルズによると、ニューマンの *Via Media* が刊行された一八三七年は、伝統的ハイ・チャーチ派とトラクタリアンたちの共闘が終了する年であり、以後両者の対立が深まっていくことになる。[45] オックスフォード運動批判の根拠はそれが「本質的にイギリス的ではない」(“essentially un-Anglican”)[46]、すなわち「ローマ・カトリックだ」ということであった。体制内でカトリック性をナショナル・アイデンティティと衝突させることなく打ち立てようとすると、必ず危険水位を超える時が来るのである。伝統的ハイ・チャーチ派とトラクタリアンとの関係は、「保護者」(patron) と「被保護者」(client) という関係にあった。[47] フルードの『遺稿集』(*Remains*) が宗教改革否定の精神と極端な禁欲主義のために両者を断絶させ、ニューマン自身の『時局冊子』九〇号が両者の関係を修復不能にする時が迫っていた。

ニューマンの近代精神との闘い

ニューマンは一八三一年一一月の「大学説教」の第四講「理性の簒奪」(“The Usurpations of Reason”) において、理性の不当な権力奪取の淵源を宗教改革に見出し、近代の宿痾である理性中心主義を批判している。[48] 近代国家イングランドが、その創成期に行なったヘンリ八世の暴虐行為によって、教会の正当な権威と、その権威の礎であった道徳的感覚は打ち倒され、啓示宗教はその立証を奪われてしまった。というのも、教会こそが啓示の存在を外的に示す証拠であり、その内的な証拠は道徳的感覚によって供給されてきたものだからである。

この理性中心主義こそが「リベラリズム」を生み落とし、ニューマンの生きる一九世紀に至って正統信仰を脅かすようになる。ニューマンは理性の不当な簒奪から教会信仰を護り、教会を本来の権威ある地位に復位させる使命を自覚する。ニューマンの根源的関心は「啓示宗教にあり、それが［彼を］イングランド教会の再活性化と超自然化のための運動の指導者にし、ついにはローマ・カトリック教会へと向かわせたのだ」。「ニューマンの生涯は啓示宗教の復興に捧げられた[49]」。ニューマンが攻撃の対象としたのは、「合理主義、すなわち、宗教的事項に関して個人の判断と主体性を行使すること」であった[50]。彼は合理主義の流れのなかで、教会の権威、教導権が相対的に減少することに危険を感じたのである。リベラリズムとはその時どきの時代精神によってキリスト教を再構築しようとする試みであり、その過程であらゆる哲学的、あるいは神学的信条とも原則的には融合できるとする。キリスト教を一つの実存的姿勢とみなすニューマンは、こうしたリベラリズムを拒否するに至った。ニューマンにとって、キリスト教は超自然的な啓示であり、「それが出会う世界観を批判する権利と義務を有する」のである[51]。

教会の権威という場合に、それと個人の自由との関係という問題が生じる。カーが指摘するように、啓蒙主義以降、「個人が伝統と共同体から切り離された形で真理を追求すること」に正当性が与えられるようになるが、ニューマンにとって「自由は制限を求める」ものなのである。無秩序に堕し、結局、それ自身を破壊することになる無制限の自由は容認することはできない[52]。信仰とは「客観的な真理」を保存し、「個人の精神の外に存在している、宗教システムに自己を投じること」なのである[53]。

ニューマンがプロテスタンティズムから脱皮していくのも、それが「究極的には主観的で心理主義的な虚無主義に向かう[54]」からである。主観的な精神状況を宗教的従順に代用する感情の崇拝、「心の聖化」といってもよい状態を作り出す、宗教を解体して感情にする「シェリー主義[55]」が批判されるのである。可視的教会の権威から離脱すれば、神を想うのではなく、自己を観想することになってしまうというわけである。福音派信仰に対するニューマンの不満は、つぎのようにまとめることができるだろう。福音派は、福音の厳格な側面を見失い、ただ慈善心に満ち、親切であることで十分と考えるようになった。つまり、人間的な地平で満足するようになり、罪を深く呪詛することもなく、聖なる普遍の教会に対する忠誠心も持たず、また人間の精神の外に存在する宗教権威に対する感覚も喪失してしまった。「彼らは彼らの創造主である神の代わりに自分たちを観想の対象にし、結局は、彼ら自身を褒め上げることになる」[56]。

とはいえ、オックスフォード運動には福音派の信仰復興運動との共通点があったことも確かである。オーウェン・チャドウィックは、感情を恐れないことをニューマン、ピュージィに教えたのは福音派だと述べている[57]。彼らは「ハイ・アンド・ドライ」のハイ・チャーチ派には満足できなかったのだから、宗教感情を重視する点では福音派に同調できた。ただ、福音派が主観的な宗教感情を真理の審判とする傾向には賛成できなかったのである[58]。トラクタリアンと福音派はともに聖性を求めた。実際、オックスフォード運動を福音派の信仰復興運動の継続とみなす見解も否定できない。彼らは一八三〇年代に「教会伝統」と「義認」の問題をめぐって激しく対立するが、聖性を追及する価値の認識という点では同意できた。ただ「個人の回心」(individual conversion)と「教会共同体の聖性」(corporate holiness)という異なった形態を取ったのである[59]。

オックスフォード運動の文化的背景

オックスフォード運動の文化的背景も考慮しなければならない。オックスフォード大学という知的な場で起こった運動は、当然のように、一九世紀のヨーロッパを覆ったロマン主義の知的状況から出発し、過去、歴史に対する強い関心を抱いていた。[60] 特に近代の始まる宗教改革以前の中世への関心の高まりは、ニューマン自身が述べているように、イギリスではウォルター・スコット（Walter Scott）の文学の影響が大きい。スコットは人々の関心を中世に向け、人々の精神的渇きを癒すヴィジョンを提供したのである。[61] それは思想史的には、一八世紀の啓蒙主義への反動であり、前述したように、理性中心主義への反動でもあった。「霊的渇きの霊的覚醒」（"the spiritual awakening of spiritual wants"）[62] であるオックスフォード運動は、詩的なるもの、美的なるものに対して深い関心を抱いていた。[63] それは「ハイ・アンド・ドライ」に詩の精神を吹き込んだのだ。実際キーブルとニューマンは詩人でもあった。[64] トラクタリアンたちの功績は神学、特にキリスト教のドグマに詩的熱情を吹き込んだことである。

オックスフォード運動批判

オックスフォード運動が目指した「第二の宗教改革」とは、遅れてやってきたカトリシズムによるイングランド教会の改革と表現できよう。ニューマンの認識によれば、一七世紀のピューリタンはイングランド教会に残ったローマ・カトリックの残滓を浄化しようとしたのだが、一六世紀の宗教改革者が元来意図した以上のプロテスタント化が進んでしまったのである。したがって「第二の宗教改革」とは、イングランド教会本来のカトリック性を回復させることを意味した。[65] 具体的には宗教改革以前の信心業、断食、悔悛、独身制、修道院といったものを回復させることであった。[66] イングランド教会の行き過ぎたプロテスタント化を是正するためにカトリシズムの信仰理解を導入しようとすれば、必然的に聖職の役割を高く評価することとなる。反対派の目には、それが過激な聖職者主義の反動と映った。[67] しかし、使徒継承の教義によって、キリストから秘跡を執行する権能を預託されているのは、叙階された教会聖職者以外に存在しないのであるから、一般信者とははっきり区別される。聖職者は一般信者よりも責任が重いのであり、こうした聖職理解から、オックスフォード運動の一つの特徴である、断食など禁欲主義的な苦行による聖性の追及が行なわれた。伝統的なハイ・チャーチ派とも、また、主に社会福祉活動の面で活躍した福音派とも異なるトラクタリアンたちの運動は、その道徳的力と宗教的活力によって、三〇年代のオックスフォードの若者の心を掴んだのである。(68)

こうしたカトリック信仰による国教会の内部改革は、当初より、ローマ・カトリック教会の教えを広めていると見られた。(69)ニューマンは「国教会内部で、敵対する教会の仕事をしている」(70)。「宗教改革者の椅子に座って宗教改革を中傷する輩」(71)だと批判された。国是であるプロテスタント体制の内側に留まりながら一般にローマ・カトリック的であると思われるものに価値を見出す行為は、常にイングランドのナショナル・アイデンティティを刺激し、それと衝突する結果を招くのである。しかし、アングリカン時代のニューマンは、ローマ・カトリック教会に対して不満を感じていたことを忘れてはならない。彼はあくまで中道《ヴィア・メディア》の「真のカトリック教会」を求めていたのである。当時の彼が見出していたローマ・カトリック教会の欠陥は、ミサにおける実体変化の教義、ぶどう酒(御血)を一般信者に与えないこと(両形色ではなくパンのみの聖体拝領)、義務としての告解、贖宥、煉獄、聖人崇敬、御像など、信仰生活の具体的実践にかかわることであった。(72)

四　オックスフォード運動の終わりの始まり

ニューマンはキーブルとともにフルードの『遺稿集』を一八三八年に出版した。(73)収載された日記には、フルードが実践してきた祈りと断食と厳しい自己修練が書かれており、福音派からは「愚かというより、まったくの異端」と受け取られ、ハイ・チャーチ派にとっては「躓きの石」となった[74]。オックスフォード運動初期においては、反リベラリズム、そして反福音派という「政治」的な闘争で、伝統的なハイ・チャーチ派といわば過激派のハイ・チャーチ、すなわちトラクタリアンたちは結束できた。しかし『遺稿集』は両者の溝を深め、分裂が避けられなくなった。アングリカニズムの枠組でオックスフォード運動を進めることは徐々に困難となる。「カトリック性」（Catholicity）と「唾棄すべきローマ・カトリック教会」（Popery）とを区別しようという試みは、所詮は詭弁であると批判されるようになった。『遺稿集』が描き出すフルード像はプロテスタントのイングランドに大変な騒動を巻き起こし、オックスフォード運動の反対勢力を硬化させた[75]。ニューマンの元学生であり、ことごとく彼に敵対するようになった「ゴリー」こと、ゴライトリー（Charles Golightly）のオックスフォード殉教者像の建立提案も、この出版が刺激したものであった[76]。ローマ・カトリック教会に復帰したメアリ女王時代の一五五五年にオックスフォードで火刑に処されたクランマー（Thomas Cranmer）、ラティマー（Hugh Latimer）、リドリ（Nicolas Ridley）の殉教を記念する像のために寄付を募り、それに賛同するかどうかによって、プロテスタントであるべきイングランド教会への忠誠を試す踏絵にしようと計画したわけである[77]。しかし他方では、フルードはトラクタリアンの「殉教者」、「聖人」となり、『遺稿集』は反近代主義の聖なるテクストとして扱われたという指摘もある[78]。

一八四一年は、ニューマンの浩瀚な伝記を書いたカーの言葉を借りれば「運命の年」（“a fatal year”）となる[79]。この年の二月二七日に発行された『時局冊子』九〇号の執筆意図は、ローマに心惹かれている人々、特にオックスフォード運動の第二世代を構成するニューマンの若い友人たちが、国教制度の制約上、署名しなければならない「三九箇条」で躓いて、ローマ・カトリック教会へと向かわせないために、つまり、イングランド教会の宗教条項がカトリック的解釈を許容するものであり、カトリック教会に共鳴する者であっても良心の呵責を感じることなく署名できることを立証することによって、改宗を思い止まらせることであった。[80]要するに、体制内にカトリック教会を復興するというオックスフォード運動の原理が進展・深化するにつれて、カトリック性を国民文化と矛盾なく表現する、ローマの教会そのものに惹かれる第二世代を誕生させる結果となり、そのために、ローマへの流出を食い止めて運動の破綻を防止する必要がでてきたわけである。ニューマンはまず、エリザベス時代にローマ・カトリック教会の信徒をも取り込む目的で編纂された「三九箇条」の歴史的性格からして、それがカトリック的解釈を全面的に阻むものではないと考えた。またイングランド教会はそもそもカトリック教会なのだから、カトリック的解釈が可能なはずなのであった。[81]しかしながら「三九箇条」を、国教会の性格を規定し、プロテスタント信仰を護る防塁とみなしてきた伝統的教会人にとって、ニューマンの論説は極めて大きな衝撃を与えるものであったのである。

後年のニューマンは『アポロギア』で、ローマ・カトリック教会の教義を内容面から三つに分類している。まず（1）初代教会の普遍的《カトリック》な教え、つぎに（2）その後の教会会議、特にトリエント公会議の教令に凝縮されたローマ・カトリック教会の公式教義、そして最後に（3）ローマ・カトリック教会によって認可され、現実に行なわれている民衆の信仰と慣習である。これらのうちで、ニューマンは（3）を主要な誤謬とする。プロテスタントの信者は、「三九箇条」は（1）（2）（3）のすべてを糾弾すると解釈しているが、ニューマンによると（1）はまったく問題とされておらず、排棄されているのはあくまで（3）なのである。そして（2）は、そのすべてではなく、いくつかの部分が非難されていると解釈する。したがって重要なのは、「三九箇条」が許容していることと忌避していることを的確に線引きすることになる。九〇号の目的は、「三九箇条」がローマ・カトリック教会の方向に、どれほど弾性があるかを示すことでもあった。[82]

九〇号の皮肉は、位階制によってカトリック教会としての権威の完全な復興を望み、したがって教会に自由な信仰解釈が溢れることに同意できなかったニューマンが、カトリシズムへの防波堤として制定された色彩の強い歴史的文書である「三九箇条」のカトリック的解釈を主張したために、イングランド教会が多様性を許容するリベラルな教会に、包容力に富む教会に変貌することを要求することになってしまったことである[83]。九〇号は主教たちの批判を含め相当な非難を呼び起こし、結局、トラクト運動とも呼ばれるオックスフォード運動の重要なメディアであった『時局冊子』を廃刊しなければならない事態となった。

国教会内部とオックスフォード大学内での立場を悪化させたニューマンをさらにローマ・カトリック教会へと追い詰める事件が起きる。一八四一年の一〇月、エルサレムにプロイセンのルター派教会と合同の主教区が創設されたのだ。この主教区はキリスト単性論がいまだに残るシリア、カルデア、エジプト、エチオピアの信者の司牧と布教のために設立され、主教は両教会から交代で選ばれることになった[84]。プロイセンでは国王の側に主教制導入のねらいがあった。この合同は、教父学研究をするニューマンに、イングランド教会のカトリック性について疑義を抱かせることになった。イングランドではオックスフォード運動による教会のカトリック化に反感を覚える福音派の信者、そしてトマス・アーノルドのようなリベラル派には受け入れられたが、ニューマンは当然反対し、カンタベリー大主教ハウリー(William Howley)とオックスフォード主教バゴット(Richard Bagot)に、「ルター派とカルヴィニズムは異端である」と断言し、そうした人々と共に合同教会を組織することはできないという趣旨の抗議文を送付した[85]。カトリック教会であるイングランド教会が、位階制度を認めないプロテスタント教会と合同するということは、とうてい受け入れられるものではなかったのである。これはニューマンに「大主教はわれわれを非教会化するために万全を期している」[86]。「まもなく教会ではなくなるという疑惑ではなく、一六世紀以来、すでに教会ではなくなっていたのではないか」[87]と思わせる事件となった。「これが私を終わりの始まりに導いた」[88]。「私はアングリカン教会員としての死の床に横たわっていた」[89]。

修道院的共同体とカウンター・カルチャー

オックスフォードから距離を取るようになったニューマンは、近郊の小村リトルモアの教会近くに、中世にカトリックの信仰を体現した修道院に似た共同体を設立する。信心と悔悛の感情の捌け口を求めている若い世代をイングランド教会に留めておく唯一の手段は、修道院的組織以外にはないとの結論に達したからである[90]。'Credo in unum Deum'「私は唯一の神を信じる」という信条をもじった'Credo in Newmannum'をモットーにニューマンに従う第二世代は、ニューマンの理念を押し進め、結局は、彼を追い越す形で先にローマ・カトリック教会へと向かい、ついにはニューマン自身もローマに追いやることになる[91]。前述したように、まったく皮肉なことながら、オックスフォード運動が進展すると、原理的にローマに向かう危険性が増すのである。イングランド教会が充足させられない願望がどうしても生まれることになるのだ[92]。イングランド教会内でカトリック性を維持することがますます困難となったニューマンらは、教会権力から離れた所で、カトリック的な信心を実践する[93]。ターナーは反エラストゥス主義ではなく、禁欲主義がトラクタリアンの本質であるとみなしているが[94]、これがニューマンを核とする共住生活の中心を占めた。フルードの『遺稿集』の序文に述べられているように、トラクタリアンの宗教改革否定の論拠は、「改革」が四世紀の教会の禁欲的信心行を反故にした点にあった[95]。

ターナーは、ニューマンの修道院的共同体に対する強い思い入れを、彼の人格形成との関係で説明しようとする。彼は自己の宗教的見解の発展を告白しているはずの『アポロギア』を、彼が設立した在俗司祭の共同体、バーミンガム・オラトリの家族愛への賛辞で締めくくっていることには、特別な意味があると考える[96]。

確かに、ニューマンは家庭内で、無信仰となった弟チャールズと、国教会を棄てプリマス・ブレスレンの信仰に入ったもう一人の弟フランシスとの緊張した関係のために、理想の兄弟関係を実現することはできなかった。また学寮長のホーキンズ（Edward Hawkins）が、ニューマンが学生を指導することを停止したために、オリエル・コレッジのチューターとしても理想の師弟関係を継続的には築けなかった。バーミンガムでは、自身を神にささげた男たちだけの人間愛が、ニューマンへの忠誠心で強められた。それは修道女の告解を聞くかどうかの問題でフレデリック・フェイバー（Frederic Faber）のロンドン・オラトリと対立した際にも揺るがなかった。『アポロギア』の締めくくりの言葉は、理想の信頼関係が一つの協働空間でようやく実現されているというニューマンの実感の表明なのだろう。ターナーは、成熟した大人の、互いに独立した人格の認識に基づいた人間関係が結べず、兄のようにしか他人に接することができないニューマンの姿を読み取っている。[97]ただし、リトルモアは改宗後に設立されたオラトリオ会とは異なり、過渡期的な共同体である。事実、ニューマンとの約束を破り、つぎつぎにローマ・カトリック教会へと向かう者が出たのであった。

リトルモアは、オックスフォードに近接する小村で、ニューマンの信仰上の立場を象徴するかのように、愛するオックスフォードと外界の境界上にある。イングランド教会内での修道院的共同体の例としては、一七世紀のニコラス・フェラー（Nicholas Ferrar）のリトル・ギディング共同体がある。リトルモアの範となったのは、聖書協会や伝道協会の場合とは異なり、ヴィクトリア時代の能率優先のビジネス世界ではなく、スコット、カーライル（Thomas Carlyle）、ピュージン（Augustus Welby Pugin）らが、都市の産業文化に対抗して打ち出した中世的価値観であった。さらに修道院的生活は、単に反近代的な宗教生活実践であっただけではなく、ヴィクトリア時代の家庭中心の価値体系に対する挑戦でもあった。この意味で、オックスフォード運動の信仰にはカウンター・カルチャー運動としての文化史上の意義がある。オックスフォード運動が批判された一つの理由は、「ヴィクトリア時代の中産階級の文化規範を侮辱するもの」と映ったからであった。[98] アングロ・カトリシズムは「たくましい男性的なキリスト教」("muscular Christianity")に代わる選択肢を提供した。[99] 福音派の聖性追及の場は家庭にある。ヴィクトリア時代の道徳規範は、男女が互いに愛し合い、結婚して家庭を築き、子供が生れ、子孫に信仰を伝えるという家庭中心主義であった。[100] ニューマンのリトルモアにおける中世的な修道院的共同体は、この宗教文化規範にアンチテーゼを突きつけるものだったのである。リトルモアは、政府の補助金問題でゆれるアイルランドのカトリック神学校 Maynooth にちなんで "Newmaynooth" と揶揄され、[101]「カトリック野郎の巣窟」("a nest of Papists")と攻撃されたのであった。[102]

オックスフォード運動とは結局、何であったか。近代国家の世俗化と教会権利に対する国家の介入への抗議という反エラストゥス主義的な政治運動として始まり、イングランド教会を使徒継承の原理によって活性化させ、過度のプロテスタンティズムをカトリックの教会論で是正すること、これがニューマンの意図したことであった。彼は初代教会に規範を求め、カトリックの中道教会という理想を構築しようとしたが、結局は、トリエント公会議以後のローマ・カトリック教会を受け入れた。一八四五年にニューマンをはじめとするカトリック教会への転会者を出したことで、彼が企図した第二の宗教改革としての運動は失敗に終わったと言えよう。しかし、カトリックの教会観を内面化する過程で、秘跡中心主義に基づく信仰理解から聖体と告解を高く評価し、カトリック的な信心、禁欲主義、修道院的生活を実践する新しいタイプの教会派閥を生み出した。ニューマンと同様にアングリカンからの改宗者である文化史家のクリストファー・ドーソン

(Christopher Dawson) によるオックスフォード運動の総括は、最も簡潔に要点を押さえたものである。「運動の本質は反近代主義である」。それは「リベラリズムに対しては権威と伝統、合理主義と自然主義に対しては超自然主義」を立てて闘う運動であった。[103]

五　ニューマンのオックスフォード運動が現代に示唆するもの

最後に、オックスフォード運動を推進したニューマンが現代に与える示唆について考えてみたい。彼の活動は、徹底して反近代的で反自然主義的な性格のものであり、世俗化した国家の一機関に成り下がった教会を使徒継承の教義を柱に、教会の超自然的な実体を回復させようとする復古運動であった。一九世紀という進歩と改革の時代に「逆行」する教会保守派による、アジョルナメント否定の刷新運動であったと言えよう。二一世紀のわれわれはアジョルナメントを肯定する刷新運動以後の時代に生きている。ワトキン (E. I. Watkin) は『カトリック的中心』に収められた"Come in or Go out"というエッセイで、二〇世紀の物質主義的な環境と世俗主義文化のなかで、教会を去って行く人々の問題を扱っている。彼が主張する対処法は、カトリック的中心へと沈潜することである。[104] カトリック信仰の真髄に沈潜することである。そのためには十分な信仰の知的理解が必要である。ニューマンが行なったように、教会が保存してきた教義を肉化する作業を行なう必要があるであろう。ワトキンの忠告とニューマンが最重要なものとして提示して見せたカトリック教会観とを重ね合わせると、秘跡に――キリストが制定し、使徒継承の権能を受け継ぐ司祭だけが執行可能で、それに与る者に神の恩恵を与える――そうした秘跡に集う神秘体である可視的教会が、カトリック信仰の中心に見えてくるのではないだろうか。教会は、キリストが立てたものであり、聖霊が働く媒介であり、秘跡を執行する権能を保存する。このような教会理解は現代社会においても有効性を失っていないのはもちろんのことであるが、社会的責任を自覚し、外に出て行こうとする教会や、教会原理の根本的違いを文化的差異へと還元し、相対主義に陥る教会が、ややもすると忘れがちになる信仰の神秘《ミステリ》なのである。

註

（1）一九世紀前半にオックスフォード運動が国教会という体制派教会内で起こした「カトリック復興」の意義を十分に理解するためには、ローマ・カトリック教会がイングランドにおいて歴史的にどのようなものとしてイメージされてきたか、それがいかに「国体」に逆らうものであり、時代の精神に反逆するものとされてきたかを知らねばならない。イングランド人にとってカトリシズムとは、宗教改革によって回復された真のキリスト教とは正反対のものであり、文化的にも非イングランド的なもの、異質性が具現化したものであった。カトリック信仰のイメージは、まったく時代遅れの誤った迷信宗教であり、神の加護により世界帝国に成長し、神から文明を世界に浸透させる使命を課されたイギリスの進歩的歴史観と国民意識に、昂然とはむかう宗教なのであった。カトリックのスペインとフランスと競い合うなかで、国家としての偉大さが自覚されるのは、ローマ・カトリック教会と袂を分った後のことであったこともカトリック蔑視に寄与した。G・K・チェスタトンもカトリック解放百周年記念エッセイ集に寄稿した文章で、「プロテスタントはカトリックよりも優れているという確信」に裏打ちされ、国家宗教として資本主義社会に根を下し、ますます富裕になる専門知識人と商業従事者の、「正常な」市民の宗教となったと述べている。*Cf. Catholic Emancipation 1829 to 1929 Essays by Various Writers*（Longmans, Green and Co., 1929, p. 270.）国民的、文化的アイデンティティが不可避的にプロテスタントの国民教会と結びついているイングランドにおいて、カトリシズムは「社会的荒地」（Frank M. Turner, *John Henry Newman: the Challenge to Evangelical Religion*. New Haven: Yale University Press, 2002, p. 407.）なのであり、そのため「一九世紀半ばのイングランドでカトリック信徒となることは、二〇世紀半ばに共産主義者となる以上に重大な社会的結果を伴うことであった」（C. S. Dessain, *John Henry Newman*. 3rd ed. Oxford University Press, 1980, p. 79.）のである。したがって一般の目には、国教会内部に、このような否定的な意味しか持たないものにしか見えない教会信仰を、アングリカンの失われていた伝統として復興させようとする動きは、まったく非国民的なものとして映ったのである。

（2）ニューマンはオコンネルのことを快く思っていなかった。Cf. John Henry Cardinal Newman, *Apologia pro Vita Sua: Being a History of his Religious Opinions*, ed. Martin J. Svaglic（Clarendon Press, 1967）, p. 117.

（3）Geoffrey Faber, *Oxford Apostles: A Character Study of the Oxford Movement*（Faber and Faber, 1936; 1st ed. 1933）, p. 142. 著者のフェイバーは出版社 Faber and Faber の経営者であり、この本はフェイバーの重役であり、モダニスト詩人で、二〇世紀の有力なアングロ・カトリシズムの推進者であったT・S・エリオットに捧げられている。ニューマンの後を追ってローマ・カトリックとなり、ブロンプトンのオラトリーの長となるフレデリック・フェイバーは、フェイバーの祖父の弟である。

（4）*Apologia*, p. 18.

（5）C. S. Dessain, p. 36.

（6）*Apologia*, p. 20.

（7）Turner, p. 113.

（8）Faber, p. 68.

（9）*Apologia*, p. 22.

（10）Ibid., p. 24.

（11）Ibid., p. 29.

（12）Ibid., p. 43.

（13）Ian Ker ed., *Apologia pro Vita Sua*（London: Penguin Books, 1994）, p. 533.

（14）*Apologia*, p. 45.

（15）塚田理『イングランドの宗教――アングリカニズムの歴史とその特質』（教文館、二〇〇四年）、二四四頁。

(16) Piers Brendon, *Hurrell Froude and the Oxford Movement* (Paul Elek, 1974), p. xv.

(17) Peter Nockles, *The Oxford Movement in Context: Anglican High Churchmanship 1760-1857* (Cambridge University Press, 1994), p. 53. ノックルズの研究書は二〇年以上も前に公刊されたものだが、依然としてオックスフォード運動研究の最良の成果であると思われる。ノックルズの研究が明らかにしたのは、「トラクタリアンたちが認めている以上に、彼らの打ち出したイングランド教会の原理、秘跡重視の姿勢、霊性、政治神学は、チャールズ一世時代のハイ・チャーチの伝統だけではなく、一八世紀と一九世紀初頭のハイ・チャーチの神学に負っている」こと、「トラクタリアンたちは、イングランド教会内のハイ・チャーチのアイデンティティ感覚を鋭くしたのであって、彼らがそのアイデンティティを創造したわけではない」ということである。Cf. p. 307.

(18) Turner, p. 19.

(19) Sheridan Gilley, *Newman and His Age* (Darton, Longman and Todd, 2003; 1st ed. 1990), p. 156.

(20) John Shelton Reed, *Glorious Battle: the Cultural Politics of Victorian Anglo-Catholicism* (Vanderbilt University Press, 1996), p. 8.

(21) Owen Chadwick, *The Spirit of the Oxford Movement: Tractarian Essays* (Cambridge University Press, 1990), p. 4.

(22) Nockles, p. 67.

(23) 一八三四年七月三〇日付のリカーズ宛書簡 "We are a 'Reformed' Church, not a 'Protestant'". Faber, p. 114 の脚注に引用。

(24) 教父学に学問的に導かれるのはドイツ滞在中のピュージィに依頼し、大部の著作を読み始める一八三八年の夏休みからのことである。Cf. Dessain, p. 10.

(25) Dessain, pp. 39-40; *Apologia*, p. 72.

(26) Nockles, p. 161.

(27) *Apologia*, pp. 101-102.

(28) 初代教会を信仰の礎にしていたニューマンは、エウテュケスのキリスト単性論を処断したカルケドン教会会議について熟考し、イングランド教会の正当性に対して疑義を抱く。「ヴィア・メディア教会の理論は完全に木っ端微塵となった」。Cf. *Apologia* p. 111.

(29) *Apologia*, p. 54.

(30) Ibid., p. 55.

(31) Ibid., p. 40.

(32) Nockles, pp. 3 and 146.

(33) R. W. Church, *The Oxford Movement: Twelve Years 1833-1845* (Macmillan, 1891), p. 3.

(34) Ibid., p. 11.

(35) Yngve Brilioth, *The Anglican Revival: Studies in the Oxford Movement* (Longmans, Green and Co., 1925), pp. 16-17.

(36) Nockles, pp. 75-76.

(37) Ibid., p. 52.

(38) これはエリザベス時代の「教理上の論争を鎮め、イングランド教会の基本的な教理上の立場を明らかにするために作成された」(塚田、前掲書、五〇五頁)文書である。公職につく場合に、そしてオックスフォード大学に入学する際にも、署名が求められた。

(39) Nockles, p. 104.

(40) "Confession is the life of the Parochial charge." Cf. Ian Ker, *John Henry Newman: a Biography* (Clarendon Press, 1988), p. 255. キーブル宛、四二年一二月の書簡。

(41) Turner, p. 29.

(42) Nockles, p. 105.

(43) Ibid., p. 112. Joseph Milner, *History of the Church of Christ*

(44) Ibid., p. 122.

(45) Ibid., p. 275.

(46) Ibid., p. 41.

（47） Ibid., p. 282.

（48） Sermon IV "The Usurpation of Reason"（Dec. 11, 1831）in *Fifteen Sermons Preached before the University of Oxford, between A.D. 1826 and 1843* 3rd ed.（Rivingtons, 1972）, p. 69.

（49） Dessain, p. xii.

（50） Turner, p. 239.

（51） Aidan Nichols, *From Newman to Congar: The Idea of Doctrinal Development from the Victorians to the Second Vatican Council*（T & T Clark, 1990）, p. 26.

（52） Ker, *Apologia* pp. xxxi-xxxii.

（53） Turner, p. 240.

（54） Ibid., p. 271.

（55） Ker, *Life*, p. 72.

（56） Dessain, p. 18.

（57） Chadwick, pp. 18-19.

（58） Nockles, p. 199.

（59） Ibid., p. 321.

（60） Chadwick, p. 2.

（61） *Apologia*, p. 94. 一九世紀の中世主義に関する研究書には、アリス・チャンドラー著高宮利行監訳『中世を夢みた人々——イギリス中世主義の系譜』（研究社、一九九四年）がある。

（62） Ibid., p. 95.

（63） Chadwick, p. 17.

（64） Nockles, p. 311. 代表的な作品にはキーブルの *The Christian Year*（1827）, ニューマンの作品を中心とする *Lyra Apostolica*（1836）がある。オックスフォード運動と英文学との関係を扱った研究としては、詩についてはG. B. Tennyson, *Victorian Devotional Poetry: the Tractarian Mode*（Harvard University Press, 1981）、小説については、

(65) Joseph E. Baker, *The Novel and the Oxford Movement*（Princeton University Press, 1932）が有益である。
(66) Gilley, p. 135.
(67) Turner, p. 205.
(68) Ibid., p. 175.
(69) Nockles, p. 325.
(70) Dessain, p. 38.
(71) *Apologia*, p. 9.
(72) Ibid., p. 93.
(73) Dessain, p. 39.
(74) J.H. Newman and J. Keble, eds. *Remains of the Late Richard Hurrell Froude, M.A. Fellow of Oriel College Oxford*, 4 vols.（vols. I-II, London. 1838; vols. III-IV, Derby, 1839）.
(75) Brendon, p. 180.
(76) Dessain, p. 63. Cf. Brendon, p. 180.
(77) Church, p. 191.
(78) Ker, *Life*, p. 169.
(79) Brendon, p.183.
(80) Ker, *Life*, p. 239.
(81) Ibid., p. 216.
(82) Dessain, p. 74.
(83) *Apologia*, p. 79.
(84) Gilley, p. 210.
(85) *Apologia*, Svaglic による注、p. 549.
(86) Ibid., p. 135.

（86）Turner, p. 396.
（87）*Apologia*, p. 133.
（88）*Apologia*, p. 136.
（89）*Apologia*, p. 137; Gilley, p. 214.
（90）J. R. Hope 宛一八四二年一月三日の書簡。Cf. Ker, *Life*, p. 241.
（91）Gilley, p. 169.
（92）Ker, *Life*, p. 187.
（93）Turner, p. 411.
（94）Ibid., p. 109.
（95）Nockles, p. 189.
（96）Turner, p. 638.
（97）Ibid., p. 597.
（98）Reed, p. xxii. リードの研究書はニューマンのカトリック教会への転会以後を主として扱う。いわゆる典礼運動としてのオックスフォード運動である。
（99）Ibid., p. xxiii.
（100）Turner, p. 33.
（101）Gilley, p. 217.
（102）Ker, *Life*, p. 250.
（103）Christopher Dawson, *The Spirit of the Oxford Movement* (Sheed & Ward, 1933), p. 134.
（104）E. I. Watkin, *The Catholic Centre* (Sheed & Ward, 1939), p. 59. この本の持つ価値を教えてくれたのは、澤田昭夫『ミサを生きる』（女子パウロ会、一九八三年）である。

第二章　聖体を保存する教会

――ニューマンの小説『損と得《ロス・アンド・ゲイン》』――

一八四八年に匿名で発表されたニューマンの小説『損と得《ロス・アンド・ゲイン》』は、カトリックとなったニューマンの最初の著作であり、自伝的要素を多く含むことから、自己の改宗の誠実さについて弁明した『アポロギア』とともに、われわれの関心を大いに惹く。ニューマンが初版の序文で、「カトリック教会に最近加わった特定の個人の精神的遍歴」や、「オックスフォード大学に多大なる影響を与えた宗教的見解」を表現しようとする試みではないと断っているにもかかわらず、われわれはどうしても、ニューマン自身の改宗体験をこの作品から読み取ろうとする。ただし、それは事実とフィクションとの間の照応を単純に追うのではなく、一八四〇年代のアングリカニズムが、ニューマン自身が進めたオックスフォード運動を経てなお、なぜ危機的だと認識され、ついには彼をカトリック教会へと向かわせることになったか、その理由を照射するようなより大きな目的と連動した取組みでなければならないだろう。フィクションによって事実がよりリアルに伝わることがあるように、主人公チャールズの改宗に至る「発見の物語」を読むことによって、われわれはニューマンがカトリック教会に見出した魅力を知ることができるのである。

『損と得』にはまた、オックスフォード大学の物語という側面もある。改革が行なわれる前の、男子のみの、アングリカンの聖職者を含む紳士階級の養成機関として、イングランドの体制維持装置として機能していた頃のオックスフォードが舞台であり、学位取得には国教会の三九箇条に署名が必要な時代であった。このような体制に、真の信仰とは何かを問う精神がぶつかるのである。チャールズにとっても三九箇条が良心を試す障害として立ちはだかり、結果としてオックスフォードは、地上の、世俗的な価値観からすると「損」をしてでも、真理を獲得する「得」を取る、改宗者たちを生み出すことになるのである。「ある改宗者の物語」という副題を持つこの小説は、オックスフォードが代表するアングリカン体制を地上的な価値と見定め、これにノンを突きつけ、次元を異にする天上の真理を探求するオックスフォード大学生チャールズの魂の物語である。それはヴィクトリア時代の篤い宗教心を背景に、数多く書かれた福音派の小説と同様、真摯な自己探求をテーマとする小説であり、こうした意味では、教義論争、信者と一般の人々を教化しようとする単純なカトリックの護教小説などではないと言えるであろう。

チャールズがアングリカンからカトリックに改宗する方向性は、読者がこの作品を手にしたときから了解されている。真理を希求する「誠実な」チャールズは、結果として「不誠実な」カトリック教会の信者となるのだ。いま、不誠実という言葉を括弧に入れたが、それはイングランド人に広く浸透した理解として、カトリック教会ほど胡散臭いものはないという考えの反映だからである。しかし、ニューマンはチャールズに、事実はその逆だと発見させようとする。真理を求めて探求を始めるチャールズは、アングリカンの誇る誠実な自我の典型である。彼には、大方の、特にオックスフォードの国教会信徒が、既得権ともなった信仰を墨守するだけで、誠実な信仰生活を求めているようには思えないのだ。繰り返すが、この物語はアングリカンとして当然である誠実な真理の探究が、必然の結果として「不誠実」と言われるカトリック教会に行き着くように構成されている。いわばキリスト教的パラドクスの物語でもあるのである。

したがって、まず読者の注意を引くのは、チャールズの厳しい大学批判である。彼の不満は学寮長たちに向けられる。「多額の収入があり、妻子と一緒に立派な家に住み、……地の精華《クリーム》であるかのように暮らしている。黒い服と白いタイ以外に聖職者に見えるものは何もない」。彼らは聖職者でありながら世俗的なジェントルマンと化してしまっている。人生の目標は「第一にこの世を楽しみ、神に仕えることはそのつぎ」なのだ。「オックスフォードには［チャールズが耐えられない］世俗臭があり、……福音的貧困や、富の危険、そしてキリストのためにすべてを捧げるといった聖書の第一原理は、その宗教観にはない」。また、チャールズがカトリックになる決心をして一番信頼していた友人のカールトンに別れの挨拶をしに来た際にも、「イングランド教会の信者は真理を探求しているだろうか。あるいは彼らは最初からそれを持っているのだろうか。……聖書にある真理を渇仰する義務について考えてみてほしい。イングランド教会の聖職者の大多数、オックスフォードの居住者の大多数、学寮長、フェローの大多数は……真理を探求したことなどないと思う」と語る。体制内信仰の本拠地であるオックスフォードは、自らが真理として発見した信仰ではなく、エリートによって受け継がれた心地よい信仰と地位に安住するだけである。こうしたチャールズの厳しいオックスフォード批判は、イングランド教会全体の批判につうじるものであり、彼を真のキリスト教信仰探求の旅へと向かわせる。

チャールズの批判は、オックスフォード運動がイングランド教会内の信仰覚醒運動という側面を持っていたことを想起すれば、十分に納得できるものである。アイルランド主教区の廃止に見られるような、神立教会への国家の介入を批判して一八三三年に開始され、ニューマンが改宗した一八四五年までを一区切りとするオックスフォード運動は、プロテスタンティズムを国是としてきた国家教会にカトリック的価値を回復させようとする試みであったが、宗教改革以前の、特に教父時代の教会に規範を求めたことからも伺えるように、福音派の信仰復興運動とも共通する現状批判のエネルギーを持っていた。イングランド教会が使徒継承《アポストリック・サクセション》の教会であると主張し、一九世紀イングランドのリベラリズムと国教制度のエラストゥス主義に抵抗するのも、オックスフォードの状況がチャールズの批判するようなものだったからだ。

チャールズが信仰の真のあり方を見つけ出そうとする際、狂熱的回心による信仰発見は初めから拒否されており、自己規制として理性的であろうとする。この決意は興味深い。福音派にしばしば見られる情熱的な回心ではなく、オックスフォードのアングリカン紳士らしく理性的な判断が評価されるのである。「確かに神は、わたしたちが理性によって導かれるよう意図されている」。チャールズはカトリックに改宗しそうになるたびにこのように言い聞かせ、踏み止まる。アングリカンの牧師の息子として、アングリカンの紳士養成大学のオックスフォードで学んでいるのだから、改宗の出発点はあくまで、良きプロテスタントであろうとすることである。チャールズは「プロテスタントならだれでも宗教的真理を求める。そうしなかったらプロテスタントではないだろう。……そうすることは義務なのだ」と反省し、カトリックとプロテスタントの相違を「カトリックは信仰からはじめ、プロテスタントは探求からはじめる」と理解している。

大学生活を送るチャールズの周囲に配される登場人物はすべて、イングランド教会の各派を代表している。「自由に生れた」を含意するフリーボーンは、福音派を代表し、神学談義自体を問題視している。大事なのは信仰、「神があなたを許されたという信仰のみ」なのだ。彼には信仰を理性的に捉えようと努力するチャールズが理解できない。広教会派でリベラルな若きチューターのヴィンセント。彼は党派に属さず、国教会の正典《キャノン》だけを読むという安全な道を後輩たちに勧める。チャールズを対照するために配置され、そつの無い学生生活を送る同級生のシェフィールドは、見事に優等《ファースト》の成績で卒業する。さらにアングロ・カトリック派のベイトマンとホワイト。そしてチャールズに先んじてカトリックとなり、彼に多大な影響を与えるウィリス。

またオックスフォード運動の開始を告げる説教を行なったジョン・キーブルに擬せられるカールトンがいる。父親の死と、友人と自分のカトリックへの改宗以外に、取り立てて事件も起こらないこの物語は、このような多彩な人々が織りなすオックスフォードの知的風景に集中するといってもよい。コレッジの部屋、そして散歩中にも神学論争がかわされる。

　チャールズはいわば良きアングリカンたらんとして真の信仰を求め、現状から一歩踏み出し始めるのだが、どのように改宗の可能性が開かれていくのだろうか。神の方に心を向けることが回心なら、ニューマンはすでに一五歳のときに福音派的な回心を経験していた。ただ、真の信仰形態の追及ということになると、ニューマンのような純粋な知性の持ち主にあっては容易に終着点に到達できない。それは深まり、エネルギーを蓄え、改宗という外的な展開を見せるに至る。しかもそれは異教からキリスト教への改宗ではなく、同じキリスト教内での、イングランド教会を棄ててカトリック教会を選択するという決断である。それには真理闘争の性格を持つ葛藤が、他者との間と自分自身の心のなかで生じていたはずである。現代の教会一致運動《エキュメニズム》の融和的態度は初めから存在しない。ニューマンの改宗は、イングランド教会こそが真のカトリック教会であるというオックスフォード運動の主張は間違いだったのではないかという不安と、プロテスタントが説くように信仰の礎になりうるものが聖書（のみ）ではなく、教会こそが信仰の導き手であるというカトリック的な確信に支えられてのことであった。

　一方、ニューマンによって造型されたチャールズにも、改宗の最終段階で教会権威を拠り所にする場面がある。イングランド教会が誇る知的な「個人の判断」は、結局信頼されないのである。自己の霊魂を救う信仰の選択が個人の判断で完結するとすれば、それはあまりにも人間中心主義的なものとなるからである。プロテスタント教会のように、信仰を絶対的に神からの恩恵として捉え直すか、カトリック教会のように、不可謬の教会を恩恵の補給者として受け入れ、個人の判断を救済の協働者とみなしつつも、最終的にはそれを放棄するほか道はない。自己の改宗が理性的なものでなければならないと決意しているチャールズにとって、いずれも難しい選択である。このように考えると、彼の信仰の出発点がイングランド教会の中道《ヴィア・メディア》にあったことが問題の源であることが理解される。真理を求める魂は「曖昧さ」を許容することができないのだ。個人の判断を巡って選択が迫られるとき、状況の困難さが一層増すのは、教会の秘跡を恩恵の媒介として重視する点において、カトリック教会と同じ立場を取るアングロ・カトリシズムが、オックスフォード運動によって国教会内部の無視できない勢力となったことである。チャールズは「個人の判断」の段階を克服するにしても、アングロ・カトリシズムかローマのカトリシズムか、はっきりと態度を決めなければならない。判断基準は秘跡を提供する教会の権威が真正のものであるかどうかである。

　ローマのカトリシズムを選択する場合に、大きな「損失」が予想されることも忘れてはならない。カトリック教会のイングランドにおける社会的地位の低さの問題がそれである。それはまず、イングランドの本性の外にある、異質で非イングランド的《アンイングリッシュ》なものであった。広教会を代表するヴィンセントが、チャールズよりもずっと先にカトリックになったウィリスの再改宗の可能性について、カトリック文化圏の悲惨な状況に言及しながら語る場面がある。「ローマとナポリの通りに見られる、あの乞食の大群。あの汚さと惨めさ。清潔さはまったくない。慰めはまったく無く、迷信だらけ。真実の、福音的な真面目さがまったく欠如している。連中はミサ中に押し合いへし合いし、汽車の速度で祈りを唱え、聖母を女神として拝む。あらゆる街角に奇跡を見る。偶像はひどいもので、彼らの無知ときたらまったく驚くべきものだ。ウィリスはこれらのことを目撃し、……嫌気がさして、われわれの所にもどってくるさ」。これはイングランド人が共通して抱くカトリック教会のイメージであり、プロテスタンティズムを国民《ナショナル》としてのアイデンティティの不可欠の要素としてきた歴史から生み出されたものだ。イングランドのナショナリズムからすれば、カトリック教会は数段劣等なイタリア人宣教師かアイルランドの貧民を想起させるものでしかない。

ウィリスのカトリック改宗の報を聞いた「優等生」シェフィールドは、「イングランドの紳士が、ここオックスフォードで恵まれた条件を享受している者が、暗黒時代の死滅した嘘をすべてかき集めて拾いあげ、それを食べることができるなんて。それは奇跡だ！」という感想をもらし、カトリックであることと良きイングランド人であることは両立しないという考えを示す。イングランド人がカトリックに改宗する一般的なパターンは、アイルランド系のカトリック者との結婚によるのであって、ウィリスとチャールズ（そしてニューマン）のような知的な選択による改宗は、一九世紀半ばでは珍奇なものでしかなかった。

このようにカトリック教会はイングランドでは否定的な意味しか持ちえなかったのだが、アングリカンの魅惑的な知的共同体であるオックスフォードは、つまるところ、世俗の価値に過ぎない。紳士という理想を強調し、カトリックの無教養を貶めれば貶めるほど、かえって教会の権威という、天と地を結ぶ垂直軸が強調される結果になる。

アングロ・カトリシズムの方はどうなるのであろうか。小説の第一部でとりわけ光彩を放つ人物にアングロ・カトリシズムを代表するベイトマンとホワイトがいる。ベイトマンは一四世紀のカトリック教会を復興させようとしている人物で、彼にとってカトリックの外的特徴をコピーすることが至上命題となっている。カトリックの国民教会にふさわしい聖人はピューリタン革命によって処刑されたチャールズ一世であり、「殉教者聖チャールズ」として崇敬の対象になる。ところがベイトマンの教会は「十字架像なしの内陣桟敷、聖水なしの聖水盤、聖像なしの壁龕《ニッチ》、蝋燭なしの蜀台、教皇制なしのミサ」を許容するものなのだ。プロテスタントの視点から見ればまったくカトリック的に見えるが、これは実体のない教会にほかならない。教会は美としてしか捉えられておらず、アングロ・カトリシズムは中世趣味のファッションに成り下がる。外面のみのカトリック化は「宗教の空疎な舞台の見世物《ステージ・ショー》」として斥けられる。ゴシック様式とかグレゴリオ聖歌は、それを生み出した信仰と一体でなければ美的観念にとどまる。ホワイトは聖職者の独身制を声高に主張するが、改宗を決意してオックスフォードに向かう途上のチャールズがバースの書店で偶然出くわす際には、新婚の妻を従えている。

前述した個人の判断の問題は、カトリシズムへの改宗にあたってどのように解決されるのであろうか。教会権威に自己の判断を委ねるにしても、その意思決定はやはり自分の判断によるものなので、問題として残る。語り手の説明によると、教会の外にいる者が中に入ろうとするとき、「個人の判断が究極的に何かに取って代わるために使われる。戸外にいる人が暗闇の夜にランプを使い、帰宅後にそれを消すように」。これはチャールズ自身の言葉ではないが、カトリックに改宗する過程を肯定的に表現する巧みなメタファーである。

カールトンが忠告するように、近代のプロテスタントの個人主義的な観点から見れば、カトリックになるには個人の判断を犠牲にしなければならない。また、神学的にも「実体変化」、「煉獄」、「聖人崇敬」を認めなければならない。しかし、チャールズはそれらが三位一体の教義を決定した権威からのものであれば、受け入れ可能だと言う。対照的に、国教会の三九箇条はそうした権威に基づくものではない。それは一六世紀の人間が作った「正統」と、ルター、カルヴァン、ツヴィングリの思想の、パッチワークに過ぎない。権威の面では、イングランド教会よりもカトリック教会の方が優位に立っているとチャールズは考える。イングランド教会には愛情を持っているが、信仰に関して自信を与えてくれるのはカトリック教会の方だというわけである。信頼できる信仰の枠組を持つことが最も必要なのだ。チャールズは路傍の十字架にキスをして、

「どのような結果になるにしても、どのような試練であろうとも、また失うものが何であれ、神が呼ぶところがどこであろうと、ついて行く恵が与えられる」ようにと祈る。

チャールズがカトリシズム理解を深めるのに大きな影響を与えるのはウィリスだが、なかでも聖体に対する信心が決定的である。ウィリスの特徴は、低教会を代表するフリーボーン、広教会を代表するヴィンセント、そして高教会のベイトマンがすべて饒舌であるのとは対照的に、寡黙なことである。彼の意味のある最初の発言は、チャールズに大学規定に反してカトリック教会に通うことを咎められたときの、つぎの言葉だ。「この教会に入ると、すべてが静かで落ち着いていた。……薄明かりのなか、ランプに照らされて聖櫃《タバナクル》が目に見えた」。彼はイングランド教会にはない、実体変化の聖体を安置する聖櫃の魅力を語る。聖体の臨在を感じて心を落ち着かせるウィリスは、神学論争を否定しつつも言葉にこだわる福音派や、カトリシズムの美を饒舌に説くアングロ・カトリックの友人たちのものとは異なる、観想的な信仰実践が在りうることをチャールズに気づかせる。実際、チャールズがカトリック教会に興味を示し始めるのはこのときからなのだ。

改宗後のウィリスは、アングロ・カトリックのベイトマンの「カトリックとアングリカン教会の違いは程度の差」だという意見に「まったく別物である」と反対し、ミサの魅力について語る。「僕にとってわれわれの教会で行なわれているミサほど慰めとなり、身にしみ、ぞくぞくさせ、圧倒的なものはないのだ。僕はいつまでもミサに参加できるし、飽きることはないだろう。それはたんなる言葉の形式ではなく……偉大な行為、この世で行なわれ得る行為で最も偉大なものなのだ。・・・神は祭壇の上に血と肉となって現れる……言葉は必要だが、それは手段としてであり、目的としてではない」。改宗前にオックスフォードのカトリック教会で赤いランプに照らされた聖櫃に慰めを感じていたウィリスは、信者となって、聖体の秘跡の意味をベイトマンとチャールズに語る。

ウィリスが説くのは、カトリック教会が執行するこの世で最も偉大な行為、祭壇上でのキリストの受肉と受難を感謝しながら祝う祭儀であるミサこそが、カトリック教会が保持する使徒からの遺産であるということである。作品の終わりの部分で、チャールズが聖体の存在する空間のなかに消えていく印象を読者が持つのは、個人の魂がキリストの聖体を中心とする共同体に抱擁され、プロテスタント的な、個人の言葉が最後まで壊れない地平を後にしていることを暗示しているのだ。

ウィリスの存在によってチャールズは「自分はもうこの世で一人ではない」と感じ、これは「諸聖人の通功《コミュニオン・オブ・セインツ》」なのだろうか、と彼との霊的交流にカトリック的な表現を与える。チャールズはカトリック教会への信仰を告白しそうになり、半ば無意識に「おお、偉大なる御母よ」と叫んでしまう。しかし、彼は「熱狂は真理ではない」と自分の理性に訴えて踏み止まる。

そうしたチャールズにも、ついにカトリック信仰を拒否できないときが来る。それは彼が卒業試験を受け、三九箇条への署名が難しいために学位取得を延期してオックスフォードを去ってから、ほぼ二年が経過した頃のことである。田舎で読書をしながら頭を冷やすために、カールトンの勧めに従い、教区牧師のキャンベルのところに身を寄せていたチャールズは、彼に「僕のローマ教会への信仰は僕自身の一部です。ローマ教会に反抗することは、神に反抗することになります」と告白する。彼は個人の判断を巡る問題を克服し、いまや「信仰はいつも冒険《ヴェンチャー》で始まり、その報いとして真理を見る目《サイト》が与えられる」と確信している。チャールズがオックスフォードを後にして、ロンドンに向かう列車で乗り合わせた神父の「君は冒険をしなくてはならない。信仰はカトリックになる前は冒険であり、カトリックになった後は賜物なのだ。理性の道をとおって教会に近づき、聖霊の光に照らされてそこに入るのだ」という言葉は、彼が到達した境地を教会の側から裏書するものである。

チャールズが行き着いたカトリック教会観は、使徒継承にこだわったニューマン自身の結論を髣髴させる。チャールズはカールトンに「僕が向かう教会は、……現存する教会のどれよりも使徒教会に近く、使徒教会が継続しているならばそれに違いない。そしてそれが使徒教会のようだと考える僕は、それが使徒教会と同一であると信じる。理性が最初で、信仰がその後に続くのだ」と語る。こうしてチャールズの魂の安全を賭けた真理の追究は終わる。イングランド教会に彼の救いはないのである。

チャールズがカトリックに改宗することで失うものは、オックスフォード大学のフェローになることで保障される、学問・聖職・友人・家族が一体となっている人生である。オックスフォードを愛惜する情の強さは、ロンドンに向かう最後の朝、クライスト・チャーチ・メドゥを散歩する場面に活写されている。この犠牲を払って獲得するものは、究極の真理と心の平安である。世俗の価値を失うことで、天の価値が獲得されるのである。アングリカンの価値とカトリックの価値が転倒し、現実のイングランド社会において「損」であるものが真の「得」として提示される。

チャールズはウィリスの他にカトリック信者を知らないままに改宗の決断を下す。そして改宗の最終段階でもカトリック信者の無教養さが話題となり、カールトンに「イングランドの聖職者は紳士である」が、「君はカトリックとなって粗野な考えや野卑な態度の人々とつき合うようになれば、君が考えている以上に我慢しなければならないだろう」と注意される。しかし、このようなことはもはや問題にならないことを、ニューマンがひそかに表現している場面がある。それはキーブルがモデルとされるカールトンに、友情の記念として長年親しんできた『基督教暦年《クリスチャン・イヤー》』を手渡す場面だ。彼はアングリカニズムを友人に残し、以後は、あのホワイト夫妻を目撃したバースの書店で買った、福音派やアングロ・カトリックの光り輝く書物に比べて粗末な装丁の、チャロナー師の『魂の園《ガーデン・オブ・ザ・ソウル》』を使うつもりなのだ。アングリカンの代表的な詩集がその作者の手に戻され、チャールズのアングリカニズムへの訣別が静かに示されている。

　これまでもっぱらこの小説の内容を考察してきたが、小説家としてのニューマンの技巧の冴えを感じさせる場面についても言及しておきたい。それはカトリシズムとヴィクトリア時代の他の信仰セクトとが対照され、結果的にカトリック教会の正統性が浮き彫りにされるという、ニューマンの神学的な意向に応える描写となっていることである。しかしこの場面はそのようなことを忘れても十分に読み応えがある。チャールズが御受難会の修道院に行く前にいったん滞在することに決めたロンドンの書店の部屋に、何人かの新興宗教の勧誘者が訪れる実に奇怪な、黒いユーモアに溢れた場面だ。

　スコットランド長老派牧師のエドワード・アーヴィングが設立した千年王国的な「カトリック使徒教会」の信者たち、J・N・ダービーが創立し、誰もが主の晩餐を祝うことができると主張する「プリマス・ブレスレン」の女性信者、イングランド教会からユダヤ教信者となった架空の人物ゼルバベル。彼はニューマンを幻滅させた、イングランド教会とプロイセンのルター派教会とが合同で設立したエルサレム主教区を支持する。続いて超教派の真理探求協会《トゥルース・ソサエティ》のメンバー、さらには『キッチンズの霊魂妙薬《スピリチュアル・エリクシル》』というパンフレットを発行し、これを読めばカトリック「病」から速やかに回復すると自負するキッチンズ博士なる人物までが登場する。圧巻は、このキッチンズをチャールズが机から取り出した十字架を使って追い払うところで、カトリック教会のエクソシズムが暗示されているところであろう。

　そしてチャールズはついに、ニューマンをカトリック教会に迎え入れたドミニク・バルベリ師の所属するロンドンの御受難会の教会に足を踏み入れる。彼はまず聖水に困惑させられるが、教会堂の中はさらに多くの「驚き」で満たされている。中央奥の、夥しい数の蝋燭が灯された主祭壇、その他六箇所もある小祭壇。聖母とロザリオを握った幼子イエス像。これらは多くの信者を惹きつけており、つぎつぎに祈りが捧げられている。また信者は告解をしようと列をなしている。言葉だけではなく行為の信仰として、カトリック信仰を雄弁に語っている場面である。この教会一杯に集っている信者には、貧者も富者も混ざり合い、職人、身なりのいい若者、アイルランド人の労働者、二、三人の子供をつれた母親たちが渾然一体となっている。

　そして連禱《リタニィ》が始まる。それはチャールズにとってまったく新しい信仰体験であった。言葉はラテン語であるが誰もがよく理解しているように見え、全員心を込めて聖三位一体の神、托身［受肉］した救い主、神の御母聖マリア、そして栄光の諸聖人に祈っている。チャールズの傍らには「小さな少年と貧しい婦人がいたが、声を限りに歌っている」。われらのために祈りたまえ《オラ・プロ・ノビス》。それはあたかも一つの巨大な楽器のようだった。チャールズはひどく感動して独り言を言う。「これこそ民衆《ポピュラー》の宗教だ」。イングランド教会の人々はこのカトリックの礼拝を「形式的で外面的だ」と批判するが、これこそが「老若男女を問わず、教養のあるなしに関わらず」、「一つの聖霊が働き、皆を一つにする」信仰なのだと彼は実感する。『損と得』で描かれているのは彼とニューマンの真の教会発見体験なのであり、真の教会はカトリック教会なのだ。

　中央祭壇にお香の煙がもうもうと上がった瞬間、カトリック教会の祭壇描写、聖母子像への信心、秘跡である告解、そして連禱と続いたチャールズの信仰への入門《イニシエーション》は、クライマックスを迎える。彼は、一体となった会衆が頭を垂れるのは「受肉した主であり、御自分の民を訪問し、祝福するために来られた聖体」であると気づく。このキリストの体の現存にこそ、カトリック教会の権威が存在する。「カトリック教会を世界のいかなる場とも異なり、いかなる場よりも聖とする」のは、このキリストの臨在にほかならない。

　『損と得』の最終場面で強調されているのは、カトリック信仰の中心にある聖体である。聖体が重視されるのは、み言《ことば》が受肉によって人となるというキリスト教の神秘が、近代のプロテスタンティズムによって再び言のみに還元され、肉を失ったキリストの、ただその言葉に対するロゴス中心の信仰に対して、ニューマンが明確な拒否の姿勢を示しているからであろう。「行為は言葉以上に語る」のだ。ニューマンの「心が心に語りかける」というモットーは、たんに言葉によるコミュニケーションについて述べたものではなかったのである。

つぎの日曜日にチャールズはカトリック教会へと迎え入れられ、足下に一つの岩、ペトロの聖座の堅固さ《ソリディタース・カテドラエ・ペトリ》を感じる。この世のものとも思えないような心の平安に満たされた彼に後悔があるとすれば、今は神父となったウィリスに語る、聖アウグスチヌスの『告白』の「古くして新しき美よ、おそかりしかな、御身を愛することのあまりにもおそかりし」(X.27:38)にも似た感慨だけである。そしてチャールズがカトリックとなった日が、証聖王エドワードの記念日とされているのは、カトリック教会の信仰がイングランドの国民意識と背反しないというニューマンの確信をさりげなく主張するものなのである。

第三章　『カリスタ』に見られるニューマンの教会観

ヴィクトリア時代の宗教事情をよりよく理解するためには、教会関係文書のほかにも、この時代に書かれた数多くの宗教小説を読むことが必要であろう。キリスト教各派が自派の弁護のために、あるいは他を攻撃するためにこぞって参加した小説ジャンルは、結果的に宗教文書よりも広い読者層に受け入れられ、ホイーラーが指摘したように、人々の想像力に訴え、信仰を説明し、擁護する当時の最善のメディアであったのである（Wheeler, 70）。宗教小説は自由七科の一つに数えられた修辞学を淵源とする近代文学が世俗化し、市民の消費財となっていくなかで、神の存在を前提に人間の営みを描き出そうとする。ジョン・ヘンリ・ニューマンの第二作目の、そして最後の小説作品となった『カリスタ』（*Callista: A Tale of the Third Century*）もやはりカトリック教会の立場をフィクションの力を借りて鮮明に訴えようとする作品である。この小説は、後に『アポロギア』（*Apologia pro Vita Sua,* 1864）を執筆するきっかけを作るという因縁の国教会広教会派の牧師・小説家、チャールズ・キングズレー（Charles Kingsley）が一八五三年に発表した、アレクサンドリアの初代教会の無知ぶりと熱狂を批判する『ハイペイシア』（*Hypatia; or, New Foes with an Old Face*）に反駁し、そしてウェストミンスター大司教・枢機卿であったニコラス・ワイズマン（Nicolas

Wiseman）がすでに著していたローマのカタコンベ時代のキリスト教を描く『ファビオラ』（*Fabiola; or the Church of the Catacombs*, 1854）に続く、カトリック教会擁護の使命を担った宗教小説である。実際、ニューマンが筆を取ったのはワイズマンの要請によるものであった。

カトリック教会に転会した三年後の一八四八年に発表された前作の『損と得』は、カトリック入信の弁論という自伝的色彩が強い論争的作品であったが、その直後に書き始められ、一時中断の後、一八五五年に公刊された『カリスタ』は、若い男女二人の地上的愛をキリスト教的に昇華し、キングズリーらプロテスタントの体制派が熱烈に支持するヴィクトリア時代の規範、すなわち、キリスト教徒同士が結婚し、理想的な家庭を築くというモデルを否定すると同時に、近代人の感覚からすれば、詩人でロンドンの聖ポール大聖堂首席司祭だったジョン・ダンが主張したように単に「自殺」とするしかない「殉教」のドラマを導入し、カトリック教会を活かし続けてきた力の秘密を、プロテスタンティズムを国是としてきた一般のイギリス人に対してだけではなく、同信のカトリック信徒に対しても解き明かそうとする。ニューマンは一八八一年版の「あとがき」でカトリック信者を教化（edification）する目的で書いたのだと記している。

この作品が書かれた時代のカトリック信者が置かれていた状況を少しく振り返れば、一八二九年に「カトリック信徒解放令」（The Catholic Emancipation Act）が制定されて信教の自由が認められ、先のワイズマンの表現を借りれば「ようやくカタコンベから出ることができた」。その後のカトリック教会は、ニューマンを始めとする優秀な人材を、国教会内部のカトリック性の自覚化運動であったオックスフォード運動から、改宗者として受け入れ、知的指導者を獲得する。一八五〇年には、プロテスタント体制派が「教皇の侵略」（Papal Aggression）と呼んだ位階制の復活を成し遂げる。ただし、聖職者以外の一般信者レヴェルでは、社会階級の上層部には信仰弾圧時代を生き抜いた少数のレキュザントと呼ばれる人々がいたものの、カトリック教会はイングランドの精神とは異質な外国のものであり、日常的に目にする表象としては、ジャガイモ飢饉に苦しむ植民地アイルランドから安価な労働力として大量に流入してきた移民が集う教会であった。『カリスタ』はこのような無知と貧困が代名詞であるような教会信徒を教化するために書かれたのである。

この小説は「三世紀の物語」という副題が示しているように、キリスト教がローマ帝国に公認される以前の、初代教会の状況を描く。しかもその舞台は教会の礎が形成された帝国の首都ローマではなく、北アフリカ、現在のチュニジアのシッカという小都市である。なぜアフリカなのだろうか。ニューマンは一八三二年のイタリア旅行の際に、地中海からアフリカの海岸線を望見していた。アフリカはヨーロッパの知識人一般の想像力を刺激する未知なる大地であったことも指摘できよう。しかし、大自然が描かれる必然性があることが大きな理由と思われる。蝗《いなご》の来襲によって一変する自然と、比較的信者が少ない、ローマ帝国の周縁都市がふさわしい舞台設定として必要だったのである。

しかしながら、小説の北アフリカはそのまま歴史的な北アフリカではない。多くの批評家が指摘するように（たとえば Chapman, 160; Gilley, 292）、この舞台にはニューマンの時代のイングランド社会が重ねられている。ニューマンは、キリスト教が迫害される異教のローマ帝国の地方都市をイングランド社会に見立てて、迫害される三世紀の教会と復興したばかりで脆弱な基盤しかないイングランドのカトリック教会を二重写しにする。そうすることによってイングランド国教の異教性が浮き彫りにされ、さらに小説が異教社会の手にかかって主人公のカリスタが殉教し、それによって教会がかえって活性化するように展開することから、結局は、ローマ帝国のキリスト教化という歴史の真実によって、異教の国教会が支配するイングランドでカトリック教会が勢力を伸ばしていく必然性が示唆される仕組みである。この小説はカトリック信者に対して、異教社会の状況に置かれていても教会のあるべき姿を理解し、カリスタのように「殉教」を、少なくても霊的にはする覚悟を迫るものであった。確かにニューマンの生きた時代には、カトリック信者が国家の宗教体制との相違によって殉教する事態はなくなっていたが、ローマ市民にとってローマの国教に従わないことが市民としての義務を蔑《ないがし》ろにし、しいては帝国への反逆という深刻な問題を惹起することになるという意識は、ニューマン自身にとって、そしてイングランドのカトリック信者にとって、まったく身近なものであった。依然としてイングランド教会が国教会として体制派の基盤を強固に支えていたからである。

前述したように、『カリスタ』は直接的にはカトリック信者の教化を目的に書かれた。一八二八年以来、イングランド教会の根源を追求するために、カトリックのアイデンティティを求めて教父文献を研究したニューマンは、オックスフォード運動の一つの成果である『教父文献』(the Library of the Fathers) シリーズの刊行に寄与した。『カリスタ』にもチェチェリアスという名前で登場している聖キプリアヌスの巻のために序文を執筆したのは一八三九年のことであった。ニューマンがカトリック教会へ転会する道を歩み始めたのも教父文献研究がきっかけであり、改宗はアングリカニズムの異端性に気づいた彼の正統への回帰であった。真摯に正統教会を追い求める知的な改宗者が、歴史的に長らく差別され、教育機会を奪われてきた一般信者に何を語ろうとしたのか、それを理解することがこの小説を読むことの中心となる。改宗したニューマンが一番驚かされたのは、知的にまったく無知な信者が多かったことであった。「盲目であるために盲目であることに気がつかない」(Strange, 82) とまで述べた彼ではあるが、カトリック教会とは何か、その教会観を教義の解説ではなく、小説の形でわかりやすく提示し、一般信者を教化しながら励まそうとしているのである。

ヴィクトリア小説のガーランド版リプリントシリーズを編纂したウルフは、『カリスタ』を「一九世紀全体で書かれた歴史小説で最高のものの一つ」(Wolff, 62) と高く評価するが、『損と得』とは異なり、いまだ校訂本が刊行されていない。また翻訳も存在しない。以下、評価の割にはよく知られていないこの小説の展開をたどりながら、どこにニューマンが同信の人々に訴えたかったカトリック性があるのかを考えてみたい。

＊＊＊

まず、小説の舞台シッカはどのように描かれているだろうか。小説の冒頭で、カルタゴを首都とするローマ帝国の属州アフリカで最も美しい町と紹介され、その美しさが詩的に描写される。しかしながら、これはシッカを取り巻く自然の美しさに過ぎず、そこに住む人間は神話の神々を信仰するか、世俗的判断で帝国の皇帝崇拝に従っている。シッカは「偶像崇拝に捧げられた気高く美しい都市」(a noble and beautiful city given up to idolatry, 113) である。読者は「罪が日向ぼっこをしている」(sin was basking under the sun) シッカへと案内される。ニューマンは自然の美しさとは対照的に、罪が「日の光の下で光沢を放つヘビのように」(like some glittering serpent) 野放しで、「言葉では表現できない腐敗」(unspeakable pollution, 115) のなかで、キリスト教徒の父祖たちは暮らさなければならなかったのだと注意を促がしながら、読者を初代教会の迫害時代へと招き入れる。

異教徒でありながらキリスト教徒の嫌疑をかけられ逮捕され、獄中で洗礼を受けて、すぐさま殉教する定めの主人公カリスタ、彼女に恋心を寄せるキリスト教徒アジェリアスとその弟ジューバ、彼らの後見役で世俗主義者の叔父ジュカンダス、異教の魔術世界を代表する義母のガータ、カルタゴから迫害を避けてシッカにやってきた司教チェチェリアスが、この腐敗の都市で動く。『カリスタ』は殉教によって教会が再生する物語であるので、そのなかで変化する登場人物が中心となる。異教からキリスト教信仰へと動くのは、カリスタとジューバである。アジェリアスはキリスト教信仰を深める。シッカの弱体化していた教会の姿を映し出し、イングランドのカトリック教会を映し出しているのは、アジェリアスである。著者のニューマンに一番近い登場人物とも言える。その理由は本論の最後で語ることになる。

小説のいわば前史として、デキウス帝の勅令が出され迫害が再開される以前の平穏だった時代の教会を垣間見させるのは、アジェリアスとジューバの父親ストラボーの死に様である。ストラボーはローマ軍の兵士であったが、カルタゴでキリスト教徒が迫害されたときに、彼らの信仰心の篤さに感銘を受けて改宗した。引退後、弟のジュカンダスがアスタートを始めとする異教の神々の偶像を商う事業で成功を収めていたシッカに移り、そこで農園を営む。妻であり二人の子の母であった妻を亡くした後に、ヌミディア出身の魔女のような女性ガータと再婚する。

ストラボーの死の状況は教会の秘跡を中心とするカトリック的人生の終わりの標準的姿を提示している。それは教会の共同体のなかでのみ可能な一生である。聖体の秘跡が執行されるミサに参加し、死の床にあるためにそれがかなわなくなった後は、聖体を自宅まで運んでもらい、死の前に聖体を拝領し、神父に告解をし、終油の秘跡を授かる。すべての人に罪の許しを請い、貧しい人には多額の献金を残す。カルタゴの殉教者に感化されて信仰を得た父親は、キリスト教徒として教会の秘跡のうちに生きたことがわかる。このような死をニューマンはよしとする。

アジェリアスが置かれている状況は、一言で言えば孤独である。彼は洗礼を受けてはいるが、父親が生きたような実質的な教会生活ができなくなっている。迫害がないと教会は衰退するのか、シッカには教会の三聖職、すなわち司教、司祭、助祭がすべて不在である。キリスト教徒の家族は、なぜ教会に属しているのかその意味を見出せず、異教徒との通婚が増加し、聖職を志す召命も減って、教会の存続が困難となったのだ。

アジェリアスは六歳のときに洗礼を受けたのだが、少年時の信仰熱は青年期には冷めてしまい、現在は二二歳となっている。一方、弟のジューバは洗礼の準備までは行ったが、小説のなかで幾度となく「自分は自分の主人である」(I am my own master.)と宣言するように、自分の精神の独立を主張する。彼は一九世紀イギリスの近代自由主義思想の持ち主をモデルとして描かれている。

アジェリアスはキリスト教徒として、シッカで祝われる異教の神々の祭りも楽しめず、さりとて自己の内面で信仰の喜びを味わうこともできないでいる。彼は「外にも休息がなく、内にも救いがない」状況にあり、シッカの教会の復興とともに救済されなければならない。彼には所属する教会がない。このような窮状にあるアジェリアスに、書き手のニューマンはつぎのような言葉で語りかける。

Be of good cheer, solitary one, though thou art not a hero yet! There is One that cares for thee, and loves thee, more than thou canst feel, love, or care for thyself. Cast all thy care upon Him. He sees thee, and is watching thee; He is hanging over thee, and smiles in compassion at thy troubles. (29)

孤独なアジェリアスを無限の愛をもって見つめる神がいるというニューマンの励ましは、現代の読者にはおそらくナイーブに過ぎると思われるだろう。しかし、このような感覚がニューマンの信仰なのであり、「まだ英雄ではない」という言葉は、アジェリアスが後にそのようになるように予定されていることを示す。

アジェリアスには心を通わすことができる他者が必要なのだ。彼は叔父のジュカンダスの工房で偶像製作者として働くギリシア出身の兄妹、アリストとカリスタとの交流に満足を見出すようになり、彼らがキリスト教に改宗することを期待する。ジュカンダスも彼らの交際に自然にかかわるが、その信仰は、ギリーの表現を借りれば「純粋に体制主義的なもの」(pure Establishmentarianism) である (Gilley, 292)。

> ...we live [as] an imperial people, who do nothing but enjoy themselves and keep festival the whole year; and at length we die—...we are honoured wherever we go...; as we came from Italy, I protest we were nearly worshipped as demi-gods. (49)

このようなローマ市民の感慨は、Italy を England に置き換えれば、第二のローマ帝国を標榜する大英帝国の臣民の感慨ともなり、国教会の信仰に安住する支配階級に対する批判的描写にもなり得る。ジュカンダスは体制擁護の保守的人物であり、「熱心な帝国主義者で、静寂を愛し、原住民を軽蔑し、キリスト教徒を憎む人物である」(235)。彼は身内のアジェリアスをローマ帝国の標準にあわせるために、キリスト教信仰から遠ざけようとする。

そのために彼が画策するのがアジェリアスとカリスタの結婚であった。弟ジューバによれば、そもそもアジェリアスはカリスタに思いを寄せており、カリスタの放つギリシアの太陽光で「東方の迷信の靄」(mists of Oriental superstition, 78) を晴らすことは容易なことだと判断したのであった。アジェリアスは確かに、異教徒のままのカリスタと結婚することはできないと考えており、彼女の改宗を期待し、その可能性があるとも考えていた。ジュカンダスはカリスタを道具に使って、アジェリアスをキリスト教から遠ざけることが目的であった。どちらの思いも人間的な地平におけるあまりにも人間的な願望である。個人主義者ジューバは、カリスタに恋するアジェリアスは十分なキリスト教徒とは言えない、と述べるが、それは正鵠を得た判断であろう。

アジェリアスから愛の告白を受けたカリスタはジューバと同じように、「私に思いを寄せるようでは……キリスト教徒とは言えない」（"Not much of a Christian," …, "if he is set upon me." 116）と語る。人間への愛情が神への愛に先行しないことが理想とされている。これはあまりにも厳しい禁欲的態度のように見える。しかし、ニューマンの時代の教会が同宗婚を基本とし、異宗婚を禁じていたことを踏まえ、異教の女性との結婚を考えるならば、まずその女性の改宗のために尽くすべきであると考えるのは理解できないことではない。しかし皮肉なことに、アジェリアスは異教徒のカリスタによって、教会の基本的立場を指摘され、自分の信仰の不十分さを言いあてられてしまう。

カリスタは「私は飽きあきしている」（I am weary. 118）と言って、アジェリアスにシッカの生活に対する自分の不満をぶつける。北アフリカの自然の豊饒さはギリシアの青い空と海、やわらかい色の山に慣れ親しんできたカリスタにとって、息苦しさを感じさせるだけである（The luxuriant foliage, the tall, rank plants, the deep, close lanes, I do not see my way through them, and I pant for breath.119）。耐えがたい異郷の地で生活しながら彼女は、次第に、秩序と正義とやさしさを兼ね備え、魂に安息の場所を与えてくれるキリスト教の「救い」に魅かれていくようになる。

カリスタがキリスト教に対して関心を持っているのはカリスタの奴隷であったカイオニが信者であったからで、彼女はカイオニが死の間際に見た夢が特別印象に残っている。その夢には聖母マリアが現われ、カイオニを祝福する。マリアはわが子イエス・キリストからの贈り物として「あなたの愛に対して赤いバラ、純潔に対して白いユリ、あなたの墓を覆うように紫のスミレ、そしてそれを飾る緑の棕櫚の木」(a red rose for your love, a white lily for your chastity, purple violets to strew your grave, and green palms to flourish over it. 126）を彼女に贈る。三世紀半ばに聖母崇敬が教会の信心であったかについては議論があるが、ニューマンは「神の母《テオトコス》」に対する「とりなし」（intercession）を信仰生活の重要な部分とみなしていた。他の聖人についても同様であるが、聖母に祈るのではない。聖母は神ではないので聖母を崇拝することはできない。そうではなく聖母に助けを求めるのである。地上の闘う教会《チャーチ・ミリタント》の信者が天上の勝利の教会《チャーチ・トライアンファント》の聖人に助力を願う。カリスタはこのカイオニの夢に現われた聖母に惹かれる。

　カリスタは彼女の記憶のうちで理想的なキリスト教徒になっているカイオニと比較し、アジェリアスをつぎのように批判する。「アジェリアス、あなたは自分のために語ろうとし、彼〔キリスト〕を目的のための手段として使うことによって、彼の邪魔をしているのです」（O Agellius, you have stood in the way of Him, ready to speak for yourself, using Him as a means to an end. 129）。カリスタはカイオニとの交流から、キリスト教徒は皆、人を祝福したいという善意に満たされていると思っているが、アジェリアスは逆に自分に祝福、心の休息を求めていると、キリスト教的愛を示し得ない彼に不満を感じ、失望を味わう。

　アジェリアスはキリスト教徒ではあるが信仰が十分ではない。一方、カリスタはキリスト教徒ではないがキリスト教信仰に渇きをおぼえている。こうした皮肉な状況に二人はあるわけである。彼女はギリシア的自然にノスタルジアを感じてはいるが、ギリシア的理性に依拠する知恵と美徳の理想では満足できない。

> I cannot exist without something to rest upon. I cannot fall back upon that drear, forlorn state, which philosophers call wisdom, and moralists call virtue.... I must have something to love; love is my life. ...*What* can you give me? There was one thing which I thought you *could* have given me, better than anything else; but it is a shadow. You have nothing to give. You have thrown me back upon my dreary, dismal self, and the deep wounds of my memory...（132）

カリスタは愛こそが重要であると悟り、求めるばかりで何も与えることができないアジェリアスを責める。

アジェリアスは激しい罪の意識に苛まれ、カリスタを神に委ねる決意をする。彼は彼女を自分のものにすることに熱心であったが、神のものになるようには願わなかった。彼は、自分が背教者ではないかという疑問にも襲われる。アジェリアスの窮状の原因は、やはり彼には所属する教会共同体がないということである。彼は神に憐れみを希《こいねが》う。「群れから離れ、羊飼いからも見放された羊」(a poor, outcast, wandering sheep, away from the fold 139) として自己を捉える彼は、自己の不幸を嘆くのである。彼は聖母マリアがカリスタのことを覚えて生命の書に彼女を書き込んでくれるように助けを願うが、帰宅する途中でデキウス帝のキリスト教を禁じる勅令を読み、失神してしまう。

何とか農園の自分の家に帰り着いたアジェリアスを看病するのはチェチェリアス、すなわち聖キプリアヌスである。ようやく若い二人を神との関係性に置く聖職者が登場する。アジェリアスは洗礼後の罪について、それが救いの邪魔になると考え、死を迎える前に洗礼を受けるこそが望ましいと訴える。チェチェリアスから、そうした思いはこの世を楽しみ、そして来世をも望むことだと指摘されると、二度洗礼を受けられたらとも考える。チェチェリアスは「洗礼によって神はあなたの父、あなたの神、あなたの崇拝対象、あなたの愛になられた。神なしにこの世で生きられるか」(In baptism God becomes your Father; your own God; your worship; your love—can you live 'without God in this world'? 154) と諭す。

人生の最後の時点で洗礼を受けることも、複数回受けることもできなければ、罪を悔い改めながら神の愛のうちに生きるしかない。しかし、アジェリアスは罪について考えることはその罪をもう一度犯すことになると考え、チェチェリアスに助言を求める。チェチェリアスはここで「ゆるしの秘跡」(告解) について語る。アジェリアスは教会生活に恵まれていなかったので、これまでこの秘跡を受けたことがなかった。アジェリアスはこの秘跡を「洗礼後の頼り」（a plank after baptism）と呼ぶ。ニューマンがプロテスタントの告解批判を十分承知しているにもかかわらず、わざわざこの秘跡に言及するのは、聖体と並んでカトリック教会の信仰生活を支える二本柱のひとつの重要性を信者に確認したかったためであろう。

　療養の最後にアジェリアスの手、唇の皮膚がむけ落ち、髪の毛も抜ける。彼は再生のしるしとして自己を神に捧げ、司祭職につく決意を固める。チェチェリアスは、司祭は人の魂を救うことで自身の魂を救うのだと述べて彼を励ます。

　チェチェリアスは、弟のジューバとも対話する。ジューバは例によって、「自分は自分の主人である」という信念を語るが、チェチェリアスは「わが子よ」と呼びかけ、「何らかの重い裁きが差し迫っている。できるうちに悔い改めよ」（some heavy judgment is impending over you. Do penance while you may.165）と警告する。これはニューマンが一生をかけて闘った自由思想の典型である唯我論（solipsism）に向けられたものでもあろう。

　アジェリアスの恋が否定され、キリスト教の迫害が迫っているなかで、蝗の大群がシッカを襲う。北アフリカを蝗が襲うことは珍しくないが、人々はキリスト教徒が寺院を汚したか、神々を怒らせるような儀式を行なったために自然災害が起こったのだと考える。蝗はその死骸が腐敗することによってペストももたらす。物語の語り手は、蝗の来襲から「悔い改めてキリスト教に改宗せよ」という神の意志を読み取るべきだと考える。しかし、食料を失ったシッカの群集は暴動を起し、怒りの矛先をキリスト教徒に向ける。「キリスト教徒をライオンに」（Christianos ad leones! 187）と叫ぶ暴徒はパン屋を襲撃し、子供を含めて何人かのキリスト教徒の命を奪う。ローマの官憲による迫害が起こる前に、民衆の手による殉教が始まった。殉教者は一瞬の苦しみの後に、彼が自分の命を捧げた「あの人」を永遠に拝顔するという「至福直観《ビーティフィック・ヴィジョン》」に恵まれる。

これがキリスト者の求める救済なのである。この暴徒による殉教は主人公カリスタ、そしてチェチェリアスとアジェリアスの殉教のさきがけとなるものである。

暴徒はキリスト教徒を求めてアジェリアスの農園に向かうが、彼はジュカンダスの計らいで脱出する。しかし彼の世話をしていたチェチェリアスはそのまま残り、危険を知らせにやってきたカリスタが合流することになる。この場面で重要なのはチェチェリアスが、聖体を携帯していることである。

> … he opened his tunic at the neck, and drew thence a small golden pyx which was there suspended. In that carefully fastened case he possessed the Holiest, his Lord and his God. That Everlasting Presence was his stay and guide amid his weary wanderings, his joy and consolation amid his overpowering anxieties. Behold the secret of his sweet serenity, and his clear unclouded determination. He had placed it upon the small table at which he knelt, and was soon absorbed in meditation and intercession.（211）

聖体の秘跡（the Eucharist）はゆるしの秘跡と並んでカトリック信仰の中心である。聖体はプロテスタントが考えるように、単に最後の晩餐を記念するものではない。パンは実体変化（Transubstantiation）によってキリストの体になる。チェチェリアスが大きな不安のなかにあっても平静を保ち、喜びと慰めを感じられるのは、まさにキリスト自身がパンという形をとりながら実体として彼とともにいるからなのである。彼は聖体をテーブルに置き、救世主キリストを前に黙想し、また聖人に「とりなし」を願う。実体として神がおられるという聖体解釈こそ、オックスフォード運動がアングリカン教会のカトリック性を訴えた際の重要な主張であったことが思い出されるだろう。

危険を知らせるためにわざわざやって来たカリスタにチェチェリアスは、アジェリアスの感じていたものに近い印象を抱く。すなわち、キリスト教徒のことを心にかけてくれる彼女は、胸の内に「キリスト教の炎の火花」(sparks of the Christian flame. 214) があるに違いないと思うのだ。しかし、ニューマン自身の見方を表わす語り手の描写には厳しいものがある。

> It was the calm of Greek sculpture; it imaged a soul nourished upon the visions of genius, and subdued and attuned by the power of a strong will. There was no appearance of timidity in her manner; very little of modesty. The evening sun gleamed across her amber robe, and lit it up till it glowed like fire, as if she were invested in the marriage *flammeum* [a red bridal veil], and was to be claimed that evening as the bride of her own bright god of day. (213)

読者はカリスタには罪がないとどうしても思いがちであるが、語り手はギリシア彫刻を思わせる落着きを指摘した後に、カリスタには「謙遜が欠けている」と言うのだ。彼女はジューバに似て、強力な個人の意志の力を持つ理性中心主義者を彷彿させる。後に彼女は殉教、そして聖人への道を歩むことになるわけだが、この彼女の出発点を記憶しておかなければならない。こうした彼女がどのように変化していくかが重要であるからである。

　チェチェリアスとカリスタは暴徒がやってくるまでの短い時間ではあるが、キリスト教信仰について話し合う。話題は幼児洗礼と改宗者をめぐるものである。カリスタは、キリスト信者はみな幼児洗礼ではないのかと自分の体験に基づいて糺すが、チェチェリアスはそれを否定し、異教の神々に捧げ物をするなど、棄教者はかえって幼児洗礼者に多く、自分の意思で信仰を選択した改宗者の強さを語る。そして彼はカリスタに、このままでは生きれば生きるほど不幸が積み重なると指摘する。人は死んでも永遠に魂が生き残り、「自分の魂だけの状態に幽閉されると、ついには狂気となる」（people go mad at length when placed in solitary confinement.219）。これは「永遠の地獄」（eternal Tartarus, 220）である。

神の計画、摂理《プロヴィデンス》は、このような地獄に落ちる可能性を持つ人間を救済する。自分という牢獄に閉じ込められる人間を神のもとに引き戻すために、神はひとり子を人として世界に派遣した。人間の罪を背負い、神の子羊として十字架上で屠《ほふ》られるために。受肉というキリスト教信仰の核心について、チェチェリアスはカリスタに語る。カリスタは、彼が語る様子を見て、アジェリアスもそうであったが、カイオニがキリストのことを語るときはいつも顔を赤らめたことを思い出す。これはニューマンの信仰のなせるナイーブに過ぎる描写と批判されるかも知れない。しかし石田憲次は「宗教心理の最も微妙なる消息を伝えたものと言わねばならぬ」（石田、96）と述べ、高く評価している。

この短時間の対話ではカリスタの回心は起こらない。彼女はギリシアの娘として理性の段階に留まる。実際、彼女はギリシア的理性の光の照射で幸福であり、精神を知的に満足させる光栄なしでは生きられないと語る。人間の知的喜びを捨てることができず、「キリスト教徒が罪と呼ぶものなしには生きることはできない」（I cannot do without what you, Christian, call sin. 223）と言うのだ。カリスタはキリスト教の神のために異教の人間文化（ルネッサンスのヒューマニズム）を捨てることができず、結局「私は変わることができない」（I cannot change.）と返事をする。彼女は神の方に向き直る回心からは依然として距離がある。ギリシア的な、人間的な地平に留まろうとする。

こうしたカリスタに対してチェチェリアスはどのように対応するのだろうか。カリスタは「自分は変われない」と言うのに対し、彼は「変わる」のではなく「変えられる」のだという論理を展開する。神が人を変えるのである。彼は自身の体験を語る。

> If He can change me, an old man, could He not change a child like you? I, a proud, stern Roman; I, a lover of pleasure, a man of letters, of political station, with formed habits, and life-long associations, and complicated relations; was it I who wrought this great change in me, who gained for myself the power of hating what I once loved, of unlearning what I once knew, nay, of even forgetting what once I was? ...It is His same Omnipotence which will transform you, if you will but come to be transformed.（223-24）

誇り高き教養あるローマ市民であったチェチェリアスは、すべてを捨てて神に奉仕するよう神によって変身させられた。そのような神は、カリスタをも変えられるはずだと説くのである。聖人になるような人物であっても人間に変わりがなく、罪から逃れることはできない。全能の神を信頼すれば回心者――この小説のなかで何度か現われる聖書の表現を使えば「火のなかから取り出された燃えさし（ゼカリア：三、二：アモス：四、一一）」（a brand plucked out of the fire）――となることができる。これこそ神の救済計画の成就であり、教会はこのような回心者の共同体として成立し、「神の静かな仕事」（God's noiseless work, Newman, *University Sermon*, 96）を継続させてきたのである。

　いよいよ暴徒が侵入して来たとき、チェチェリアスはカリスタに貴重なルカ福音書を渡す。そして隠し持っていた聖体を拝領する。彼はキリスト教徒が隠れ家としている山中の洞窟に逃げようとするが捕えられ、暴徒がパン屋から奪ってきた驢馬に乗せられる。しかし、シッカに連行される途中、ジューバによって救出される。他方、カリスタはキリスト教徒であるという嫌疑を受け、逮捕・拘禁されてしまう。

カリスタはキリスト教徒でもないのにキリスト教徒として拘束される。釈放されるには単純にローマ帝国が要求する皇帝に香を捧げること、あるいはそうしたという文書に形式的にサインすることが求められるが、彼女は頑なに拒否する。ジュカンダスが懸命に説明するように、世俗的に考えれば、そのような行為は単にローマ帝国に対する臣従を示す政治的な意味を持つに過ぎず、宗教的良心とは無関係である。政治的方便と信仰とを割り切って分離できるかどうかが問われる。(国教会の大学であったオックスブリッジで要求された三九箇条への署名問題が思い出されよう。University Test Act)。彼女はキリスト教信者ではないが、信仰してもいない対象に香を炊くことはできないと、カリスタは良心の自由を盾に拒否し続ける。

カリスタが逮捕されていることを伝え聞いたアジェリアスは、キリスト教徒でもないのに処刑される彼女のことを不憫に思う。それは何よりも、キリスト教信仰なしに死ぬこと、罪の状態で死ななければならない事態だからである。ジュカンダスはアジェリアスを獄中のカリスタのもとに行かせようとするが、それに対する彼の応答は、行くのならば「獄中に留まるに値するようになって留まるよう、説得するために行く」(I go to persuade her to stay in prison, by deserving to stay. 253)。人間的愛を告白したときとは違って彼は、カリスタが処刑の正当性、つまりキリスト教徒として処刑されるように願う。それは殉教であり、恩恵なのである。彼は、良心に反して出獄するようカリスタに説得するのではなく、むしろ信仰を受け入れるように説得するために行こうと答えるのだ。この変化はアジェリアスの霊的成長を示している。

この間、ジューバは義母のガータによって魔術の道に入らせられようとするが、それを「誰も主人とするつもりはない。誰にも従わない」(I won't have a master! I'll be nobody's servant. 261)という、いつもの信念を盾にして抵抗する。ジューバは、朝夕に一パイントの生血を飲み、平気で少年を殺めるような義母の傘下に入り、魔術を習得することを拒絶する。怒りにかられたガータは、ジューバに獣を投げつけ、それがぶつかった衝撃で、彼に魔法がかかる。あれだけ自分の他に自分の主人なし、と誇っていたジューバではあるが、神経組織は麻痺し、心の内で誰かが話しかける声を聞くようになる。彼は狂ったように森の中を走り回るが、ついに疲れきって息を継ぐために立ち止まる。チェチェリアスから唯我論を批判され、可能なうちに悔い改めるように諭されていたジューバは、あたかも神の罰であるかのように、義母の一撃によって自由意志を失い、気絶してしまう。カリスタは、チェチェリアスから死後も自分の魂が生き続け、一切のものから切り離されて自分だけの世界に閉じ込められる「永遠の地獄」の可能性を指摘されたが、ジューバは「自分から逃れることはできない」("You cannot escape from yourself!" 265) という峻厳な事実を告げる声に恐怖を感じる。自尊心の強い理知的なタイプの人間である両者が、自己という牢獄にいるということに気づかされたわけである。

やがて意識が戻ったジューバは、蝗が襲来した後とは思えない、すばらしい風景のなかを歩かされる。新しき創造とも言える、野の花が咲き乱れる自然のなかを走らされる。美しい自然を見る彼の目は、神によって創造されたエデンを最初に目撃したときのサタンの——嫉妬と不満と憎しみに満ちた——目にたとえられている。彼の精神状況には、蝗に襲われ荒地となった場所こそがふさわしかったであろうが、自由を失った「若者は、意思に反して美と祝福に満たされた地へと行かざるを得ない」(the youth was forced along into the fullness of beauty and blessing, 269) のだ。ジューバは「高慢の罪ゆえに厳しい懲罰を受ける」(under the heavy chastisement of his pride, 272) が、興味深いことに、その罰は美しい自然のなかを行かされるというものである。このジューバの罰としての放浪は、幽閉状態に置かれていたアジェリアスの部屋に押し入り、彼を解放し、代わりにベッドに横たわることによって終わる。

カリスタは依然として拘留され続けている。兄のアリスト、そしてプロティノスの友人でもあるという新ピタゴラス派の哲学者ポレモが、形式的に香を捧げて自由を得るようにと説得を試みるが、彼女は頑として首を縦に振らない。彼女の人生哲学はチェチェリアスとの対話によって、すでにキリスト教的なものになっている。「心が心へ語りかける」(Cor ad cor loquitur)をモットーとしたニューマンを代弁するかのように、カリスタにとって宗教とは「自分の魂に心配りをしてくれた神への、魂の応答」(the soul's response to a God who had taken notice of the soul.)で、「愛の交わりであり、そうでなければただの名前に過ぎない」(It was loving intercourse, or it was a name.)。カリスタはキリスト教の精髄を「心の奥底に神がいますこと」(the intimate Divine Presence in the heart)と見定め、「人格と人格との友愛、相互の愛」(It was the friendship or mutual love of person with person. 293)だと理解するようになっている。

このように心が愛する他者へと解放され、心の奥底に神を受け入れる準備ができた状態で、カリスタはチェチェリアスから渡されていたルカ福音書を読む。そしてそこに彼女の良心に話しかけるイエスを発見するのである。カイオニとアジェリアスの頬を赤く染めさせた人についに邂逅する。福音書を読んで、彼女は体験したこともないような「屈辱の感覚」(a feeling of humiliation)を味わう。これは彼女の側に高慢があったことを前提にしている。彼女の心は「折れ」、自己を低くすることを学ぶ。福音書に描かれたマグダラのマリアと自身を同化させ、自分の罪を自覚し、神の愛を実感する。カリスタは新しい境地に開かれ、すべてのものの存在を新しい光の下で見るようになる。世界の中心にあるのは自分ではなく、イエス・キリストなのであった。

一方、アジェリアスはジューバによって解放されてから、チェチェリアスが避難しているキリスト教徒の隠れ家の洞窟に向かい、そこでミサに与る。彼は生まれて初めて自分の家に帰ったという感慨を持つのであった。

チェチェリアスは、神を待ち望むカリスタをひそかに訪れる。彼女はマグダラのマリアにやさしかったイエスを自分にも与え、自分の罪を取り除いて欲しいとチェチェリアスに願う。彼は牢獄生活の試練によるものか、カリスタの肉体と心の変貌ぶりに喜びと悲嘆の涙を禁じえない。以前は見られた、原罪に汚れた人間にはふさわしくないような威厳ある物腰、自尊心、高慢はすっかり陰を潜め、今は謙遜と単純さ、そして柔和さが支配している。彼女は自分地獄から解放され、神を中心に生きている（**Callista was now living, not in the thought of herself, but of Another:345)**。チェチェリアスは、カリスタに洗礼、堅信、聖体の三つの秘跡を同時に与える。この秘跡よって彼女はいつ殉教してもよい状態となる。そうした彼女をニューマンの筆はどのように描いているか、この小説の最も重要な場面であるので長くなるが引用しておきたい。

She slept sound; she dreamed. She thought she was no longer in Africa, but in her own Greece, more sunny and bright than before; but the inhabitants were gone. Its majestic mountains, its rich plains, its expanse of waters, all silent: no one to converse with, no one to sympathize with. And, as she wandered on and wondered, suddenly its face changed, and its colours were illuminated tenfold by a heavenly glory, and each hue upon the scene was of a beauty she had never known, and seemed strangely to affect all her senses at once, being fragrance and music, as well as light. And there came out of the grottoes and glens and woods, and out of the seas, myriads of bright images, whose forms she could not discern; and these came all around her, and became a sort of scene or landscape, which she could not have described in words, as if it were a world of spirits, not of matter. And as she gazed, she thought she saw before her a well-known face, only glorified. She, who had been a slave, now was arrayed more brilliantly than an oriental queen; and she looked at Callista with a smile so sweet, that Callista felt she could not but dance to it.

And as she looked more earnestly, doubting whether she should begin or not, the face changed, and now was more marvelous still. It had an innocence in its look, and also a tenderness, which bespoke both Maid and Mother, and so transported Callista, that she must needs advance towards her, out of love and reverence. And the lady seemed to make signs of encouragement: so she began a solemn measure, unlike all dances of earth, with hands and feet, serenely moving on towards what she hears some of them call a great action and a glorious consummation, though she did not know what they meant. At length she was fain to sing as well as dance; and her words were, “In the name of the Father, and of the Son, and of the Holy Ghost”; on which another said, “A good beginning of the sacrifice.” And when she had come close to this gracious figure, there was a fresh change. The face, the features are the same; but the light of Divinity now seemed to beam through them, and the hair parted, and hung down long on each side of the forehead; and there was a crown of another fashion than the Lady’s round about it, made of what looked like thorns. And the palms of the hands were spread out as if towards her, and there were marks of wounds in them. And the vestment had fallen, and there was a deep opening in the side. And as she stood entranced before Him, and motionless, she felt a consciousness that her own palms were pierced like His, and her feet also. And she looked round, and saw the likeness of His face and of His wounds upon all that company. And now they were suddenly moving on, and bearing something or some one, heavenwards; and they too began to sing, and their words seemed to be, “Rejoice with Me, for I have found My sheep,” ever repeated. They went up through an avenue or long grotto, with torches of diamonds, and amethysts, and sapphires, which lit up its spars and made them sparkle. And she tried to look, but could not discover what they were carrying, till she heard a very piercing cry, which awoke her. (354-56)

平安に満たされたカリスタは死を恐れない。拷問とか死とか、そうしたことを考える次元を超越している。カイオニが死を目前に夢を見たように、彼女もまた夢を見る。懐かしい故郷のギリシアに帰ると、彼女を歓迎するかのように無数の霊が現われ、そのなかにはカイオニもいる。カイオニは祝福を受け、東洋の女王のように美しい姿となっている。カリスタは今にも踊り出したくなる。踊ろうかどうか思案していると、カイオニの顔が変化し、処女《おとめ》と母の両方を表すような、純心とやさしさを備えた聖母マリアのような女性となる。彼女に励まされ、カリスタはこの世のもとは異なる厳粛な踊りを舞い始める。どうやら踊りは殉教を象徴しているようである。彼女は歌い踊り、「父と子と聖霊の御名によりて」と言うと、まわりの霊魂たちは「犠牲のよき始まり」と和する。カリスタが聖母に近づくと、ふたたび姿が変化する。顔は同じであるが、神性を帯びている。髪の毛は分けられ、頬の両側に垂れ下がっていて、頭上には荊の王冠が載せられている。手のひらと脇腹には刺し傷がある。カリスタは魅了されてじっと立っていると、自分の手と足にこの人と同じ刺し傷ができる痛みを感じる。振り返れば、周囲の霊も同じ傷を負っている。聖フランシスコが体験したスティグマタのように。彼らは突然、彼女を連れて天に向かって動き出す。「ともに喜べ、私はわたしの羊を見出したから」と何度も繰り返し歌いながら。これはイエスが十字架上で受けた苦しみをイエスのために受ける殉教者が、天の共同体、勝利の教会に迎え入れられる情景を見事に描く、達意の文章と言わなければならない。

　殉教したカリスタは教会の伝統に従って聖人の道をたどることになる。聖人になるにはその肉体が腐敗しないことや、その人物の功徳のおかげで誰かが救済されるなどの要件が必要となる。彼女の遺体からは「神聖な香り」(divine odour) が放たれ、昼の熱い太陽も夜の月も大気の湿気も、また猛獣でさえも手が出せない。カリスタの死後に起こった奇跡としては、シッカの教会の復活があげられる。迫害を再開したデキウス帝が死に、迫害が終結し、教会を去っていた人々がカリスタの殉教に励まされて帰還する。立派な教会が建設され、カリスタの遺骸が埋葬される。そしてあの一九世紀の知識人を代表するような唯我論者のジューバが、カリスタの殉教によって教会に迎え入れられることになる。そして洗礼の翌朝、祈りの姿勢のままに息絶えているのが発見される。彼は、アジェリアスがかつて望んだように、洗礼の後にすぐ、罪を犯さないまま、来世へと旅立ったのである。

この小説で「血による洗礼」(a baptism of blood)と表現される殉教が、カリスタばかりではなくアジェリアスにも起こらないと、二人は結ばれない。小説の最後に語られるように、彼らは死後、同じ教会の主祭壇の下に葬られる。先にアジェリアスがニューマンに一番近い登場人物であると述べたが、それは地上的な願望を神の摂理に従う従順さで昇華し、神を仰ぎ見る共同体に生きる範型を提示しているからである。この小説の最後のエピソードは、ニューマンの心の友、オラトリオ会員アンブローズ・セント・ジョン(Ambrose St John)の墓のなかに(隣ではない)埋葬してくれるよう遺言し、そのとおりにされたニューマン自身の人生の終わりを予言するかのようである。

＊＊＊

この小説は、名ばかりのキリスト教徒であった人間アジェリアスが、教会の秘跡のなかに受け入れられることによって再生し、異教徒であった女性カリスタがキリスト教を受け入れて殉教し、その影響で教会が復活し、ジューバが信者となる物語である。司教チェチェリアスが殉教者・聖人カリスタの誕生を契機に、シッカの教会に秩序を回復させる物語である。キリスト教小説では登場人物がどのように変化するかに着目する必要があるが、この三人の若者だけが変化する。アジェリアスは神への愛よりも地上的な人間愛を優先させたことが問題とされるが、彼の弱さは信仰の共同体が存在しない点にあった。彼は異教徒のカリスタに拒絶されることで、神への愛を先行させる道に導かれる。すなわち聖職者の道である。

これはニューマン自身が歩んだ道でもあった。彼は在俗司祭の共同体であるオラトリオ会をイングランドに創設し、バーミンガムに暮らしたのである。修道的生活は殉教というものがなくなった時代に、この世に対して死んで、神に人生のすべてを捧げる、いわば新しい「殉教」として制度化されたものである。一九世紀イングランドにおいて、ニューマンは殉教者の精神を持って聖職者となった。アジェリアスはチェチェリアスによって、「もし、だれかがわたしのもとに来るとしても、父、母、妻、子供、兄弟、姉妹を、さらに自分の命であろうとも、これを憎まないなら、わたしの弟子ではありえない（ルカ、一四：二五、共同訳）」(If any man come to Me, and hate not his father and mother, and wife, and children, and brethren, and sisters, yea, and his own life also, he cannot be My disciple. 158) というイエスの厳しい言葉を思い出させられる。そして続く「自分の十字架を背負ってついて来る者でなければ、だれであれ、わたしの弟子ではありえない」というイエスの言葉はカリスタに、そしてチェチェリアスとアジェリアスに、そしてこの小説を読むカトリック信者に殉教の覚悟を迫る。自分の十字架を背負うこと、これこそが殉教なのである。殉教の本来の意味は信仰を証することである。

『カリスタ』は殉教による教会の再生物語であり、地上の教会と天上の教会の共同体としてのカトリック教会の実像を提示する。人間的価値観から解放され、神の側から見る視点を獲得することの重要性を説いている。ニューマンはプロテスタント体制社会のなかでようやく位階制を回復したばかりの、「無知な」信者が多数を占めるカトリック教会に対して、カリスタの殉教に見られるような信徒生活の理想を示し、彼女を鏡に共に歩もうと励ます。ニューマンはカタコンベから出たばかりの教会に属する信者に、小説で何度となく繰り返される典礼の言葉「スルスムコルダ（こころをあげて主を仰がん）」（*Sursum corda*; Lift up your hearts）と語りかけるのである。

註

筆者が使用したテクストは John Henry Newman, *Callista: A Tale of the Third Century* (Longman, Green and Co., 1914）である。本文中の引用はすべてこの版から行ない、頁数を括弧に入れて示す。参考文献に関しては、著者名と書目の頁数を括弧に入れて示す。

参考文献

石田憲次『ニューマン』、研究社、一九三六年。

長倉禮子「恩寵への讃歌『カリスタ』、日本ニューマン協会編『時の流れを超えて――J・H・ニューマンを学ぶ』、教友社、二〇〇六年。

Chapman, Raymond. *Faith and Revolt: Studies in the Literary Influence of the Oxford Movement*. Weidenfeld and Nicolson, 1970.

Gilley, Sheridan. *Newman and His Age*. Darton, 1990; rpt., 2003.

Maison, Margaret. *The Victorian Vision: Studies in the Religious Novel*. Sheed & Ward, 1961.

Newman, John Henry. *Fifteen Sermons Preached before the University of Oxford*. 3rd ed. Rivingtons, 1872.

ditto, *A Letter to the Rev. E.B. Pusey, D.D. on His Recent Eirenicon*. Longmans, 1866; 1st ed. 1865.

Sanders, Andrew. *The Victorian Historical Novel 1840-1880*. Macmillan, 1978.

Schnabel, Gerald Michael. "John Henry Newman", Mary R. Reichardt, ed., *Encyclopedia of Catholic Literature*, Vol. 2. Greenwood Press, 2004, 503-12.

Strange, Roderick. *John Henry Newman: A Mind Alive*. Darton, 2008.

Wheeler, Michael. *The Old Enemies: Catholic and Protestant in Nineteenth-Century English Culture*. Cambridge University Press, 2006.

Wolff, Robert Lee. *Gains and Losses: Novels of Faith and Doubt in Victorian England*. John Murry, 1977.

第四章　カトリック信者にとっての「死」
――ニューマンの『ゲロンシアスの夢』――

誰にも等しく訪れるもの、それは死である。生まれてきた以上、死を免れる者はいない。死は人類普遍の課題であり、人は死を恐れ、恐れぬ者は勇者として讃えられてきた。死は、それに伴う肉体の苦しみもあるが、それ以上に、その実相が誰にもわからないという神秘のゆえに恐怖の対象なのである。さらに、愛する人と物との別離の辛さは、それが想像のなかで理解できるがゆえに、死は、特別に、人の存在を揺るがすものと認識される。不死への願いは人類の歴史とともにあり、不死の妙薬を手に入れようと努力奮闘する人間も現われ、その営みが科学の発展にも寄与することとなった。

宗教信仰は、人の死と、それを基点に反省される生に、深い関わりを持ち続けているが、伝統宗教が勢力を失う近代社会においては、死は、共同体ではなく、個人で引き受けなければならないものになった。ヴィクトリア時代には、キリスト教信仰は科学的精神の進捗によって侵食され、死は以前の時代に比して、はるかに受け入れがたいものになった。ちょうど世紀の半ばに、詩人テニソンが友人の死を悼んで書いた長詩『イン・メモリアム』(*In Memoriam*, 1850) を発表し、好評を博して桂冠詩人となるきっかけとなったのも、こうした死をことさらに不安視する時代の文脈で理解されるべきだろう。死を自覚的に捉えるようになった個人が、かつての確固とした社会的基盤を科学主義精神によって失い動揺する信仰に、それでも何とか救いを見出そうとする時代であった。キリスト教は、創世記に記されているとおり、死をアダムの罪——原罪——によって、すなわち、神そのものである神のことば〈ロゴス〉に対する不従順の罪によって、この世に入ったと考える。ナザレのイエスがメシアであると同定するキリスト教は、第二のアダムであるイエスによる贖いの死と、彼の復活を信仰することによって、死の恐怖を劇的に減少させたと言える。現象としての死は、霊魂と身体との分離であるが、死後、霊魂がどのようになるのか。信仰ある者は復活の希望を持って死ぬことが可能となり、悲しみにくれる必要がなくなったのである。キリスト教の救済とは、自分の霊魂が神と相対し、目と目を合わせ、神を直視すること（「至福直観」the Beatific vision）である。これは神を真に理解するということをも含意する。

この神との対面を究極的救いとみなすキリスト教信仰を、ヴィクトリア時代の思想風土にあって、見事に描いた詩がある。二〇一〇年九月に、カトリック教会によって「列福」（beatification 聖人に列せられる一歩手前の手続きである）されたジョン・ヘンリ・ニューマンの『ゲロンシアスの夢』（*The Dream of Gerontius*, 1865）がそれである。列福によって彼は、信者から福者として崇敬（veneration）［崇拝（worship）ではない。崇拝の対象はあくまで神のみである］の対象にしてよいという、教会のお墨付きを得ることになった。『ゲロンシアスの夢』は、長らくプロテスタンティズムを国是としてきたイングランドで——「一九世紀半ばにカトリシズムに改宗することは、二〇世紀半ばに共産主義者となることよりもはるかにゆゆしき社会的結果を招いた」（Dessain, 79）にもかかわらず——一八四五年にオックスフォード大学教員としての地位と名声のすべてを捨ててカトリック教会に転会し、いわば「国賊」的存在までに貶められたニューマンが、それからほぼ二〇年が経過した一八六五年に書いた九〇〇行の長詩である。それはカトリシズムの死観がどのようなものであるかをよく示しており、宗派の違いを超えて受容された信仰詩としての魅力によって、徐々に国民文化の一部として認知されていった。したがって、ニューマンの文学者としての姿を知るためにも考察が不可欠な詩であると言えよう。

一八三三年に始まったイングランド教会［あくまでもイングランドにおいてのみ国教会の地位を持つ。「英国国教会」という日本語表記がいまだ散見されるのはまったくのイングランド中心主義か無知の表れである。］内部に、カトリックの教義と信仰実践を導入しようとするオックスフォード運動は、時代の流れに沿って人間の明るい将来を約束する進歩を信頼するよりも、むしろ過去に理想を認める態度によって、反動的なものと受け取られ、教会内外から批判を浴びた。ニューマン、ピュージーら、オックスフォードの指導者たちは、低教会および福音派の特徴であった救済事業、他者に対する親切心、紳士淑女として、そして何よりも信仰告白国家《コンフェッショナル・ステイト》イングランドの国民としての義務感など、結局は、人間の感情と行動の規範に収斂されてしまう、あまりにも人間主義的な当時の信仰形態に対して、教義の重要性を説き、神学的裏づけによって、信仰をふたたび神のもとに引き戻そうとしたのだが、国家教会への臣従ではなく国外の、しかもアンチキリストの教会のために働く輩として、軽蔑のまなざしを向けられた。当時のプロテスタント信者にとってのカトリック信者のイメージは、まったく否定的なものであった。カトリック信徒は、非イングランド的で、国家の問題に無関心であるだけでなく、外国勢力の手先ですらあったのである。

このような文化を背景に『ゲロンシアスの夢』が書かれたのは一八六五年の一月から二月にかけてであるが、その前年は、ニューマンの人間性批判の急先鋒、チャールズ・キングズリーとの論争から生まれた『アポロギア』が刊行された年であった。『アポロギア』は、おおむね好評を持って迎えられ、今日に至るまで精神的自伝の白眉と評価されているが、ニューマンは精神と肉体の疲労から来る麻痺を経験し、六四歳にして死を意識したのであった。「ゲロンシアス」はその名が示すとおり老人である。この詩は、彼が死を自覚するところから始まり、死後、守護の天使《ガーディアン・エンジェル》に伴われ、煉獄《パーガトリ》の入り口に至るまでが描かれている。カトリック者の霊魂の、救済に向けた煉獄への旅が英語で書き表された文化的な意味は大きい。若き日にリベラリズムに対して強い拒否の姿勢を取らせ、彼を福音派の信仰から、その対極にあるカトリシズムへと帰着させたニューマンの「キリスト教教義を求める熱情」(Sharrock, 43)は、この詩のなかでも看取することができる。彼のカトリック的信仰を明らかにする第一は、霊魂が煉獄に向かうという、その事実自体である。第二は、その霊魂の旅を支える枠組が、カトリックの教会観であることである。

カトリック教会は三つの教会で構成される。まず、教会といえば一般に意識される「地上の教会」。これは現に生きている信者によって構成され、地上で生きるという闘いに従事しているため「闘う教会」(the Church militant)と呼ばれる。あと二つの教会は、地上を去った信者の霊魂で構成される。一つは天にある「勝利の教会」(the Church triumphant)であり、神、そして聖母をはじめとする諸聖人、先述したキリスト教の究極的救いである「至福直観」を得た、その意味で勝利を収めた人の霊魂で構成される。もう一つは、地獄と天国の中間地帯として構想される煉獄で、罪を浄化する魂で構成される「苦しむ教会」(the Church suffering)である。カトリシズムの救済は、この三つの教会の協働作業によって達成されるのである。このシステムは「聖徒の交わり」(communion of saints)と称され、この三つの教会間のコミュニケーションの手段は「祈り」である。地上の「闘う教会」は自分たちと「苦しむ教会」のために、「勝利の教会」に助力を祈り求め、「勝利の教会」は「闘う教会」と「苦しむ教会」のために祈る。各教会は互いに「とり成し」(intercession)の祈りを唱え合うわけである。中世以来の信仰生活で重要な地位を占めるようになった聖母マリアを含む聖人に対する崇敬は、こうした考えに基づいている。プロテスタント諸教会とは異なり、カトリック教会では、神の恩寵と自己の行ないによって、救われるかどうかが決まるが、神に対して恩寵を願う他に、聖母をはじめとする諸聖人（特に個人、民族、職業別ギルドの保護聖人）に「とり成し」を祈る。いわば、すでに救済された霊魂が天に積んでいる宝にすがるわけである。

それでは「苦しむ教会」と規定され、ゲロンシアスが向かう煉獄とはどのようなところであろうか。『新カトリック大事典』（研究社、二〇〇九）の定義は明快である。「神の恩恵及び神との親しい交わりを保ちながら、罪の完全な浄めを得ないままで死ぬ人が、死後、天国の喜びにあずかるために必要な聖性を得るよう受ける浄化の苦しみ」。場所的概念を伴った煉獄は、ル・ゴッフによれば一二世紀に誕生したが、現代の神学では場所というニュアンスはないことがわかる。前提となっているのは、いかなる人間も完全な聖性をもって死ぬことはなく、といって救いの余地がまったくないほどに邪悪な状態で死ぬ者もそうはいないだろうという、一般に同意される考えである。小罪を犯したまま死ぬ者、「ゆるしの秘跡」（penance）を受けたが、償いを全うせずに死んだ者が、地上と天の教会のとり成しにより、「至福直観」の予兆に励まされながら、永遠の罰によって焼かれる地獄の業火とは違う、有限の罰を浄化する火にあぶられる。プロテスタンティズムがこれを否定するのは、聖書に明確な証言がないことに加え、人間の功績・功徳による義認（justification、神の前で人が義とされること。ルターは信仰義認論を主張し、カルヴァンは、何ものをも前提としない神の恩恵が人を義とすると考えた）を認めることになるからである。一五七一年に「見解が多様なものとならないように、そして真の宗教に関して同意を確立する」（the avoiding of Diversities of Opinions, and for the establishing of Consent touching True Religion）ために制定されたイングランド教会の「三九箇条」では、その二二条が「煉獄、免罪（贖宥）聖像および聖遺物の礼拝と崇敬、また諸聖人の執り成しに関するローマ教会の教理は、虚しく作られた勝手な作り事であって、聖書に根拠を持たないばかりか、むしろ神の御言に反するものである」（塚田、516）と規定し、煉獄を公式に否定している。これに対してニューマンは、『教義発展論』（*An Essay on the Development of Christian Doctrine*）のなかで、煉獄の正統性を主張している。教父神学の専門家としてニューマンは、アレクサンドリアのクレメンス、さらにキプリアヌスらを引用し、「不完全ではあるが信仰を持った霊魂の浄化」（the purification of the imperfect but believing soul, *Development*, 392）のためにふさわしいシステムが、初代教会以後の時代の流れのなかで次第に認識されるようになった経緯を、正当なものと認めている。

＊　＊　＊

それでは以下、七節から構成される『ゲロンシアスの夢』を、第一節から順に読んでいくことにしよう。詩全体のトーンが決定され、また上述したカトリック神学が導入される重要な箇所でもあるので、長くなるが書き出し部分全体を読んでみたい。

Jesu, Maria—I am near to death,
　　And Thou art calling me; I know it now.
Not by the token of this faltering breath,
　　This chill at heart, this dampness on my brow,—
(Jesu, have mercy! Mary, pray for me!)
　　'Tis this new feeling, never felt before,

(Be with me, Lord, in my extremity!)
That I am going, that I am no more.
'Tis this strange innermost abandonment,
　　(Lover of souls! great God! I look to Thee,)
This emptying out of each constituent
　　And natural force, by which I come to be.
Pray for me, O my friends; a visitant
　　Is knocking his dire summons at my door,
The like of whom, to scare me and to daunt,
　　Has never, never come to me before;
'Tis death,—O loving friends, your prayers!—'tis
　　he! …
As though my very being had given way,
　　As though I was no more a substance now,
And could fall back on nought to be my stay,
　　(Help, loving Lord! Thou my sole Refuge, Thou,)
And turn no whither, but must needs decay
　　And drop from out the universal frame
Into that shapeless, scopeless, blank abyss,

That utter nothingness, of which I came:
This is it that has come to pass in me;
O horror! this it is, my dearest, this;
So pray for me, my friends, who have not strength to pray.

今まさに死につつあることを悟ったゲロンシアスは、まずイエスと聖母マリアに呼びかける。ただし五行目の括弧に入れられた部分、彼が彼らに直接呼びかける箇所に着目すると、神であるイエスには、憐れみを乞い、聖人に過ぎないマリアには、自分のために祈ってくれるように求めるという、重要な区別がなされていることに気がつく。先述したとおり、マリアには「とり成し」の祈りを求めているのである。四箇所ある括弧に入れられた部分は、ゲロンシアスのこの世での生を終わる間際の、キリスト者としての実存の深みから出る心の叫び【多用される感嘆符に注意】であり、結果として信仰心の表明となっており、きわめて効果的である。迫り来る死の自覚は「息苦しさ」、「心臓の冷たさ」、「額の汗」といった兆候によるものではない。それはこれまで経験したことのないような体の奥底の崩壊、五臓六腑と生命の証である力が抜けてしまうという知覚による。茫漠とした深淵、奈落の底へと落ち、「まったくの無」（utter nothingness）に解体される恐怖感に襲われるゲロンシアスは、友人たちに自分のために祈ってくれるよう懇願する。

　つぎに登場する「助力者たち」（assistants）とは、死の床についているゲロンシアスを取り囲み、彼のために祈る友人たちである。彼らは、すべての天使と聖人たちに、彼のために祈ってくれるよう、やはり「とり成し」を求める。地上の教会と天上の教会の祈りによる交流、「聖徒の交わり」が確認される。つぎにゲロンシアスは、混乱状態から一時的に回復し、死まで残された時間に、「汝の神に会うために備えよ」

に祈る。(Prepare to meet thy God) と自分自身に促がす。友人たちも神に対して憐れみを請いながら、つぎのように祈る。

... Lord, deliver him.
From the sins that are past;
From Thy frown and Thine ire;
From the perils of dying;
From any complying
With sin, or denying
His God, or relying
On self, at the last;

友人たちが願うのは、恵み深い神の憐れみによって、ゲロンシアスが過去の罪から解放されることである。そして今際のときに、神から離れる罪を犯し、自分を頼りとしないようにと願うことも忘れない。こうした彼らの祈りを支えているのは、神の一人子、イエスの救済の業である。イエスの「受肉と受難によって」(By Thy birth, and by Thy Cross)、ゲロンシアスを「最終的な落下」(a final fall)、つまり地獄落ちから免れさせて欲しいと願うのである。復活と昇天、さらに「聖霊の恵み深い愛によって」(By the Spirit's gracious love)、「審判の日」(the day of doom) に、彼が救われるように祈る。

こうした友人たちの祈りに励まされ、残された時間を有効に使って、神に会う準備をするよう自分に勧めたゲロンシアスは、一種の信仰宣言を唱える。彼は三位一体の神、キリストが人間でありかつ神であるという正統信仰の「両性説」を宣言し、近代に一大勢力となったイエスの神性を認めないユニタリアニズムと、受肉後は唯一の本性である神性のみが存在するとする「キリスト単性説」(Monophysitism) を否定する。そして「イエスが十字架につけられて亡くなられたように、御心に適わない行ないと思いのすべてを滅ぼしてください」(each thought and deed unruly / Do to death, as He has died) と願う。ゲロンシアスは教会への信頼も表明する。「聖なる教会は神の創造になるもの」(Holy Church, as His creation) であり、「その教えも神御自身のもの」(her teachings, as His own) であるとする。

このように肉体の死の準備をしているうちに、ゲロンシアスは肉体の苦痛よりもさらに激しい、滅びの感覚を覚える。彼は「創造物でできている確固たる枠組」(The solid framework of created things) から落下し、「底知れない淵」(the vast abyss) へと沈んで行くと、悪魔が風に乗って呪いを吐きながら、恐ろしい堕天使の翼を羽ばたかせて近づいて来るのである。恐怖と絶望におののき、保護の天使を派遣してくれるようにイエスに祈る。友人たちがアブラハム、ロト、モーセら、苦難から解放された者を例に引きながら、連禱式に神の助力を願うと、ゲロンシアスは「主の御手にゆだねまつる」(Into Thy hands) と口にして絶命する。つぎに司祭の「キリスト者の魂よ、御身の旅路を行け」(Go forth upon thy journey, Christian soul!) というゲロンシアスを送る言葉と、「今日御身が安らぎのうちに、聖なるシオンの山の上にあるように」(may thy place to-day be found in peace, / And may thy dwelling be the Holy Mount / Of Sion) という祈りが聞こえてきて、第一節が終わる。

第一節には、死の床についているゲロンシアス、彼の死に立ち会う家族と友人たち、そして司祭が登場し、ゲロンシアスの死が教会のなかで起こるものであり、天上の教会に「とり成し」を願う地上の教会の祈りに支えられ、信仰を確認することができた彼が、ある意味で「無事に」死を迎えられたことが示されている。第二節からは、彼の死後の様子が描かれる。ゲロンシアスの霊魂、彼の守護天使、悪、そして煉獄の魂が登場する。第二節の冒頭では、ゲロンシアスの魂が、肉体を離れたはずであるのに、いまだに肉体があるという不可思議な感覚、「言葉にできないほどの軽やかさ」(inexpressive lightness)と、「生き返ったような感じ」(refreshment)、そして「ついに自分自身になったかのような自由な感覚」(a sense / Of freedom, as I were at length myself)を味わっている。彼がいるのはまったくの静寂の世界であり、苦しい呼吸も弱くなった脈の音もない。もう一つ不思議なのは、誰かが自分のことをしっかりと支えてくれているという感覚である。それは守護の天使が彼を運んでいるのであった。彼は天使の歌声を耳にする。三連からなる天使の歌には、注目すべき言葉がある。それはつぎの詩句の末尾に見えるように、ゲロンシアスの霊魂が救われているという言葉で、天使はすでに、ゲロンシアスが煉獄を経て、いずれは天へと向かうことを知っているのである。

My Father gave
In charge to me
This child of earth
E'en from its birth,
　　To serve and save,
　　　　Alleluia,
And saved is he.

それではゲロンシアスは、天使をどのような存在と捉えているのだろうか。天使は天地創造以前から、神の玉座を取り囲み、罪を知らず、「ヴェールが解かれた神の顔を凝視し」(gaze on the unveil'd face of God)、「涸れることのない真理の泉から飲み」(drank from the eternal Fount of truth)、「熱烈な歓喜あふれる愛をもって神に仕えてきた」(served Him with a keen ecstatic love) 存在である。ここでも至福直観の奥義が、同じ被造物ではあるが人間よりも高次の存在である天使に仮託して、説かれている。

第二節ではゲロンシアスは、天使と直接言葉を交すことはないが、第三節からは対話が始まる。彼の霊魂ははっきりと「わたしはあなたと意識的な霊的交わりを持ちたい」(I wish to hold with thee / Conscious communion) という願いを明らかにする。その上で、ゲロンシアスはまず、どうしてすぐに神の前に出て、自分にふさわしい裁きが行なわれないのかと問う。これは「四終」(the Four Last Things)、すなわち、「死・審判・天国・地獄」という、人間にとってもっとも大事な生の問題を、彼が十分心得ていることを示している。四終は人間の終末と再生に関して、カトリック教会の数える死後の最も重大な出来事である。死は人がすべてを奪われた状態で神と決定的に出会う契機であり、完全なる自己奉献としての死は救済論的には、神の愛との出会いを意味する。地獄とは神の愛に対する絶対的な拒否であり、完全な自己中心、自己唯一主義の結果である。

ゲロンシアスの疑問に対して天使は、人間の時間と死後の時間との違いを指摘し、実際には彼らは凄まじい速度で裁きの場へと向かっている途上にあり、彼が死んでからまったく時間が経過していないと答える。つぎにゲロンシアスは、生前は死と審判を恐れていたが、今はまったく恐怖を感じず、「静かな喜びをもって未来を見つめることができる」(I can forward look / With a serenest joy.) と述べ、それはなぜかと問いかける。天使は、「地上にあるときに神を畏れる生活をしたので、今は恐れを感じないのだ。お前は死後の苦しみを先んじて制したのだ。だからお前の死の苦しみは過ぎ去ったのだ」（It is because / Then thou didst fear, that now thou dost not fear, / Thou has forestall'd the agony, and so / For thee the bitterness of death is past.）と説明する。神の側からの絶対的な恩寵によって救われるというカルヴァン主義的な考え方とは異なり、カトリシズムでは人間の行為もまた人の救済に関係するとするが、四終を想う生き方こそが、ゲロンシアスの苦悶の免除に繋がっていると言えよう。天使はさらに、個々の死にその予兆があるように、最後の審判についても、神の御前に出るまえに、お前の行くべき場所を示す光線が射しているので、苦しみを感じないのであって、ゲロンシアスが味わっている静かな喜びは「救いの初穂」（first-fruit to thee of thy recompense）であると言う。

第四節でゲロンシアスは、守護の天使とともに、「裁きの場」（the judgement-court）に到着する。彼と天使との対話は、ダンテと彼を導くウェルギリウスのそれを想わせる。彼らが近づくと、「耳を劈くような喧騒」（fierce hubbub）が聞こえてくる。それはサタンとともに堕天使となった悪魔たちが、神と聖人たちを呪う声である。彼らはここに来る霊魂を地獄へ連れて行こうとする。ゲロンシアスには彼らの叫び声は聞こえるが、その姿は見えない。そのことから彼は、この世を去ってからずっと暗闇だが、この状態は償いが終わるまで続くのだろうか。聴力、味覚、触覚は残されているように思うが、それは何故だろうか、と天使に尋ねる。天使は、実のところ、お前には生きていたときの感覚はすべてないのだ、と答え、つぎのように続ける。

A disembodied soul, thou hast by right

No converse with aught else beside thyself;
But, lest so stern a solitude should load
And break thy being, in mercy are vouchsaf'd
Some lower measures of perception,
Which seem to thee, as though through channels brought,
Through ear, or nerves, or palate, which are gone.

肉体を離れた霊魂は、肉体をとおした情報を得ることができない。霊魂は自分以外のものと対話しないように絶対的孤独のなかに置かれる。しかし神の憐れみにより、手足を失った人がその後も依然として手足があるかの如く感じるように、外界の情報を知覚する器官が残されているように思うだけなのだというわけである。

天使はこうした状態は復活のときまで続くのだと言う。

So will it be, until the joyous day
Of resurrection, when thou wilt regain
All thou hast lost, new-made and glorified.
How, even now, the consummated Saints
See God in heaven, I may not explicate;
Meanwhile, let it suffice thee to possess

Such means of converse as are granted thee,
Though, till that Beatific Vision, thou are blind;
For e'en thy purgatory, which comes like fire,
Is fire without its light.

天使が語るには、復活の日に、死によって失ったものはすべて新しくされ、栄光に包まれる。今でも聖人たちは神の顔を拝している。至福直観のそのときまで、ゲロンシアスは盲目のままである。煉獄はたとえ浄罪の火であろうとも、それは光を発するものではない。

これはニューマンの、ダンテのものとはずいぶんと異なった煉獄のヴィジョンである。ゲロンシアスはこれに対して、

His will be done!
I am not worthy e'er to see again
The face of day; far less His countenance,
Who is the very sun.

「神の御心が行なわれますように」と述べ、自分の置かれている状況を全面的に受け入れる。自分は日の光を再び見るに値しない。ましてや神の顔を拝することができないのは当然である。しかしゲロンシアスは続けて、痛々しいほどに人間的な願いを口にする。

When I look'd forward to my purgatory,
It ever was my solace to believe,
That, ere I plunged amid the avenging flame,
I had one sight of Him to strengthen me.

ゲロンシアスは浄火に焼かれる前に、一目でいいから主の顔を見ることができれば、煉獄を旅する力も強くなろう、と願うのである。これに対して天使は、神の右に座す定めであれば、一瞬だが、確かに神の顔を見ることができると答える。しかしその一瞥は、喜びをもたらすものではあるが、「お前を貫きとおすものでもある」（it will pierce thee too）と、つけ加える。

第五節では、いよいよ「裁きの家」（the House of Judgement）の門をくぐり、そのなかに入る。ここでは五隊の天使の聖歌隊が「ああ賛美せよ、あまつ御神を、その御言葉と、御業とを、力のかぎり、声打ちあげて」（Praise to the Holiest in the height, / And in the depth be praise: / In all His words most wonderful; / Most sure in all His ways!）で始まる「受肉」、「人間の堕落」、そして「贖い」の歌をうたう。この部分は宗派を超えて人口に膾炙する賛美歌となった。守護の天使は第四節で口にした、救いに至る裁定——つまり煉獄に行くという審判——が下されるのであれば、主の顔を拝することができることを敷衍して、つぎのように語る。

When then—if such thy lot—thou seest thy Judge,

The sight of Him will kindle in thy heart
All tender, gracious, reverential thoughts.
Thou wilt be sick with love, and yearn for Him,
And feel as though thou couldst but pity Him,
That one so sweet should e'er have placed Himself
At disadvantage such, as to be used
So vilely by a being so vile as thee.
There is a pleading in His pensive eyes
Will pierce thee to the quick, and trouble thee.
And thou wilt hate and loathe thyself; for, though
Now sinless, thou wilt feel that thou hast sinn'd,
As never thou didst feel; and wilt desire
To slink away, and hide thee from His sight;
And yet wilt have a longing ay to dwell
Within the beauty of His countenance.
And these two pains, so counter and so keen, —
The longing for Him, when thou seest Him not;
The shame of self at thought of seeing Him, —
Will be thy veriest, sharpest purgatory.

主の顔を、一瞬拝したとき、神を求める愛の火が灯される。そして自分のような価値なき者のために十字架につけられたイエスを憐れむことすらできる。しかし、イエスの憂いに沈んだ眼差しに、ある懇願を読み取る霊魂は、己を憎悪し、主の前からこっそり消えて、身を隠したいという思いに駆られる。この願望と、美しい主の顔が見える場に留まりたいという相反する熱望に突き刺されること、見えないときに見たいと思い、見られると思うときに感じる自分を恥じる気持の、二つの対立する感情が、ゲロンシアスの煉獄の本質というわけである。一般に外的な空間のように表象される煉獄であるが、それを正す見事な煉獄描写と言わざるを得ない。

第六節、ついに主の裁きが下されるときが来る。天使は視力を奪われ暗黒の世界に住むゲロンシアスのために、「顔が覆われてはいるが神の御前」（the veiled presence of our God）にいることを告げる。天使が彼に付き添うのはここまでであり、ゲロンシアスは一人で救い主《エンマニュエル》の前に立つ。天使は、母がいとしい子が旅立つときに抱くような気持を顕わにする。

The eager spirit has darted from my hold,
And, with the intemperate energy of love,
Flies to the dear feet of Emmanuel;
But, ere it reach them, the keen sanctity,
Which with its effluence, like a glory, clothes
And circles round the Crucified, has seized,

And scorch'd, and shrivell'd it; and now it lies
Passive and still before the awful Throne.
O happy, suffering soul! for it is safe,
Consumed, yet quicken'd, by the glance of God.

ゲロンシアスの魂は、救世主の御許に至る前に、十字架に付けられた方を包む栄光のように発する鋭い聖性によって捉えられ、それに焼き焦がされ、縮こまって玉座の前に静かに横たわる。しかし、煉獄へと向かう魂は、神の視線によって焼き尽くされるが、また奮い立たせられもする幸福な存在である。だからこそ天使は、煉獄を「黄金の牢獄」（the golden prison）と表現するのであった。

ゲロンシアスは聖性への第一歩である謙遜を示して、「わたしを煉獄の一番深いところに遣って下さい」（Take me away, and in the lowest deep / There let me be）と答える。こうして守護の天使は「深い暗い淵の彼方へと沈み行く」（Sinking deep, deeper, into the dim distance）彼を見送ることになる。この詩全体を締めくくる言葉は天使の、

Farewell, but not for ever! brother dear,
　Be brave and patient on thy bed of sorrow;
Swiftly shall pass thy night of trial here,
　And I will come and wake thee on the morrow.

である。

＊　＊　＊

科学的精神の浸透とともに、死が肉体のたんなる元素への還元となり、個が滅びても種が保存されればよい――国民・民族の優良種の育成と保存という観点から優生学という忌むべき思想まで生み出される――という思想風土が形成されつつあるなかで、ニューマンはカトリシズムの死生観を、カトリック者にとっての死の意味を、見事な詩で表現した。近代主義のプロテスタント信仰が消し去った煉獄へと向かうことが、まさに重要なのである。そこで罪の償いを終え、地上に残された人々が捧げる「死者のためのミサ」と、天の聖人たちの「とり成しの祈り」により、霊魂が早期に煉獄を通過して天の国に入るよう希望する共同体という、カトリシズムの教会観が提示されている。教会のなかで生活し、神を畏れ、苦しみを「先んじて制する」(forestall) 者は、神の慈悲によって、煉獄に入ることができ、最終的には「至福直観」の救いに至る。カトリック教会の教えに従い、守護の天使と霊魂との、煉獄の門に至るまでの旅と対話を記すニューマンの『ゲロンシアスの夢』は、プロテスタント教会として煉獄を認めないアングリカニズムにカトリック的な死生観を示した。それはオックスフォード運動の一つの結実と言えるだろう。そして『ゲロンシアスの夢』が、もう一人のカトリック信者であるエルガーの調べに乗って、オラトリオとして国民に受容されたとき、カトリック教会に転会した際に多くのイングランド人から非国民と難じられ、カトリック信者からはあまりにイングランド人気質が勝ちすぎてカトリック信仰を理解していないと批判されたニューマンが、ようやくイングランドの宗教文化のなかに受け入れられたことを意味した。カトリック的なものが包容主義の国教会に取り込まれたのだとも言えるが、ニューマンの詩によって、カトリックの死のヴィジョンが共有され、新しい信仰が国教会に植えられたということである。

カトリック的な死は霊魂と身体の分離ではなく、教会のなかで真の救い［至福直観］の契機となる。ゲロンシアスが見た夢は、そのような真理の開示として読者に提供されているのである。

＊筆者が使用したテクストは *The Dream of Gerontius and Other Poems*（Oxford University Press, 1914）収載のものである。翻訳は昭和六年（一九三一年）三月に聖公会出版社から刊行された内館忠蔵訳があるが、原詩からかなり離れた部分もあり、その時代の受容のあり方を示す別個の作品と考えるべきであろう。聖公会出版社は、日本聖公会（The Church of England に繋がるアングリカン・コミュニオンの一部を形成）の系列出版社であるので、ニューマンの翻訳、しかも教義的に問題を孕む煉獄をテーマとする詩作を出版するのは疑問に思われるかもしれないが、おそらく、本国のイングランドでアングロ・カトリシズムの勢力がもっとも強かった両大戦間時代の雰囲気を反映して、日本においてもその勢力が拡大していたと考えられる。

本稿執筆後、長倉禮子『ジョン・ヘンリ・ニューマンの文学と思想』（知泉書館、二〇一一年）が出版された。『ゲロンシアスの夢』の新訳と前章で扱った『カリスタ』論が含まれている。

参考文献

Dessain, Charles Stephen. *John Henry Newman* 3rd. ed. Oxford University Press, 1980.
Gilley, Sheridan. *Newman and His Age*. Darton, 2003.
Hastings, James ed. *Encyclopedia of Religion and Ethics*. T & T Clark, 1908-26.
Ker, Ian. *John Henry Newman: A Biography*. Clarendon Press, 1988.

Newman, John Henry. *An Essay on the Development of Christian Doctrine.* 8th ed. Longmans, 1891.
Sencourt, Robert. *The Life of Newman.* Dacre Press, 1948.
Sharrock, Roger. "Newman's Poetry", *Newman After a Hundred Years*, ed. Ian Ker and Alan Hill. Clarendon Press, 1990.
上智学院『新カトリック大事典』研究社、二〇〇九年。
塚田理『イングランドの宗教――アングリカニズムの歴史とその特質』教文館、二〇〇四年。

第五章　ショートハウスの『ジョン・イングルサント』にみるハイ・チャーチ信仰

一　はじめに

イングランド教会は国民国家教会として、また宗教改革教会として、歴史的にローマから切り離されて組織された教会である。しかし、オックスフォード運動は、イングランド教会こそが真のカトリック教会であると主張した。運動の主導者であったジョン・ヘンリ・ニューマンは一八四五年にカトリック教会へ転会するが、運動はその後も存続し、(1)教会内に福音派による信仰復興に劣らない影響を及ぼし、文学にも少なからず影響を与えることになった。(2)本章で取り扱うジョゼフ・ヘンリ・ショートハウス（Joseph Henry Shorthouse、1834-1903）の代表作『ジョン・イングルサント』(*John Inglesant: A Romance*, 1880) もオックスフォード運動の産物といってよい作品の一つである。この作品はわが国ではほとんど知られていないが、(3)イギリスではヴィクトリア時代の宗教文化の一面を代表するものとして評価が高い。(4)

ショートハウスは非国教徒が多く活躍した街バーミンガムの(5)化学薬品（主に硫酸とラッカー）メーカーを経営するクエーカーの家庭に生まれた。幼少より吃音に悩まされた彼は、個人教師と両親から教育を受け、一八五〇年には家業に入り、クエーカー教徒で組織されたエッセイ協会に所属して文章を書き始める。結婚後の一八六一年には妻と共にアングリカンに改宗する。一八六二年以後、落馬事故をきっかけに癲癇にも襲われるようになる。処女作にして代表作の『ジョン・イングルサント』を書き始めるのは一八六七年のことで、一八七六年に完成させる。すぐには出版の引き受け手がなく、豪華な装丁の私家版で百部だけ出版したのが一八八〇年。ところが翌年ハンフリー・ウォード女史の推薦でマクミランから公刊されるとすぐに大成功を収め、八万部を売上げた。(6) この成功は文化史上の事件であった。ほとんど一作の作家と言ってよいショートハウスだが、(7) この作品はヴィクトリア時代後期の「カルト小説」となり、彼の死後もアングロ・カトリシズムの勢力によって受容され、数種の版を重ね、一九三三年まではおよそ一七万部が発行された。(8) カ小説家として有名となったショートハウスは、桂冠詩人のテニスン、大出版人マクミラン、そしてアングロ・カトリシズムに理解を示したグラッドストーン首相ら、時の名士たちとの交流を楽しんだが、最後まで実業界に留まり続けた。

こうしたショートハウスという人物と彼の歴史ロマンスからは、さまざまな問題を引き出して論じることができよう。一般に一九世紀後半は科学と合理主義が台頭する時代と考えられがちだが、ヴィクトリア時代人は宗教に実に大きな関心を抱いていた。福音派による社会悪矯正・改革活動は特に有名である。ヴィクトリア時代の宗教文化のスペクトルを構成する宗教派閥・宗派には、大まかに言って六種類存在していた。すなわち一八五〇年に位階制度《ヒエラルキー》を復活させたカトリック教会、国教会であるイングランド教会内の高教会派、広教会派、底教会派、そして国教会の外の自由諸教会《ノンコンフォーミスト》、さらには不可知論者の群がいた。したがって、オックスフォード運動の成果とその継続的な影響をショートハウスのなかに読み取るのであれば、こうした多様な宗教文化を理解した上での作業となる。小説はキリスト教宣教メディアとして一般に受け入れられており、人気のある消費財でもあったので、[9]『ジョン・イングルサント』にみられる著者の信仰理解を、オックスフォード運動によって提起された「ローマとアングロの二つのカトリシズム」のうち、どちらを正統と認めて選択するかという問題とからめて、浮かび上がらせる作業が必要である。本章では、まずオックスフォード運動を概観し、つぎに『ジョン・イングルサント』の内容を紹介しつつ、クエーカーから国教会へと改宗したショートハウスの信仰の特質を明らかにすることにしたい。

二　オックスフォード運動

神が設立した教会に人間［ここで意味するのは、一八三二年の選挙法改正によって非国教徒も含むようになった議会］が恣意的に介入することを批判し、超越的信仰の復興を目指して開始されたオックスフォード運動が、プロテスタンティズムを本質としてきたイングランド教会内に定着させた新しい宗教価値には、使徒継承《アポストリック・サクセッション》の教義、信仰生活の中心行為としての秘跡の重視（特に聖体と告解）、修道会の設立、聖職者の独身制などがある。ニューマンの転会後、運動の主導者と目されるようになったE・B・ピュージーの名をとって呼ばれるピュージーイズムは、国教会内部のカトリシズム、いわゆるアングロ・カトリシズムという新しい信仰のあり方として根づいた。その特徴は、洗礼と聖体の秘跡、主教制度、可視的教会、教会儀式、祈り、断食、（殉教者国王チャールズ一世を含むナショナル・セイントの）教会祝日、聖堂としての教会の適切な装飾、さらにはイングランド教会を説明する原理を宗教改革者よりも初代教会の教父の著作に求める点にあった。[10]こうした信仰要素のいくつかは『ジョン・イングルサント』にも重要な意味を持つものとして描きこまれている。ただ、このような典礼主義は、福音派を刺激し、教会内部に対立を生む結果となったことも忘れるべきではないだろう。[11]

ショートハウスがこの小説を執筆していた時期は、ニューマンが弟子のウォード、オークリなどにつづいてカトリック教会に転じたことにより、残された者たちがローマ化を図ろうとする輩という批判をかわすために、イングランド教会への忠誠心の表明に導かれた時代でもあった。上述のピュージーイズムはあくまで国教会にとどまろうとしたグループである。ショートハウスの時代は、イギリス国民に"Papal aggression"（教皇による侵略）と受け取られたカトリック教会の位階制の復活が一八五〇年に起こり、またカトリック教会の反近代主義的な動きとも理解される「マリアの無原罪の御宿り《おんやど》」と「教皇の不可謬性」の教義決定や「謬説表」の公開などがあり、そのためにアングロ・カトリシズムは国教会の普公性《カソリシティ》を使徒継承理論によって主張する当初のローマ・カトリック的な色彩の強い運動から、ローマとの差異化をはかりながらナショナルなカトリシズムを訴える運動に変質した時期であった。後述するが、主人公のジョン・イングルサントがローマ・カトリックかアングリカンかと悩み、結局は普公的なカトリシズムをナショナルな形で表現する国民教会内のアングロ・カトリシズムを選択する背景には、一九世紀後半におけるポスト・ニューマンの、そして位階制復活後の、オックスフォード運動の変質があるのである。最も早期にオックスフォード運動と小説との関係を考察したベーカーは、アングロ・カトリシズムの文学が、ニューマンの転会と位階制の復活を契機として性格が変質したことを指摘している。[12]

ベーカーによると、アングロ・カトリック小説には一つの発展形式がある。初期の段階は、イングランドを近代主義的《モダニズム》な「革命」から護るために、カトリシズムの論陣を張ることが目的であった。教会の伝統の復興を目指す論争の時期であり、著者の一方的な議論の開陳が特徴である。一八四〇年代の終わりからは、論争に物語を含ませる実験が始まる。男女間の愛をプロットに含めることも行なわれ、論争も一方的なものではなく、攻撃される側の見解も紹介されるようになる。五〇年代になると、教皇庁によるカトリック教会の進出のために、攻撃対象が福音派から自由主義とカトリック教会に移る。しかし、やがてヴィクトリア時代の寛容精神が成熟してくると、論争よりも家庭生活の描写が好まれるようになり、物語の型は急速に一般小説に近づいていく。六〇年代、七〇年代に前述したピュージーらの典礼主義が起こると、再び論争が盛んになるが、その場合も作家が直接自分の意見を述べるのではなく、小説の登場人物の間での論争となる。作者の主たる関心は、登場人物にアングロ・カトリシズムの実践（たとえば独身制や罪の告白など）を経験させ、その心理的影響を探る、という新しい型式の小説、すなわち思想を持った登場人物の描写と心理分析を物語化する試みが現われるのである。『ジョン・イングルサント』はそのような小説の代表傑作と言っていいであろう。ベーカーは、科学の時代でもあるヴィクトリア時代において、一七世紀の神秘主義を復活させたこの作品は、オックスフォード運動によって引き起こされたイングランド文化の変化を雄弁に物語っていると指摘している。[13]

三　『ジョン・イングルサント』

ショートハウス自身は『ジョン・イングルサント』という作品を、どのようなものと理解していたのだろうか。マクミラン版につけられた一八八一年一〇月付の「序文」で、彼は、通常の小説ではなく、哲学を導入するためにフィクションが使われる「哲学ロマンス」を書いたと述べている。[14] ロマンスにおいては、自然主義小説で要請される登場人物や状況のリアリティはそれほど問題にならない。登場人物は信仰に関する哲学的・神学的見解を述べるが、それらの見解は作者であるショートハウスの信仰理解によって統御されている。それでは、いったいショートハウスは、いかなる見解を表現しようとしたのだろうか。この点についても、序文のなかで「教養と狂信の衝突」と「罪」を分析し、「現象に現われたキリスト教の真理が個人の主観に及ぼす影響」を追及し、一七世紀の騎士党員《カヴァリアー》が常に「酔っ払いの人非人」であったなどということはなく、また「霊的生活と霊的成長がピューリタンと禁欲主義者の独占物ではない」(15)ことを描こうとしたのだと述べている。すなわちカトリック的価値観を担った人物を描きつつ、その人物が一般の通念に反して霊的成長の可能性を有することを示そうとしたのである。(16)

それでは四五〇ページにおよぶ大部の歴史・哲学ロマンス『ジョン・イングルサント』のストーリーの展開を追ってみよう。物語はオックスフォードの学生ジェフリ・モンクが夏休暇にカトリック信者である友人の屋敷を訪ねるところから始まる。図書室にはカトリックの書物、パンフレット、イングランドを再びカトリック教会に復帰させるために派遣されて殉教した神父たちに関する古文書がある。モンクはジョン・イングルサント関係の文書を編集することになる。屋敷は一九世紀に盛んになったカトリック趣味であるゴシック様式の建築で、近くには廃墟となった小修道院もある。所在地はシュロプシャーとウェールズが接するところとなっている。物語の導入部分で展開する舞台描写で、読者はカトリック世界へと誘われる。

物語の本体部分は、一六世紀にヘンリ八世によって行なわれた修道院の閉鎖・解散から始まる。われわれはまず物語が、イングランドのカトリック教会からの離脱、それにともなう近代国家イングランドの成立を発端とするという点に着目する必要がある。イングルサントの曽祖父は、ヘンリの寵臣トマス・クロムウェルの命を受け、ウィルトシャーにある修道院の明渡しを担当する。修道院長はコレッジとして存続するよう希望するが、説教で図らずも教会と国家の問題に言及し、国王を批判したためにその希望はかなえられず、修道院は解散となり、没収財産は曽祖父のものとなる。曾祖父のリチャードは、内心ではカトリックであり、ただ政治的な判断から国王の方針に従っている人物であった。彼は良心の呵責を感じるが、それは彼の所有することになった屋敷に宿泊した際に見た奇怪な夢のなかで、いくつもの声が聞こえ、またフードをかぶり黒い衣裳をまとった人物が祭壇の前に立ち、ミサを立てる姿を見て恐怖する場面に現わされている。彼の子はエリザベス女王の治下でアングリカンとなるが、その息子で主人公ジョンの父親となる人物は、やはりカトリックに同感する人物として登場する。しかし彼は抜け目ない宮廷人として、曾祖父と同様、アングリカンとして生きている。この内面ではカトリックに惹かれながらもアングリカンとして生きる人物を父に、そしてカトリックの女性を母として誕生するのが、主人公ジョン・イングルサントである。彼には双子の兄がいる。ジョンは、この家に伝わるカトリック信仰とアングリカン信仰とのどちらを選択すべきか、という問題を受け継ぐが、彼が特にカトリックに惹かれる要因の一つには、ジョンという名前が、出産後まもなく息を引き取る母の願いによって、イングランドの再カトリック化ミッションの基地として有名なドゥエィの神学校の司祭で、国王至上権の宣誓を拒み、イングランドでミサを挙げたために処刑された、彼女の兄弟の名前に因むものであることがある。

イングルサントはまずアングリカンの司祭によって、ついでイエズス会士のクレア・ホール神父によって教育される。この神父はイングランド人が抱くイエズス会士のイメージどおりに、大変な学識を備えてはいるが一筋縄ではいかない「策略的な」人物である。彼は俗人として宮廷で活動し、アングリカンとカトリックの合同を図る勢力の知恵袋的役割を果たしている。クレア神父はイングルサントに対して相当の影響力を行使する。時は一七世紀のピューリタン革命の時代である。王党派と議会派の対立では、イングルサントは当然王党派として活躍し、戦場にも出る。また国王のために、反乱を起こしていたアイルランドのカトリック勢力と交渉する。国王チャールズはオーモンド伯に休戦させて、自軍をアイルランドから引き上げさせ、さらにアイルランドのカトリック軍と同盟して、スコットランド軍と議会軍に対して劣勢である王党軍の増強を画策するが、その交渉役を務めるのがイングルサントである。結局、彼はチェスターで議会軍に逮捕され、ロンドン塔に送られることになる。断頭台の露と消える寸前に、双子の兄に救われるが、この兄は、クエーカー教徒の妻のもとに出入りするイタリア人の悪漢マルヴォルティによって、殺害されてしまう。この兄の敵討ちが、理想のキリスト教信仰を求めるイングルサントの巡礼物語を進展させる動因となり、彼をカトリック的なものの本拠地とも言うべきイタリアへと向かわせる。

カトリックとアングロ・カトリックの信仰の狭間にゆれるジョン・イングルサントが出会う人物には、まず、プロテスタント体制をかたくなに護ってきたイングランドに、カトリック的な信仰要素を注入した、リトル・ギディング修道共同体の創始者ニコラス・フェラー（Nicholas Ferrar, 1592-1637）がいる。そしてイングランド人でありながらベネディクト会に入会し、ドゥエィで活躍したクレシー（Cressy, Hugh Paulin Serenus, 1605-1674）、さらにローマで出会う静寂主義《キエティズム》のモリーノス（Molinos, Miguel de, 1628-96）など、教会史を彩る実在の人物たちがいる。こうした人物との邂逅に加え、教皇庁およびイタリアの教会情勢、イエズス会の活動、さらにはフェラーの姪のメアリ・コレットと、兄殺しの犯人の仲間でイタリア貴族である人物の妹ロレッタという、二人の対照的な女性をめぐる愛が、主人公の信仰に影響を与える。イタリアでイングルサントは、所領を教皇庁に寄進する件で知己となった老貴族から、貴族のタイトルがついた土地を譲られ、ロレッタと結婚して子どもをもうける。兄を殺したマルヴォルティと再会した彼は、仇を取ることを止め、彼の罰を神の意思に任せ、身柄を村の司祭に預ける。マルヴォルティは回心し、フランシスコ会士となってペストに襲われたナポリで救済活動に専心する。ところが妻のロレッタと子どももペストが原因で突然死亡し、イングルサントは修道院に入ることになる。モリーノスの影響で静寂主義を奉じる修道士となった彼は、イエズス会の総長と宗教的自由をめぐって議論したのち、物語は急転し、イングルサントはイングランドに帰国して、善きアングリカンとしてその生涯を閉じる。

以上は、物語のプロットであるが、理想の信仰を追求するイングルサントの姿を描写する部分についてもいくつか取り上げてみよう。イングルサントがローマのカトリシズムを取るか、あるいはイングランド国教会内のオックスフォード運動の流れをくむアングロ・カトリシズムを選択するかは、『ジョン・イングルサント』の一大テーマであるので、彼がどちらのどのような点に惹かれ、心を揺さぶられるのかについて考察することは不可欠である。

まず、前述したように、教会内部の装飾や秘跡、典礼の執行といった目に見える信仰形態がローマ・カトリック的になったのは、ピュージーイズムによってイングランド教会がカトリック化した結果である。イングルサントはイエズス会のクレア神父の制御がなければ、簡単にローマ・カトリックとなっていただろう。皮肉なことに、カトリック神父によってイングルサントはカトリックとなることを止められるのである。イングランド教会全体のカトリック教会復帰を画策する神父は、イングルサントの改宗の結果を政治的に評価し、得策ではないとみて反対するのだ。クレア神父は、イングルサントに十字架とロザリオを与える程度の配慮しか示さない。

イングルサントがクレア神父に出会う前に教育を受けた、アングリカンの司祭の影響も見逃せない。彼が宮廷に入るイングルサントに向かって述べる言葉、「国王と国教会に忠実であれ。その権力の礎は神の意志にある」は、王権神授説による国教会制度擁護の立場だ。彼はさらに続けて「今は、教会に暗雲が立ち込めているが、神聖な光が輝くときが来る。この世にあるときは分離派教会や清教徒のように議論してはならない。従順に従うこと、それが紳士たる者のしるしである」と忠告する。[17] 国王に対する忠誠が神に対する忠誠に読み替えられ、個人の判断ではなく権力への従順が、紳士の規範として国家の教育理念となるのである。神からの照らしを信頼し、教会権威に従うという行動規範は、高教会派の議論に通じるものがあると言えるであろう。

イングルサントがクレアとは別の神父からもらったアビラのテレジア伝の影響で、自己否定と神の照明という神秘主義に惹かれる点は、ショートハウスの育ったクエーカーの信仰と通底しており、単純にカトリック的だとは言い切れない。またモリーノスの静寂主義に賛同するイングルサントにも、クエーカー信仰の伝統のなかで育ったショートハウスの姿を見て取ることができる。

霊的成長のためにイングルサントが読む著作は、カトリックのものばかりではない。聖性の美を説いたウィリアム・ロード主教やジョン・ダン博士、ジョージ・ハーバートの詩、アンドルーズ主教とコージン主教の信心書など、高教会派の人々の著作もすすんで読む。そうした彼が内戦中に訪問し、心を洗われる体験をするのがニコラス・フェラーのリトル・ギディングである。彼はフェラーから聖なる生活の送り方を学ぼうとして、フェラーが亡くなる二か月前の一六三七年にリトル・ギディングを訪問する。カトリック教会と国教会の信仰の狭間にゆれるイングルサントは、カトリックに改宗せずにカトリック信仰を実践するフェラーの意見を聞こうとする。フェラーはカトリック教会の聖人たちが送った信仰人生と、カトリック教会の規律を大いに尊敬すると語る。そして国教会には、長老主義の伸張を食い止める権威が、十分には備わっていないのではないかとも語る。しかし、彼はイングルサントに早急に決断することなく、できればローマに行ってから判断するようにと助言し、彼自身は「聖体」が今このときに、イングランド教会に存在する以上、これ以上望むことがあるだろうかと述べ、カトリック教会に改宗する必要性を認めない。ここで仄めかされているのは、おそらく反教皇制の立場であろう。そしてカトリック信仰の精髄としての秘跡中心主義《サクラメンタリズム》に賛同

しつつも、聖職尊重主義《ササドウタリズム》には反対するショートハウス自身の考えも反映されている。(18)

イングルサントにとってリトル・ギディングでの体験で大きな意味を持つものは二つある。一つは「聖体拝領」である。「夥しい数の花で飾られた祭壇の上方、東に面した窓にはめられ丁寧に補修された古ガラスには、古代の厳格な型の救世主《キリスト》の姿が描かれていた。その姿は慈悲深かったが、それでいて堂々としていた。頭には明るく輝く光輪がかかり、長い見た目には縫い目のない衣を身につけ、右手の二本の指は祝福のために立てられていた。祭壇の階段に跪き、御聖体と御血を拝領したときに、この慈愛に満ちた姿がイングルサントの魂のなかに入ってきた。そして、言うも言われぬ静けさと平安、命と光と和やかさが彼の心を満たした」(19)。キリストの体が信者の体に入るという神秘体験を、イングルサントはリトル・ギディングで体験するわけである。これは秘跡中心主義者という自己理解を持つショートハウスが、アングロ・カトリシズムの聖堂で、自己の分身とも言えるイングルサントにさせた至高体験と解釈できるだろう。

もう一つ意義深いのは、フェラーの姪のメアリ・コレットとの出会いである。二人は互いに惹かれ合うが、メアリはフェラーの実践する神への自己奉献の道を進むことを望み、イングルサントには神の声に従いつつ宮廷人として生きてもらいたいと語る。彼にとって、わずか数日とはいえリトル・ギディングで静かな祈りの時間を過ごしたことは、自己意識と罪からの解放を感じさせる体験となった。

実際、宮廷に戻ったイングルサントは、メアリの助言に従うかのように、聖なる生活を信じ、それを追求し、神の声に耳を傾けるために細心の注意を払う。しかし、大きな障害が立ちはだかる。それは神の声が、自分の趣味と教育に合致する道を示す場合にはすすんで自己を犠牲にできるのであるが、自分の趣味と教育自体は犠牲にすることができないという悩みである。ここにショートハウスも体験的に知っていたであろう、近代人が信仰のために自己を形成している教養《カルチャー》を棄てることはできないという葛藤、ショートハウスの人間的な文化《カルチャー》を否定するクエーカー信仰から、より豊かな宗教文化を有するアングリカン信仰に改宗する「これは世俗的な成功を収めたクエーカーによくあるパターンである」原因ともなった葛藤が表現されていると思われる。ロンドン塔に投獄されたイングルサントは、単純にイエスの名を唱える祈りを唱え、その結果、心の平安を得るが、その一方で、以前獄中にいた人物が所有していたらしいローマの古典ルクレティウスを何度も読むのも、文化・教養を棄てられない、あるいはあえて棄てようとしない信仰者の姿として提示されているのではないだろうか。

イングルサントのキリスト教信仰をまとめれば、「バイブルなしのキリスト教[20]」である。彼は聖書を持たず、典礼のなかで読まれる章句の他は無知であると言ってよい。プロテスタントの信仰義認、カルヴァンの予定説についても詳しくは知らず、蔑みと憎しみの対象としてしか耳にしたことがない。彼はまた、教義というものについては何であれ、ほとんど知らない。これは初期のオックスフォード運動を担っていた人々とは大きく異なる点である。

共和制時代となったイングランドを離れ、イングルサントはパリへと向かう。そこではヤンセニウス派とイエズス会との間で、恩恵をめぐる論争が行なわれており、彼は人間の罪に対する問題が大きく浮かび上がっている雰囲気のなかに身を置くことになる。そうしたパリで出会うのがベネディクト会士のクレシーである。イングルサントは彼に自分の悩みを告白する。これに対してクレシーは「人は理性の声に耳を貸さずに信仰の光のみに身を開くか、あるいは信仰の光を人間の知恵と哲学によって、あたかもガラスをとおすかのようにして分光させ、人生の道程の上に浮かぶさまざまな色合いを楽しむか。皆どちらかの道を選ばなければならない。……君はこの世の知恵と神の道の両方を求めている。……二つの道をともに歩むことはできないのだ[21]」と答える。イングルサントの問題は、ヒューマニズム的な教養かキリストへの絶対帰依かという問題である。イングルサントはその両方を希求するが、それは不可能だというのがクレシーの考えである。クレシーはイングルサントをドゥエィに誘い、知的生活を放棄し、小学校の教師となって、貧しい人々のために献身する道を提案する。こうした生き方によって、神の道を歩む満足を味わうことができ、死の床についたときには、永遠の命に至る門までイエス自身が迎えにきて下さると説得する。結局、イングルサントはこの道を選択することをせず、ヒューマニズム的な信仰の道、キリスト教ヒューマニズムの道を模索する。

パリではリトル・ギディングで知り合ったメアリ・コレットとも再会する。彼女は重病に罹っており、女子修道院で看病されている。彼女はイングルサントに、自分の良心に従い、ひるむことなく神の道を歩むよう励ます。メアリが息を引き取った際に、彼はこの聖女の死と、クレシーが示唆した自己奉献の道を自分は歩めないことに苦痛を感じる。そうした彼の前に、再びクレア神父が現われ、兄の殺人について言及する。イングルサントは敵討ちの願いを強く感じるが、他方では、クレシーの助言を聞き入れなかった自分は、すでにイエスに背を向けた存在で、仇討ちのためにイタリアへと向かわせるのは悪魔の仕業だとも感じる。

イタリアに入ると、イングルサントはまず、その音楽に惹かれる。その豊かな文化性に気持が高ぶる。これは地中海世界、特にギリシア・ローマの古典とキリスト教・カトリック文化に魅力を感じ、グランドツアーで貴族の子弟の教養を完成させてきたイギリスの文化的伝統を反映した叙述であるとも言えるだろう。しかし、イタリアの華やかな人間文化に触れることによって、イングルサントの良心は悩まされる。クレシーの示した十字架の道を歩まなかったことが彼の良心を責めるのだ。彼の良心はサタンによって信仰と文化とに引き裂かれる。

ローマ――イングルサントが面会するイエズス会総長の言葉を借りれば「キリスト教真理を目に見えるように具現化する象徴[22]」――へと向かう段になると、彼は期待で胸を膨らませる。ところが、イングルサントは「ローマに近づけば近づくほど、その土地がうまく治められていない」[23]という印象を抱く。教皇とイエズス会によって統治がうまく行なわれていないと考えるのだ。ショートハウスはカトリック信仰にあまりにも傾斜しすぎないような歯止めとして、イングルサントにこのような印象を持たせているのではないだろうか。

キリスト教信仰によって、人の道と十字架の道を統合したいと考えているイングルサントは、イエズス会によって告発され、教会によって処断されることになるモリーノスと出会う。モリーノスはイエスに魂を預けており、また大罪の状態になければ、告解をしなくても毎日、聖体拝領することができると説き、教会の形式的な信心に満足できない人々を惹きつけていた。聖職者との密接な関係を介在させざるを得ない告解をせずに聖体を拝領できるということは、イングルサントには魅力と思われる。リトル・ギディングで経験したように、彼にとって最も魅力的な秘跡は聖体であるからだ。

イングルサントを悩ませてきた個人の自由と教会権威に対する服従の問題と、霊的な人生がカトリック教会で可能かどうかという問題は、最後まで彼を悩ませ続ける。イングルサントがローマを去るときにイエズス会総長に対して語る、「私の心のなかには悲しみと親愛の情しかありません。あなたに対しては感謝の気持を感じるだけです。そして世界の母といっていいこのローマ市に対しては、崇敬の気持しかありません」[24]という感慨は、一見したところイエズス会とローマ・カトリック教会を承認するものとも思える。しかしわれわれは、この感慨はあくまで、教皇の裁治権の及ばないイングランドに、豊かなキリスト教文化体験をした彼が帰国するときのものであることに注意しなければならない。教養（文化）を手にしたキリスト教紳士《クリスチャン・ジェントルマン》のイングルサントは、物語の最終章で、見事なヴァイオリンの弾き手としてウースター大聖堂に現われる。そしてその地に瘋癲院を設立・運営する慈善事業を行なって葬られる。イングルサントは、教養があり、信仰心が篤く、しかも勇気に富み、ロレッタに感じたようにときに肉欲の誘惑を感じることもあるが、それを退けることができる清い霊魂を持った人物として造型された。そして最も肝要なこととして、王政と国教会が回復されたイングランドに戻った彼が、キリスト教紳士であるためには、作者のショートハウスがそうであったように、国教会員とならなければならないという結論の提示がある。彼の名前が暗示するように、彼はJohn "English-saint"であり、キリスト教国イングランドの"a fine gentleman saint"でなければならなかったのである。

四　ショートハウスの信仰

繰り返しになるが、イングルサントが抱えた問題は、ショートハウスの問題でもあった。経済力はあっても大学教育という恩恵に与れなかったクエーカーの実業家が、日々の研鑽によって知的文化人となること。ギリシア語を学び、プラトン、一七世紀の神学と文学、国民詩人のワーズワースを読むショートハウスの教養主義[25]とキリスト教信仰はどのように調和されるのか。彼は文化的には不毛と言ってよいキリスト友会《ソサエティ》という一セクトからイングランド教会という国民教会《ナショナルチャーチ》へと改宗した。それはちょうどイングランドにカトリシズムが浸透し、一つの文化として認知され始めた時代であった。彼にはかつてのイングランド人とは違ってカトリックに対する恐怖感はない。ベーカーはそのようなショートハウスを"Quaker Catholic"と規定している[26]。

しかし、ショートハウスにとって、カトリック信者の場合と異なり、聖職者は重要な意味を持たなかった。彼の信仰は聖職者が指導する可視的教会が重大な意味を持っていたオックスフォード運動の精神から、相当距離があると言わざるを得ない。彼にとってカトリック教会が保持する文化的な諸価値は魅力ではあったが、実際のカトリック信者は「おとぎの国《フェアリランド》」に住む「機械のような存在であり、知的導きを必要としない[27]」人々と映った。彼の家のすぐ近くにはバーミンガム・オラトリがありニューマンが住んでいたのだが、二人の間には交渉が一切なかった。そのニューマンについてショートハウスは「イタリアの無知な高位聖職者の畜生のものにもまさる蹄によって、彼自身と彼の高邁な理想、そしてイングランドの全カトリック教会が踏み潰されたときに味わった苦悩は何と大きかったことか[28]」と書き記すが、それは「神は熱狂的信仰よりも教養を好まれる[29]」と信じる彼の「教養あるアングリカニズム[30]」の心情が吐露されたものであろう。

ショートハウスを導いたのは、教養にとって必要な自由と権威のバランスが保たれるのは唯一、イングランド教会を置いて他にないという確信であった。カトリック教会が要求するような、個人の判断を権威に従属させることはショートハウスには不可能なことであった。アングリカンの自由と理性がカトリックの従属と信仰に勝ったのである。使徒継承の権能を保持する真のカトリック教会は、「イングランドにおいてはイングランド教会」だというアングロ・カトリシズムの原理を唱えたのは、ユニタリアンからの改宗者であったT・S・エリオットである[31]。ショートハウスと同様に、エリオットにとってもニコラス・フェラーの信仰実践モデルがいかに魅力的であったかは、『四つの四重奏』の一つ、「リトル・ギディング」を見ればわかる。同じようにイングランド教会内にとどまった二人ではあるが、エリオットには、ショートハウスの信仰は人間中心のヒューマニズムのレヴェルに留まるものに映ったに違いない。ショートハウスはおそらく、無秩序化する社会の防波堤として教養を称揚したヴィクトリアン、マシュー・アーノルドと接続されるべき人物なのだ。ショートハウスとエリオットとの関係を実証的に研究することは、残されている資料が皆無であることから不可能であろうが、一つ確実に言えることがあるとすれば、ショートハウスの小説が人気を呼び、それが契機となって、国教会内部に留まりながらカトリック的な聖性を追求したリトル・ギディングの修道共同体への巡礼ブームがおこり、T・S・エリオットが半世紀後の大戦期に「リトル・ギディング」という愛国的な宗教詩を生みだす土壌を作り出したということである。そして、『ジョン・イングルサント』が読まれ、リトル・ギディング現象が起こったのも、国教制度の枠組みのなかでカトリシズムを主張するアングロ・カトリシズムが、オックスフォード運動によってイングランド文化のなかに定着したからなのである。

註

（1）C. P. S. Clarke, *The Oxford Movement and After* (London: A.R. Mowbray, 1932), p. viii.

（2）オックスフォード運動については、本書の第一章も参照されたい。オックスフォード運動が英文学に与えた影響研究としては、小説についてはJoseph Ellis Baker, *The Novel and the Oxford Movement* (Princeton: Princeton University Press, 1932)、詩についてはG. B. Tennyson, *Victorian Devotional Poetry: the Tractarian Mode* (Cambridge, Mass: Harvard University Press, 1981) が代表的なものである。

（3）ショートハウスについて、研究社の『英米文学辞典』（第三版、一九八五年）はわずかに六行を割くのみであり、また代表作『ジョン・イングルサント』については独立項目としながらも、「イギリスおよびイタリアを背景として第一七世紀の王党・民党間の宗教的政争を描いたもの」と、さらに短い四行の、しかも不正確な記述しかない。教文館の『キリスト教文学事典』（一九九四年）を紐解けば、一〇行を割いて「一七世紀の王党派と民党派の宗教的政争を描いた心理的歴史小説」、「最も興味深い箇所は、フェラーによるリトル・ギディングの宗教的共同体設立の経緯である」と、こちらも疑問符をつけざるを得ない記述となっている。斎藤勇の『イギリス文学史』（第五版、研究社、一九七五年）は、さすがにショートハウスに言及があり、「Cromwell 時代の宗教的政争を描いてイギリスおよびイタリアを背景とする *John Inglesant* に、G. Herbert や T. S. Eliot にゆかりの Little Gidding における宗教生活をも書いた」という記述がある。博覧強記の大学者の文学史だけに、一応作品の内容を踏まえたうえで書かれていることがうかがえるものの、主人公の信仰のありようと物語のプロットは割愛されている。

（4）ショートハウスについての研究は、日本ではそれほど蓄積されていないように思われる。「ジョン・イングルサントの霊的巡礼を描く筆の運びの繊細さと魅力、一七世紀の宗教生活の好意的な理解、リトル・ギディングの共同体の鮮やかな描写によって、高い文学的特質に加えて、アングリカニズムの雄弁な弁明となっている」という *The Oxford Dictionary of the Christian Church*（旧版と一九九七年の新版の記述は同じ）の説明が最も簡便で的を射ている。さらに *The Oxford Companion to English Literature* にはプロットにまで踏み込んだ、やや詳しい記述がある。

（5）自治都市《コーポレイトタウン》の官吏には、一六六一年以来、非国教信者の政治的影響力を殺ぐために国王に忠誠を近い、国教会の典礼に従って聖餐を受けることなどを定める自治体法《コーポレイション・アクト》が導入されていたため、バーミンガムのような中核都市でありながら自治権がない都市に非国教信者が居住する傾向が見られた。Cf. F. J. Wagner, *J. H. Shorthouse*（Boston: Twayne Publishers, 1979）, p. 24.

（6）ロンドンの古書肆「バーナード・クォリッチ」のカタログによる。

（7）他の作品を挙げておく。*The Little Schoolmaster Mark*, Part I（1882）, Part II（1884）; *Sir Percival, a Story of the Past and of the Present*（1886）; *A Teacher of Violin and Other Tales*（1888）; *A Countess Eve, A Novel*（1888）; *Blanche, Lady Falaise, A Tale*（1891）.

（8）宗教的意図を持って書かれた小説は、ヴィクトリア時代全体で四万冊に達するという数字がある。Cf. Charles W. J. Spurgeon, *Henry Shorthouse, "The Author of John Inglesant" (with reference to T. S. Eliot and C. G. Jung)*（Parkland, FL: Dissertation.Com, 2003）, p. 4.

（9）Wagner, pp. 53-54.

（10）Robert Lee Wolff, *Gains and Losses: Novels of Faith and Doubt in Victorian England*（New York: Garland, 1977）, p. 21.

（11）一例を挙げれば、高教会派の English Church Union の活動に対し、Church Association が設立され、国教会の伝統的な典礼から逸脱する高教会の聖職者を告発した。そのために、この団体は Persecution Company Ltd「告発株式会社」という異名をとった。

(12) ベーカーによれば、この変化を如実に示すのは、グレスリ（William Gresley, 1801-76）というアングリカン司祭の自伝的作品 *Bernard Leslie* である。一八四二年に出版された第一部では、福音派の信仰に代わってカトリック的な礼拝が薦められているのに対して、一八五九年の第二部では、もっぱらローマ・カトリック教会とアングロ・カトリシズムとの差異が説かれる。Baker, p. 75.

(13) Ibid., pp. 201-203.

(14) 本稿で用いた版は一八八三年にマクミランから刊行された一巻本 *John Inglesant: A Romance*（London: Macmillan, 1883）である。Cf. "Preface to the New Edition", p. vii.

(15) Ibid., p. x.

(16) この作品の評価としては、アングロ・カトリックのアメリカ人評論家ポール・エルマー・モアが二〇世紀初めに下した「普遍的意義を持つ宗教小説に最も近づいた英語の作品」というのが最高の賛辞であった［Paul Elmer More, "J. Henry Shorthouse" in *Shelburne Essays* Third Series. Boston: Houghton Mifflin, 1905, p. 236.］。しかし、批判がなかったわけではない。W・K・フレミングによる剽窃批判が二〇年代に行なわれている。ショートハウスが意図的に組み入れた文章は有名なものだけでも、ロバート・バートンの『憂鬱の解剖』、ジョン・イーブリンの日記、ホッブズの『リヴァイアサン』などがあるという［cf. Spurgeon, p. 111.］。また、ケンブリッジの歴史学教授でカトリックであったアクトン卿は歴史的事項の誤りを指摘した［cf. Wagner, p. 64.］。

(17) *John Inglesant*, p. 190.

(18) Sarah Shorthouse ed., *Life, Letters, and Literary Remains of J. H. Shorthouse* 2 vols.（London: Macmillan, 1905）, Vol. 1, p. 372.

(19) *John Inglesant*, p. 59.

(20) "Christianity without the Bible," ibid., pp. 186-187.

(21) Ibid., p. 202.

(22) Ibid., p. 263.

(23) Ibid., p. 260.
(24) Ibid., p. 433.
(25) *Life, Letters, and Literary Remains*, p. 61.
(26) Baker, p. 182.
(27) *Life, Letters, and Literary Remains*, p. 125.
(28) Ibid., p. 365.
(29) Ibid., p. 122.
(30) J. Hunter Smith, "Introduction" to *Life, Letters, and Literary Remains*, p. xv.
(31) エリオットとショートハウスとの関連については、Helen Gardner, *The Composition of* Four Quartets（London: Faber and Faber, 1978）に言及がある。ガードナーの指摘を要約しておく。エリオットが編集していた『クライテリオン』誌で Bernard Blackstone が A. L. Maycock の *Nicholas Ferrar of Little Gidding* を書評し（Oct. 1938）、その中で『ジョン・イングルサント』を批判している。しかし、一九三九年一月号では、Canon Charles Smyth が Blackstone の *The Ferrar Papers* を書評し、イングランド教会の真髄を理解している小説としてショートハウスの作品を弁護した。さらに「当時これほど有名だった小説が、宗教的関心が強かったエリオット家に知られておらず、少年時代のエリオットが読んでいないとは考えにくい。たとえ若いときに読んでいなくとも、ポール・エルマー・モアが高く評価し、スミスが『クライテリオン』の書評で褒めた『ジョン・イングルサント』を後になっても読まなかったとはまったく考えられないとも述べている。事実を確認する手だてはないが、ガードナーはエリオットが「リトル・ギディング」でチャールズ一世が登場する場面を書いたときに考えていたことを知りたければ、ショートハウスの小説に向かうに如くはないとの判断を示している。また脚注にはご丁寧にも、エリオットの妻であるヴァレリーに確認し、エリオットが『ジョン・イングルサント』のコピーを所有していたこと、しかし所有している本を実際に読んだかどうかは確認できないこと、というのも、エリオットはロンドン・ライブラリから本を借り出すことがしばしばであり、読んでから後に購入することがあったからだとも記されている。

第六章　チェスタベロック出現

――『ノッティング・ヒルのナポレオン』と『エマニュエル・バーデン』――

二〇世紀にカトリシズムを奉じてイングランドの文化状況に深い影響を与えた二人の人物をあげよ、と尋ねられれば間違いなくチェスタトンとベロックの名前をあげるであろう。二人は社会主義者のG・B・ショーとH・G・ウェルズによって合体させられチェスタベロックと呼ばれたが、ヴィクトリア時代後半のニューマンのカトリック転会を契機とするカトリック文化復興の雰囲気から出発し、さらにカトリックの考え方を世俗化が進行するイングランドの体制派に突き付けたのであった。本章では、奇しくも同じ年に発表された二人の処女小説を読んでいくことにしたい。

一　G・K・チェスタトンの愛国心――『ノッティング・ヒルのナポレオン』

にこやかな笑みを湛えたネルソン・マンデラ像が、リンカーンやチャーチルのそれと同様、ウェストミンスタァ・スクウェアに設置され、議会制民主主義の殿堂、英国国会議事堂の方向を見やる今日［彼の視線の向かう先には右手に剣、左手に聖書を持った、絶対君主の首を国家反逆罪で刎ねたオリヴァー・クロムウェルの像もある」、今から百年前の、偉大なる女帝ヴィクトリアの長男エドワード七世時代（1901-10）に盛んに行われた愛国主義をめぐる論争に、どれほどの関心が集まるだろうか。愛国論争は第一次ボーア［ブール］戦争期に始まり、最終的に終戦となる一九〇二年［因みに日英同盟締結の年でもある］以後、ますます盛んになったようである。どれほどの関心が集まるかと問うのは、そもそもこの戦いが、アフリカという本来ヨーロッパとはまったく無関係の大地で、オランダとイギリスが帝国主義の旗の下で繰り広げた覇権争いであったことは紛れもない事実であり、帝都ロンドンにおいてどれほど大きな意味があったにせよ、ポストコロニアルな時代に、ズールー人のことは一顧だにせず、白人だけの論理に限定して議論することにどれほどの意義があると言えるのか、根本的な疑問がまったくないとは言えないからである。

イギリスとオランダ系移民の共和国であったトランスヴァールおよびオレンジ自由国との戦争は、イギリスからは「帝国の危機」と位置づけられるのである。[1]「大」英帝国はヴィクトリア女王の治世（1837-1901）に大きく拡大し、第二次世界大戦後、急速に衰退した。一九九七年にチャールズ皇太子を乗せた王室所有の帆船ブリタニア号が香港に向かい、パッテン総督（Christopher Francis Patten, 1944-）が香港の租借権を中国政府に返還したときに、BBCが多少の哀感を込めて「帝国の終わり」と報道したことが思い出される。ボーア戦争が活発化させた世紀転換期における愛国心論争の背景には、帝国の伸張とそれと裏腹の国内における多文化化という要素がある。[2] このことは、現代に生きるわれわれがグローバリゼーションの浸透にともない、自文化の喪失感からアイデンティティが刺激され、自国のあり方を問わざるを得ない状況にあることからも推量されよう。帝国主義はイングランド内部に無視できない意見の対立を生み出していたのである。当時一般的であった拡大主義的な愛国精神に対して、「小イングランド主義」（Little Englandism）[3] を主張したG・K・チェスタトン（1974-1936）の愛国心と、その文学的表現に光を当ててみたい。

チェスタトンと言えば、わが国ではブラウン神父が活躍する探偵小説の作者として知られているが、彼の本領はジャーナリズムの分野で発揮されたのであり、とりわけ新聞に連載したエッセイの著者として歴史的には評価されることになると思われる。[4] ただ、これまでの研究では彼がジャーナリストであることは押さえつつも、もっぱらカトリシズムに立脚した歴史、文学評伝、詩、小説に注意が注がれ、カトリシズムに関心がない批評家、読者からは、護教家として位置づけられる場合が多かったのではないだろうか。[5] 本論では、彼の最初の小説作品で、日露戦争開戦の年である一九〇四年に出版された『ノッティング・ヒルのナポレオン』(*Napoleon of Notting Hill*)[6] を時代のコンテキスト、すなわち上に触れた愛国心をめぐる議論に照らして解読してみたいのである。これは、何かしら世に訴えたい思想、理念を持ったジャーナリスト、チェスタトンが、小説というジャンルを選択して自分の考えを表現しようとしたときに、自然にアレゴリーあるいは(ジョナサン・スウィフトを彷彿とさせる)ファンタジーという形式を取ってしまうという、後続の一連の作品群にも繋がっていく特性が見られる最初の作品である。チェスタトンが人間形成期にあったヴィクトリア時代末期の文芸は、キリスト教が規範性を喪失させ、懐疑主義が知識人層の精神を捉え、芸術が信仰に取って代わり、いわゆる「芸術のための芸術」が高踏派の芸術観の標準として前面に出てきていた。やがて同一線上の動きとして、初等教育の普及とともに格段に増えた読者人口に反発してか、一般の読者には極めて難解な知識人だけのためのモダニズム文学が勃興してくる。しかしながら、チェスタトンの文学はこうした動きとは一切関係がなく、むしろ庶民が楽しむことのできる読み物として展開するものであった。彼は「時代に対する態度こそが、その人物の個性であり、人間は一人でいるときには決して個性的ではない」(His attitude to his age is his individuality; men are never individual when alone.)[7] といういつもの逆説的な警句を述べているが、私はその孤高のモダニスト的な姿を拒絶し、常に大衆を擁護し、彼らとの関係において自己を規定し、個性を確立したチェスタトンの一面を描きたいのである。

＊　＊　＊

『ノッティング・ヒルのナポレオン』について考察する前に、まずチェスタトンの愛国心について概観しておきたい。その際に重要な資料となるのは、小説と同じ年に出版された「愛国者クラブ」と称する団体の九名の筆者による論文集である。(8)「愛国心とは何か」("The Patriotic Idea") と題されたチェスタトンのエッセイはその巻頭を飾っている。彼はまずトルストイの人道主義との関連で、「個別」と「一般」を対照させ、博愛人道主義の特徴をつぎのように批判する。「個別は常に一般の敵である」(the particular is always the enemy of the general, 2)。トルストイのような博愛主義者は、愛国心は人類愛と矛盾し、個別の民族は人類と、個々の人間は人間一般、すなわち人類と敵対する、と考えていると言うわけである。チェスタトンにとって不思議なのは、同時代の社会主義者を初めとする知識人が、人類一般は愛するのに、個別の、一人ひとりの顔を持った人間を愛していないように見えることであった。彼らは国王、司祭、兵士、船員、中流階級、労働者、そのすべてを嫌っているのではないか。彼らは人道的であろうと努力して、その結果、人間性を失う羽目になっている (They are ceasing to be human in the effort to be humane, 4) のではないか、と言うのである。

チェスタトンが盟友のヒレア・ベロックとともに、フェビアン協会の主要メンバーであった英文学の大立者、G・B・ショーとH・G・ウェルズの社会主義に対抗したことは、周知の事実であるが、(9) 社会主義に対する疑念を自らの哲学とショーのそれとを対比させながら語っている箇所が、チェスタトンの『自伝』にも見られる。そこを読めば、チェスタトンがイングランドの一般民衆とその伝統文化に対して強い愛着を抱いており、それが彼の愛国心の中核をなしていることがわかる。私は彼［ショー］の国家に関するプラトン流の空想に対して、家族という制度を擁護してきた。彼の健康的で厳しい菜食主義と絶対禁酒に対して、牛肉とビール（Beef and Beer）を、彼の新しい世界主義という社会主義的観念に対して、旧来の自由主義的なナショナリズムを、そして限界を持たない「超人の天翔る無限性」（the soaring illimitability of Superman）に対しては、人間の神聖なる限界（the sacred limitations of Man）を擁護してきたのである、と述べている。[10] 愛国心が世界主義、四海同胞主義よりも根本的に優れている点として、チェスタトンは、愛国心によってすべてのものが、個々に、抽象的観念としてではなく愛することができ、しかも適切に愛されることを挙げ、そして「四海同胞主義は一つの国を与えてくれ、それはなるほど良いものなのだが、愛国心は百の国の存在を認めてくれ、しかもその一つひとつがすべて最善の国なのだ」（Cosmopolitanism gives us one country, and it is good; nationalism gives us a hundred countries, and every one of them is the best.）[11] と、愛の対象に求められる個別性が絶対不可欠であるという信念を強調している。

もう一つ重要なことは、ショーの「超人」との比較対照から、チェスタトンが人間の限界性に否定の意味ではなく、むしろ聖性という肯定的価値、祝福を見出している点である。彼はショーとの相違点はすべて宗教観の違いに由来するものだとも言う。ものをショーのように見る人は、帝国主義者が拡大を信じているのとまったく同じように、進化を信じている。彼らは生長する木を信じているのであるが、チェスタトンが信じているのは花と果実であり、花はしばしば小さく、「実には形があり、それゆえに限界がある」（it has a form and therefore a limit）と述べる。こうした基本的信念から、人は進化して超人となるよりもはるかに良いこととして、限界を認識することで聖性を帯びた存在になるという逆説をチェスタトンは説くのである。彼はその範型として、神が小さき人となったこと、すなわち「受肉」というキリスト教信仰の中心的ドグマを指摘する。「神が小さきものになられた、あの岩場のなかの窪んだ部屋のゆえに」(because of that sunken chamber in the rocks, where God became very small.)[12]。受肉こそが彼の人間観の根源なのである。ダ・ヴィンチの描くような「岩窟の聖母」のイメージを借りて表現される幼子イエスの、神が概念ではなく限界ある人間となったkenosisが礼賛されている。

「小」と「限定」がチェスタトンの思想の鍵語であり、それを愛国心に適用すれば、当然、小イングランド主義となり、現実として帝国化しているイングランドに対して批判の言葉を浴びせ、中世の時代の自文化に還ること、少なくともその文化を誇りとするよう主張する結果になる。共通のキリスト教信仰（カトリシズム）、ビールと牛肉、いざとなれば武器を取って戦うことも厭わないイングランド人の同志関係が、異端者、絶対禁酒主義者、国際平和主義者によって崩壊した、チェスタトンが「イングランドらしさ」と考えるものが、プロテスタンティズムの近代主義に淵源するものによって失われてしまったという、このような中世主義的歴史観が見て取れるのである。[13] チェスタトンに中世主義、すなわちカトリシズムがイングランドでまだ信仰として有勢であった時代に対する思い入れがあることは、彼が『自伝』のなかで、彼特有の諧謔精神を発揮しつつ、つぎのように記していることからも窺える。私にとって「クラパム・ジャンクション」（Clapham Junction）よりも「クラパム・コモン」（Clapham Common）の方にずっと関心がある、と。英国最大の乗換駅であるクラパム・ジャンクションを、世界に広がる植民地への、そして植民地からの、物流のイメージに重ね合わせ、小イングランド独自の物産と文化を軽んじる帝国主義の象徴とし、宗教改革後に現われた新興貴族に簒奪される前の、中世の共有地の名前を留めるクラパム・コモンの方を称揚するのである。[14]

一九一〇年代のチェスタトンは、進化ではなく、大胆な改革という意味での「革命」を信奉していた。理想の達成には当然戦いが不可避であり、そうした戦いに逡巡してはならない。チェスタトンは武器を取ることをためらわない。国際主義者たちの反戦平和主義には与しないのである。この過激な側面は『ノッティング・ヒルのナポレオン』が戦いの物語であることにも反映されている。「多くの人道的現代人は、民族意識を戦争の母として忌避している。そういう面がないわけではない。愛と宗教がそうであるように。人は愛するもののために常に戦うものであり、多くの場合、戦うことはまったく正しいのである」[15]。愛国心が戦争につながる可能性を認めつつも、「拡大」を求めるのではない、自文化の価値を護るための戦いは肯定されるのである。ここには帝国主義的換金作物のカカオを使った商品の、チョコレート産業で財を築き、バーミンガム郊外に優れた労働環境を備えた工場と社員のための田園都市《ガーデンシティ》を建設し、そして原料の調達については、今日のフェア・トレード的な感覚を備えていたジョージ・キャドベリ（George Cadbury, 1839-1922）のクエーカー信仰、とくに絶対禁酒主義と絶対平和主義に対する反発が垣間見えるようである。興味深いことに、チェスタトンが紙価の価格を高めたと言われるエッセイを一九〇一年から寄稿していたのはリベラル系の *The Daily News* であり、これはジョージ・キャドベリが所有していた新聞であった。

愛の対象の規模として「小」を、内容としてはイングランドの中世文化と規定し、それを護るためには武器を取ることも辞さないという過激な主張が、チェスタトンの愛国心の実相であり、それを表わす適切な用語は **local patriotism** ということになる[16]。こうした考えはどこから来るのであろうか。すでに指摘したように、チェスタトンの哲学の根本は **limitation**（制約、限界）にある。近代主義にさまざまな方面から知的な闘いを挑み始めたカトリック知識人の仲間に彼が加わるのは一九二二年のことであるが、青年期の懐疑主義からキリスト教の正統信仰回帰に大きな影響を与えたとされるイングランド国教会内のアングロ・カトリック派司祭のコンラッド・ノエル（Conrad Noel, 1869-1942）は、愛国者クラブの文集に収められた「愛国心とキリスト教信仰」（"Patriotism and the Christian Faith"）において、チェスタトンの「受肉」に基づく愛の本質論と同調する、カトリシズムの「聖体」観、すなわち普遍に存在する神が、ミサ毎に目にし、触れ、拝領することができる小さなホスティァとして現存すること、「個別、具体のもののなかに普遍」（*universal in the particular*）[17]が存することになぞらえて、小さな愛国主義を擁護している。ノエルは聖体とナショナリズムとの間に、聖体信仰が近代主義によって異端視されることと、ナショナリズム「ノエルは愛国心の意味で使用している」がトルストイらの国際主義によって批判されることとの間に、アナロジーを見出すわけである。本来的に普遍の存在である神と相容れないとして、神の個別存在としての聖体が異端視されるように、世界愛によって個別愛である自国愛も否定されてしまう。しかしながら、チェスタトンと同じように、ノエルは「人間の性質として、普遍を捉えることができるのは、ただその個別的、直覚的表現によるしかない」[18]のだと主張する。

「小」を愛の対象の本質と見定めるチェスタトンの姿勢を涵養したものとして、子供のときの家庭環境を挙げることができる。チェスタトン家は彼の父親の代までにすでに三代続いていた不動産業をケンジントンで営んでいた。若い世代がケンジントンを越えて支店を出すべきだと主張したとき、拡大案に反対する雰囲気が年長の従業員の間にあったことをチェスタトンは『自伝』のなかで回想している[19]。彼は二〇世紀のビジネスをcommerceが進化し、adventurousなものとなったと説明し、新しい世界では、ビジネスマンは「同業他者と競争し、他者を破滅させ、滅ぼし、吸収、飲み込むのが当然と考えている」[20]と批判的に記している。アドヴェンチャーとは「投機的事業」のことである。投機の危険を冒しても、他者を食い尽くすまで自己利益を追求するという資本主義社会の経営精神に反対し、中世の同業者組合《ギルド》を擁護する感覚が、チェスタトンの育った環境に残っていたわけである。こうした家風から彼の帝国主義批判を引き出すことも無理ではないだろう。今日的な言葉を使えば、グローバルに展開するのではなく、あくまでローカルに事業を行なうことに、人の道を見出す精神である。そもそも愛国心の語根である patria は「故郷」という意味であり、故郷はその本質上、世界大に拡大するものではなく、むしろ生まれ育った街に求心するものである。愛国心は「大」ではなく「小」に向かう愛情なのである。愛の絶対的特質として、その対象は「小」であることが必然なのである。

もう一つ別の家庭環境は、父親の趣味と関連する。チェスタトンの「小」なるものへの愛着、拡大するのではなく求心するものへの思い入れはおそらく、彼の父親が創ってくれた toy theatre の経験によって培われたのである。「重大なものは何であれ、その内側は外側よりもずっと大きい」[21]。この人生の最初の教訓となった、と彼が言う逆説は、父エドワードが家業に従事しながらも、趣味に生きる人であり、それも仕事をこなす活力をふたたび得るためのレクリエーションとしての趣味ではなく、人間が生きるために親しみ続けるものとしての趣味を持ち、内面世界がはるかな広がりを持つイングリッシュ・ジェントルマンの理想型を体現している父親から得られたものなのである。エドワードから学んだ逆説は、父子が楽しみとした toy theatre［paper theatre、和製英語で「ペープサート」とも言われる］にも、そのままあてはまるのであり、この小さな箱のなかで手作りの人形によって展開されるミニアチュア劇の愛好が、彼に世界を俯瞰するマクロ的視点を与えたと考えられるのである。想像力は無限に広がると思われがちであるが、チェスタトンはそうではないと主張する。想像力はイメージを処理するのであるが、「イメージにはその本質上、輪郭と限界が備わっている」[22]からである。同じ趣旨のことを一九〇四年のエッセイでは、「拱道《アーチウェイ》をとおして見るといつも、その向こうの風景は素晴らしい魅力をもって現われる。われわれは喜びに見舞われ、境界が必要だということ（the necessity of boundaries）に気づかされるのだ。絵は額に入れることによって初めて成立する」[23]と述べている。ここでは拱道をとおして見ることとtoy theatreを見ることが重なり合っている。

チェスタトンは、健全な愛国心の対象としてのイングランドが「小」であるべきことを主張するために、帝国主義としばしば結びつけて考えられるインド生まれの詩人・小説家のラディヤード・キプリング（Rudyard Kipling, 1865-1936）と、イングランドのナショナリズムが発揚したエリザベス時代を代表するばかりでなく、今日に至るまで最高の詩人・劇作家という揺るぎない評価を得ているシェイクスピアを持ち出し、つぎのように述べる。

> All Imperial poetry, even the very best（as in the earlier work of Rudyard Kipling）must be psychologically false, for when a man really loves a thing he dwells not on its largeness, but its smallness. The very psychology of patriotism is in the patriotism of Shakespeare, above all in that hackneyed and admirable passage in 'Richard II,' which is the very ecstasy of the little Englander. It is indescribably significant that Shakespeare, in glorifying his country, compares it to two things—a fortress and a jewel—
>
> 'This precious stone, set in a silver sea,
> Which serves it for the purpose of a wall,
> Or as a moat defensive to a house.'

チェスタトンはすべての帝国主義詩は心理的に偽りのものであると一刀両断し、その理由を「人が何かを真に愛するなら、それが大であることではなく、小であることに思いを致すものだから」という点に求めている。対照的に、愛国心の神髄をシェイクスピアに見出し、『リチャード二世』でイングランドを宝石という小さなものに喩えている点を、「小イングランド主義者を法悦に浸らせる」一節であるとする。

チェスタトンに言わせれば、真実の愛はすべて小さきものから生じ、小さきものへと向かうのである。思い起こされるのは、カトリックの経済学者であるE・F・シューマッハー（Schumacher, 1911-1977）である。彼は、自然と人間を破壊するまで拡大し続ける資本主義に警鐘を鳴らす"Small is Beautiful"という経済哲学を発表し、今日に至るまで——新自由主義の時代になった現在ではなおさらのことと言うべきか——「大」を追求する心性の問題点に気づいた人々の心を捉えているが、チェスタトンは国民詩人シェイクスピアを巧みに引用し、イングランドの真にあるべき姿、「銀色の海に浮かぶ宝石」に立ち戻るよう訴えるのである。彼の理想的国家像は、社会主義者の説く四海同胞精神に立脚する世界主義によるものでもなく、もちろん帝国でもない。これらは不健全な精神が求めるものなのである。健全な人間が求めるのは、彼の洞察によれば、「ほどほどの、想像がつく大きさの、歴史への影響力によって崇敬の念を呼び覚まされるほどには大きいが、愛情が感じられるようには小さい、同質的な共同体に対するある特定の関係[24]」なのである。

以上のような小イングランド主義の立場に立脚するチェスタトンが、エドワード時代に盛んに議論されたボーア戦争に対して、いわゆるPro-Boersの一員として論陣を張ることになったのは当然のことであった。チェスタトンは、「小さな農業社会」（little farming commonwealth）の側に立ち、大英帝国の背後に存在するセシル・ローズ（Cecil Rhodes, 1853-1902）を初めとする国際金融資本家（cosmopolitan financiers）の侵略を批判するのである[25]。大イングランド主義に根ざした大英帝国礼賛の雰囲気に抗して論陣を張るのにはかなりの勇気を要したことは言うまでもない。しかしイングランドにおける帝国主義の隆盛は、チェスタトンによれば、それが「宗教の代用品」（a substitute for religion）として機能しているからなのである。大英帝国以外に信じるものがないからなのである[26]。彼はイングランド社会に巣喰う世俗主義に帝国主義の淵源を求めるわけである。

帝国主義者はトランスヴァール併合を歴史の必然と見なすかもしれないが、チェスタトンがボーア人の国家の併合吸収を支持しないのは、彼の脳裏にイングランド最初の植民地となったアイルランドがあるからである。「アイルランドは消化不良の絶え間のない痛みの元となっている。生きた民族は食べ物として意図されていないからである」[27]。スウィフトのアイルランドの赤子を食ってしまえという"A Modest Proposal"の毒舌が下敷きになっている。チェスタトンは、北欧、ドイツ、ギリシア神話が一九世紀末から知られているのに、なぜアイルランド神話は知られていないのかという問いを立てる。彼の答えは、イングランドが征服したアイルランドから学ぶ姿勢を捨てたからであり、対照的に、フランスから学んできたのは、まさにフランスを征服することができなかったからであると述べる[28]。帝国主義擁護論の一つに、征服した国家、民族の美徳を包摂することができるからという議論があるが、チェスタトンはそうした考えは「勇猛な人間を食することによって勇猛になれる」と信じる食人種のものに似ているとし、帝国をどれほど拡大しても、征服した民族の英知を吸収することができない理由を、つぎのように説明する。

… the reason is very evident. The relations of a subject to a ruling race are in themselves false relations, and neither can know anything valuable of the other. They are very like the relations a man bears to his footman or his housemaid. If anybody told us that a duchess must know more of the soul of the butler than of her personal friends, because she saw the butler every day, and there was only a floor between them, we should not entertain a high opinion of that person's knowledge of the world. But it has never occurred to us that this is the reason why we have reaped profit from the French temperament, and no profit from the Irish temperament. The truth is, of course, that the friendship of nations is like the friendship of individuals. No such thing is possible unless both parties are free. National independence is as much needed if peoples are to be genuine friends as it is if they are to be genuine enemies. Often as we have heard of liberty, equality, and fraternity, we do not remember enough that the two things essential to fraternity are liberty and equality.(29)

そもそも支配と被支配の関係は誤った関係であり、そうした関係では何か価値のあることを相互に学ぶことは不可能である。公爵夫人が執事と毎日顔を合わせ、同じ屋敷に住んでいるからといって、彼女自身の友人についてよりも、彼の心の内をよりよく理解しているはずもない。そう考える人はどこかおかしいのである。同じように、国と国、民族間の関係も、学び合い理解し合うためには対等の関係でなければならない。自由、平等、博愛としばしば耳にするが、博愛のためには自由と平等が不可欠だと言うのである。

　チェスタトンは「愛国心の擁護」という一九〇一年に発表されたエッセイで、最近のイングランドにおける愛国主義の衰退は重大で、心を痛めざるを得ないという状況認識を披瀝し、愛国心が帝国主義の形しか取れないことをloveがlustに退化したという比喩で表現している。さらにそうした現状を打破するには、母国を批判するのも仕方がないという心情を吐露している。

'My country, right or wrong,' is a thing that no patriot would think of saying except in a desperate case. It is like saying, 'My mother, drunk or sober.'(30)

母親が飲み癖がついているなら、抱えている悩みを親身に担うべきで、無関心のままにいるとすれば、愛が何かを知らないということになる。愛国心が jingoism に堕したなら、それを正すためには、ただ真の愛国心を再興するしかない。チェスタトンによれば、問題の所在は、イングランドにおいて自国の文学と歴史の教育が行なわれていないことにある。イングランド人は自分たちが創造した、「知的栄光の莫大な遺産」(vast heritage of intellectual glory)[31] について無知のままであり、代わりにつまらない物質的栄光を求めるようになってしまったのである。愛国心が衰弱すると、領土拡大の欲望が愛国心と混同されるのである。

＊＊＊

以上概観してきたチェスタトンの愛国心をめぐる観念が『ノッティング・ヒルのナポレオン』という作品にどのように表現されているか、これから考察していきたい。この作品の文学史上の位置づけとしては、エドワード・ベラミー（Edward Bellamy, *Looking Backward 2000-1887*, 1888）、ウィリアム・モリス（William Morris, *News from Nowhere*, 1890）、オルダス・ハクスレー（Aldous Huxley, *Brave New World*, 1932）、ジョージ・オーウェル（George Orwell, *Nineteen Eighty-Four* [1984], 1949）との比較も可能な未来小説と言えるだろう。背後に、ある観念を隠したアレゴリーであり、チェスタトン哲学の重要な思念が読み取れる物語である。

端的に言ってこの作品をどのように解釈するべきか。現筆者はこれまでの研究史にしたがい、ボーア戦争によって盛んになった愛国心をめぐる議論のなかで、チェスタトンの考えを寓話の形で表現したものであり、その思想の根幹には彼のキリスト教信仰があると考えるのであるが、春秋社版のG・K・チェスタトン著作集第一〇巻の邦訳、『新ナポレオン奇譚』の翻訳者である高橋康也は「訳者あとがき」で、「ナショナリズムと帝国主義、社会と個人、政治と信条、道化と狂人など、この作品から思想的な「なかみ」を抽出し、ついにはすべてを作者のカトリシズムに還元して能事畢れりとするたぐいの読み方は、下の下である」と、かなり辛辣な批判の言葉を連ねている。[32] しかしながら、筆者はあえてそれこそが正しい読みであると主張したいのである。高橋はこの小説の「かたち」の面白さにこだわるよう諭し、チェスタトンの論敵の一人、H・G・ウェルズの空想科学小説のパロディとして書かれているのだと言う。ところが高橋自身が述べているように、未来小説の形を取っているにもかかわらず、小説に描かれている未来は一九〇四年のロンドンのままである。人々は鉾槍を武器に戦い、ガス灯が街を照らしている。高橋は「作品全体の発想における人を食ったおとぼけぶり」、「物語の語り口」、とりわけ作品の時間に関心を示し、「作者は結局、現在おのれの目に見えているロンドンをありのままに描いていることになる」、しかし「自由市の制定やら、城壁の建立やら、……一九〇四年に起こるわけもない」。それでは「やはり未来のことか。これも信じがたい。むしろ、時間をはるか過去に遡って、中世こそ真の舞台ではないのか。つまり、一九八四年から見た「過去」としての一九〇四年から、さらに振返った「大過去」こそ、この物語の時制ではないのか。おそらくは、作者にとって、「幻想の中世」こそ、いかなる「現在」よりも、そしていかなる「未来」よりも、はるかに強烈に「現在」なのである」と主張している。高橋は、ヴァージニア・ウルフ、ジェイムズ・ジョイスに代表されるモダニズム小説とはまた別の意味で、自然主義小説の殻を破るチェスタトンの小説の「形式」の新しさにこだわりながらも、やはり、チェスタトンの主要関心事が中世にあることを指摘せざるを得ないのである。近代と対峙する価値として中世に思い至るとき、その時代を豊かに潤したカトリシズムを無視することはできないのではないか。「能事畢れりとする」かどうかはともかく、「下の下」という前言は、もしかすると彼が自分自身に浴びせた言葉であり、彼がカトリック信者としてこの世を去ったという事実と何らかの関連があるのではないかとさえ勘ぐってしまう。ともあれ、この物語は寓話で、チェスタトンの一九八四年は中世であった、という理解に立って、論を進めて行きたい。

この物語の本質は書き出しの部分にすでに示されている。そこでは大人と子供が対比され、「子供のようにならなければ天の国に入ることはできない」と述べたイエスのように、チェスタトンは子供を信頼し、語り手に言わせる。人類はずっと"Cheat the Prophet"なるゲームを楽しんできた、と。チェスタトンは、知的な人々（彼に言わせれば「衒学者」）が、起こるに決まっていると信じる「冷たい機械的な出来事」、決定論的な進化論、進歩主義、社会主義を排して、人間的なものを人類史のなかに呼び戻したいという願望を、子供と平凡な人々を信頼することで表現している。普通の人々は、預言者の語る「賢人が不可避的に起こると見定めたこと」に恭しく耳を傾けるのだが、彼らの死を見届けると、何事も起こらなかったかのようにほかのことを行なう。このエピソードは知的退行を推奨しているのではなく、太陽が毎日昇るのを「奇跡」として感動するチェスタトンの単純を尊ぶ精神の発露であり、「不可避」を疑い、すべての「あるもの」に対して「驚嘆」を感じ、創造物に感謝する気持ちの反映なのである。リベラルなジャーナリストとしてフリート・ストリートで活躍し始めたチェスタトンは、賢人を疑い、ニーチェとショーの「超人」に対する「凡人」、「常人」を重んじるのである。

「序言」の最後で語り手は、「今から八〇年後にこの物語の幕が開くとき、ロンドンはほとんど今のままである」と言うけれども、変化がまるでないわけではない。変化がないと言うのは、「人々が革命に信を置くのを完全に止めてしまった」からである。しかし、これ自体は変化である。すべての革命は教義をめぐるものであり、キリスト教の誕生も、フランス革命もそうであった。変化がないと語り手が言うのは、教義に対する信仰がなくなったという意味である。このように思想信条に対する関心を喪失してしまった時代が浮き彫りにされ、ニヒリズムに対するチェスタトンの批判が込められる。革命的な変化が起きるためには、「何か積極的で神聖なもの」が必要である。これは一九世紀のダーウィニズムおよび社会進化思想に対する痛烈な攻撃であろう。

また別の大きな変化として、議会制民主主義が死に、官僚機構のなかから選出され世襲制を取らない国王による専制君主政治が現出している。物語が始まってすぐに、オーベロン・クインという下級官僚が同僚二人と歩いている。妖精の王 Oberon を彷彿させる Auberon という名前が暗示するように、彼はフロックコートを着た同僚、ジェイムズ・バーカーとウィルフリッド・ランバートの後ろ姿を見て、後ろ向きに歩く二頭の黒龍を見てしまうような、現実から遊離した空想好きの人物である。常軌を逸した想像力の持ち主であるクインがまもなく国王に選出される。この三人の仲間の前に現われ、愛国心のテーマを導入する役割を果たすのが、ロンドンに亡命中の前ニカラグア大統領である。ニカラグアはアメリカ合衆国に併合されてしまったのである。前大統領は緑色の服を着ており、何事か理解できないまま唖然とする三人の前で、コールマンのマスタード（Coleman's Mustard、現在でも売られているイギリス人馴染みの商品）の鮮やかな黄色のポスターから一部を破り取り、ランバートから借りたピンでとめ、さらにはペンナイフを自らの手に突き刺し、鮮血の赤を加えるという突飛な行動に打って出る。中世を十分意識するチェスタトンは、いわば灰色の近代とは対照的に、豊かな色彩を物語のなかに導入するわけである。前大統領は出てきた血をハンカチで拭き、黄色と赤の配色に注意を促し、これがニカラグアの国旗であると説明する。彼が言うには、

The yellow paper and the red rag...are the colours of Nicaragua...The Yankee and the German and the brute powers of modernity have trampled it with the hoofs of oxen. But Nicaragua is not dead. Nicaragua is an idea.....Can you not understand the ancient sanctity of colours? ...Wherever there is a field of marigolds and the red cloak of an old woman, there is Nicaragua. Wherever there is a lemon and a red sunset, there is my country. Wherever I see a red pillar-box and a red yellow sunset, there my heart beats. Blood and a splash of mustard can be my heraldry. If there be yellow mud and red mud in the same ditch, it is better to me than white stars. 22-23.

亡命先のロンドンで故国の旗色を見たいがゆえに黄色のポスターを破り、自分の手を刺して血を出すような、近代の教養ある国際人から見ればまさに狂気の行動を、チェスタトンは共感を持って描写する。野蛮な近代国家に踏みにじられたが、ニカラグアは永遠の観念となって生き延びている。これこそが愛国心、祖国パトリアに対する熱い思いの典型なのである。

この突飛な行動によって表明されたナショナリズムに対して、バーカーは「われわれ現代人は、一つの偉大な世界文明を信奉しており、それにはあらゆる民族の才能がすべて含まれている」と説明する。これに対して前大統領は、まったく唐突ながら、「荒馬はどのように捕まえるか」と問い、続けてつぎのように指摘する。

When you say you want all peoples to unite, you really mean that you want all peoples to unite to learn the tricks of your people. If the Bedouin Arab does not know how to read some English missionary or schoolmaster must be sent to teach him to read, but no one ever says, “This schoolmaster does not know how to ride on a camel; let us pay a Bedouin to teach him.” 24.

ここには文化相対主義によらず、絶対主義的価値観が支配する近代化の根元的問題が指摘されているのではないか。無国籍で、民族性を超えた、人類普遍の世界文明とやらを決定する原理そのものを、チェスタトンは前大統領の口を借りて批判しているのである。ベドウィン古来の駱駝を乗りこなす技術と、現代社会で必須となった英語の読み書き能力が天秤にかけられる。個別文化を持った民族が、国際主義の荒波が押し寄せるなかでどうなるか、という危機意識である。現今のグローバル・スタンダードについても同じ問題が生じている。進歩、文明化の判断基準それ自体は、西欧の規範に基づいているわけであるが、その基準に合わせていく過程で間違いなく、その基準に合わない、チェスタトンがこだわる「個別」文化が消されていくことになることを、彼はすでに意識しており、それを前大統領に表明させているのである。「世界文明」においては、文章を読む能力と、駱駝に乗る能力は決して等価ではない。ショー、ウェルズらの国際主義、社会主義思想に反対する姿勢が、ここでも明確になっている。「帝国主義はご都合主義的世界主義である。……われわれは、文明は常にわれわれの側にあり、征服する相手にそれを押しつけるのだ(33)」という反省がある。

以上のように、物語の本筋が始まる前に、チェスタトンは前ニカラグア大統領を登場させることによって、実体として消えてしまっても愛の対象となり得る愛国心のあり方と、帝国主義と常に歩を同じくして勢力を拡大してきた世界主義的な動きの危険性を指摘し、つぎにプロットの展開のための最後の準備を行なう。すなわち、前大統領に、イングランドには民主主義はなくなったのかと質問させ、近代主義者のバーカーに、なくなったというより、進化したのだと答えさせるのである。前述のとおり、イングランドは専制政治の体制となっており、国王は陪審員が選ばれるように、公務員のリストから選ばれる。バーカーが言うには、これまでの世襲君主制も運任せであったのだから、アルファベット順の君主制でも問題がない」というわけである。

こうしてまったく偶然に国王となったクインは、「公の場では面白おかしく、私的には厳粛であるべし」を理念とする政策を基本方針とする。そして「ロンドンのさまざまな市区が郷土愛をより鋭く感じるようになる」ために国王として努力すると宣言し、ハマスミス、ケンジントン、ベイズウォーター、チェルシー、バタシー、クラパム、バラム、その他諸々のバラ（borough）に、日没とともに閉まる城門を備えた城壁を造営させ、衛兵、市旗、紋章を制定させる。クインは「公の場では面白おかしく」という原理に則り、冗談として、中世の自治都市社会をロンドンに再興するわけである。こうした政策を彼は「ロンドン古代文物復興協会」（Society for the Recovery of London Antiquities）での講演で披瀝する。これより先に彼は、この小説のもう一人の主人公、ノッティング・ヒルの「ナポレオン」こと、未だ子供のアダム・ウェインと運命的に出会う。クインとは違って、冗談ではなく「真剣に」遊んでいたアダムは、とおりかかった国王クインを木の剣で突き刺す。するとクインは無礼であると怒るどころか、「余はそなたが神聖なるノッティング・ヒルの勇敢な守護者であることを嬉しく思う」と褒めるのである。

以上で物語が進行する準備が整ったことになる。愛国心は小さな単位に対する忠誠心が基本であり、そのことを表明する装置としてウェインとロンドンのバラが選ばれ、ウェインは中世の騎士として、バラは中世の自治都市として機能する。

舞台が整ったところで、物語の核心に至る事態が明らかになる。時はクインが王となってから一〇年が経過している。新しい事態とはノース・ケンジントン市長で資産家のバックとベイズウォーター市長ウィルソンを主導者とする、ノッティング・ヒル再開発構想とも言うべきもので、ノッティング・ヒルのポンプ・ストリートを壊し、ウェスト・ケンジントン、ノース・ケンジントン、そしてノッティング・ヒルを貫通し、ハマスミス・ブロードウェイとウェストボーン・グローブ・ロードを繋げようという道路計画である。この開発をポンプ・ストリートへの愛から断固拒否する、今や成長してノッティング・ヒル市長となっているアダム・ウェインを非難するために各市長が集まっている。その様子を見る国王クインは、ウェスト・ケンジントンの黄色、サウス・ケンジントンの青、ノース・ケンジントンの紫、ベイズウォーターの緑と銀に目を見張る。色さまざまの中世的世界が、自由諸都市の鮮やかな市旗と服装によって再現され、彼の国王としての希望が実現した形である。しかし何かが足りない。そこにノッティング・ヒル市長の緋色が現われ、国王の「自由都市憲章」によって与えられた権利により、買収資金をいくら積まれようとも開発計画を拒否し、ノッティング・ヒルの自由を護ると宣言する。世界全体が狂ってしまったのか、というバーカーの言に対し、クインは「人は真面目さによって狂気になる」と答える。クインのユーモアをまともに受け取ったウェイン。しかしクインはおかしさを追求する彼の行動原理に従って、ウェインの真面目さから来る狂気の面白さにつきあう決心をする。

ウェインはノッティング・ヒルの自由は国王から与えられたものであり、それが取り上げられるとすれば、剣を持って戦うと宣言する。彼はチェスタトンの考える愛国者の真の鏡であるかのように、外に向かって拡大するのではなく、内に向かう求心性を持った郷土愛を主張する愛国者なのである。彼は現在一九歳なのだが、すでに触れたように、一〇年前にポンプ・ストリートで登位したばかりのクインに出会っていたのであった。「たとえベイズウォーターの大軍に包囲されたとしても神聖なるノッティング・ヒルを護るように」という、その際のクインの言葉が、ずっとウェインの心に留まって離れなかったと言うのである。ふざけたjokeからepicが生まれてしまった、とクインは考える。こうしてアダム・ウェインのノッティング・ヒル防衛戦争が始まることになる。バーカーの政治哲学の反映である、人間の自律的選択（それが自由というものの本質であろう）を完全に消去する国王の機械的任命が、皮肉にも急進的空想主義者で、面白さを追求するクインを選ぶ羽目となり、ロンドンを前ニカラグア大統領の精神が躍動する中世的な場にしてしまうのである。

しかしなぜ、ウェインはポンプ・ストリートに固執するのだろうか。それはその地が彼の生地であり、少年の頃遊び、長じて恋に落ち、夜どおし友人たちと語り合った場所だからである。ウェインはまた、人が戦う必要のある戦いは「宗教戦争しかない」という確信も披瀝する。なぜなら、宗教戦争とは、これこそが人間の幸福、人間の美徳であると主張する、何かのために命を懸けて戦われるものだからである。近代思想、啓蒙思想のもとでは、宗教は文化の一部に格下げされ、個人の領域へと貶められるのだが、チェスタトンは宗教信仰を最も根源的な人間的価値を示すものとして評価する。ウェインの愛国心の根幹にある考えは、チェスタトン自身のものであり、それはわれわれがすでに確認した「小を愛すること」である。ウェインは、チェスタトンの愛国心の本質としての、「小」を誇らざるを得ないという必然を共有している。

それではノッティング・ヒルの要であるポンプ・ストリートとはどのような街なのであろうか。ウェインにとっては、小さな乾物屋、薬屋、床屋、骨董屋、おもちゃ屋が隣り合わせに並んでいる、大きなビジネス街とは対照的な個人営業の商店街である。ウェインはこうした商店主の一人ひとりを、ノッティング・ヒル防衛に賛同するよう説得に回る。帝国主義と愛国心を峻別する上で、重要な役割を果たしているのは乾物屋、そして薬屋との会話であろう。ウェインは乾物屋に対して、世界各地の産品を扱っていることから、乾物屋が世界主義の誘惑に陥る危険性があるのは無理もないことであるが、何とかノッティング・ヒルを忘れないで欲しいと述べ、乾物屋の商品を大量に買い込むことによって彼の心を勝ち取る。

薬屋については、薬品の色鮮やかさのゆえに「妖精の国」（Elfland）に立つ店であるという印象を受けたウェインは、バーカーらが支配するような世になると、薬屋という聖職が尊敬されなくなり、妖精の国という感覚も消散してしまうだろうから、ぜひとも自分自身だけのためではなく、薬屋が象徴するものすべてのために戦って欲しいと述べる。金満家が勝利をおさめないように、物質主義と闘うことを勧めるのである。しかし彼が薬屋から参戦の同意を得ることができたのは、乾物屋のときと同様、必要でもないのに彼の商品を購入したからである。

つぎに訪れた骨董屋で、ウェインは「現代の恐ろしい沈黙」(horrible silence of modernity)について、自説を展開する。「沈黙」とは、差し障りのない些末なこと以外は何も語らない「現代の寛容」(modern liberality)のことで、言論の自由とは名ばかりで、宗教についても、生死についても、イングランド人、そしてチェスタトンにとって大事な文化である、パンとチーズについても一切語らないことだと言う。ウェインは、「この奇妙な無関心を、この奇妙な夢心地の利己主義を、この奇妙な群衆のなかの、幾百万人の孤独」を一緒に吹き飛ばそうではないかと訴え、法外な値段で一六世紀の剣を買うことでようやく話をつけるものの、店主の憂鬱が伝染したかのように暗い気持ちで店を出る。

つぎの床屋にはあっけなく追い出され、最後のおもちゃ屋のターンブル氏のもとに赴く。彼は戦争を趣味にしている男である。すでに世界の強大な国が小国をことごとく飲み込み、もはや戦争がなくなってしまい、彼はブリキの兵隊を使って昔の軍事作戦を再現するか、はたまたノッティング・ヒルが攻撃された場合にどのように防衛するか、作戦を立てることを趣味としているのである。実際、ターンブル氏はなかなかの戦略家で、ウェインの計画に参加表明した後に、五ポンドという大金を使って四〇人の子供を乗り合い馬車に乗せ、ロンドン見学に送り出し、ノッティング・ヒルに帰還させる。これは未来の若者の教育のための投資であり、実利的には馬車をバリケードに、馬は戦いに徴用するつもりなのである。

ウェインはターンブル氏の策略を面白いと思ったが、真面目一本槍の性格を表わすかのように、彼の反応は語り手によって、つぎのように描写される。「彼はこれまでの人生で一度か二度しか笑ったことがなかった。しかも笑ったときには、まだ身に付いていない技術ででもあるかのように、奇妙な笑い方をした。彼はそれを真面目に楽しんだ」。他方、ターンブルの方は、「半ば冗談として楽しんだのだが、それ以上に、彼が憎悪している近代性、退屈、文明化の逆転として楽しんだのであった」と説明される。ターンブルには多分に中世的なところがあり、また「短くも愉快な人生」を望んでおり、チェスタトン自身の性格が投影された人物造形となっていると言えるだろう。

開発のためと称して道路整備を立案した張本人バックの、ウェインが反対し続けるなら、「狂人として逮捕せよ」、あるいはまた、戦うとなれば、兵士の数で圧倒してしまえ、という決意表明について、国王のクインはウェインの側に同情するが、バックらを支持しないならば革命を起こすと脅され、鋪槍兵八百人を動員してノッティング・ヒルを攻撃することになる。しかしながら、第一戦はノッティング・ヒルの勝利に終わる。彼らの方が地元の隘路に通暁しており、敵軍に不意を食らわすことができたからである。

つぎの一戦は「ランプの戦い」と呼ばれることになる戦闘である。ノッティング・ヒル軍がウィルソン将軍指揮下のノース・ケンジントン、ベイズウォーター、ウェスト・ケンジントン連合軍によって包囲され、その敗北が決定的になったときに、ウェインの機転でガス灯が一斉に消される。その結果、連合軍はめくら滅法に打ち合うことになり、見事な敗北を喫する。ウェインは、ポンプ・ストリートにたてこもり、国王は自ら「コート・ジャーナル」という新聞の記者になって、戦場レポートを喜々として行なう。そうした描写には、ジャーナリスト、チェスタトンの面目躍如というところがある。

最後の戦いは、金に物を言わせ、大量の兵士を雇用した「バック氏の非人間的な算術の大勝利」かに思われたが、最後の瞬間にまたもウェインの作戦勝ちとなる。それはキャムデン・ヒルの給水塔を占拠し、大量の水を持って洪水を起こすと脅し、包囲軍に降伏を迫ったのである。ウェインは伝令を送って、降伏しても個々の市の自治と慣習は護られ、「自由都市」としての地位は堅く維持されると告げる。ウェインは、これまで帝国主義のもとで行われてきたこと、征服した文化を破壊することをまさに否定するのである。

以上のように、三度に渡るポンプ・ストリート防衛のための戦いが、ノッティング・ヒルの勝利に終わり、平和な時代が二〇年間続いたある日のこと、ケンジントン宮殿を出てポンプ・ストリート界隈を散策中の国王クインは、久々にバーカーと出会う。バーカーはものすごい剣幕でノッティング・ヒルの横暴ぶりを難詰し、自由のための戦いが近いと言い放つ。ウェインがポンプ・ストリートのために戦ったのなら、バーカーのサウス・ケンジントンは、ハイ・ストリートと自然史博物館のために戦うというのである。驚いた国王は、「君が利他主義者となり、ウェインが利己主義者となったのか。君が愛国者で、彼が暴君か」と尋ねる。バーカーは、悪いのはウェインではなく、ノッティング・ヒル市民と市議会であり、彼らは他市のことに首を突っ込み、何かと自分たちの考え方に従わせようとすると答える。具体的にはベイズウォーターのウィルソン将軍を顕彰して建てられた像に反対していることが伝えられる。

確かに、ノッティング・ヒル市民に対するウェインの説教を聞けば、帝国メンタリティに毒された市民を論そうとする彼の姿勢は明確であり、その見識はチェスタトン自身のものであるということも理解できる。

Notting Hill is a nation. Why should it condescend to be a mere Empire? You wish to pull down the statue of General Wilson, which the men of Bayswater have so rightly erected in Westbourne Grove. Fools! Who erected that statue? Did Bayswater erect it? No. Notting Hill erected it. Do you not see that it is the glory of our achievement that we have infected the other cities with the idealism of Notting Hill? ...Cannot you be content with that destiny which was enough for Athens, which was enough for Nazareth, the destiny, the humble purpose of creating a new world? 144

郷土愛的愛国心によってノッティング・ヒルを護りとおし、今やその理想を他市に及ぼしたからこそ、ウィルソン将軍の像が建てられたというのに、帝国化した心性を持つに至った市民にウェインは驚き、幻滅を感じるのである。ポンプ・ストリートの商店主を「小さな」愛国心に鼓舞しようと訪問したときに、商品を買ってもらうという利得によって同意した人々は、利得によって容易に帝国意識を持つに至る可能性に開かれた存在だったのであり、一人無条件に参加したおもちゃ屋のターンブル氏のみが、無心に、趣味に生きた彼だけが、ウェインの理解者として残る。

演説を市民の歓声によってかき消されたウェインは無力感を感じる。彼は「時代から遊離し、ただ妥協と競争の、帝国どうしが張り合い、良くも悪くもない、という世界で、途方に暮れる」のである。こうした近代観一つをとっても、チェスタトンの観察眼の鋭さが伺える。「妥協と競争の」「良くも悪しくもなく、まあまあ」の世界とは、理想を、キリスト教信仰を喪失し、懐疑主義に陥った灰色の世界であり、チェスタトンがもっとも嫌った革命意識を喪失した世界である。

ウェインは、ノッティング・ヒルが戦う今度の戦争は、大義なき戦いであり、負け戦となると覚悟する。国王クインは退位し、鋪槍兵として参戦することを願う。すべてはクインの冗談、悪ふざけから始まったことなのだが、ウェインは押し寄せるバタシー軍、パトニー軍を始めとするロンドン郊外の自由都市連合軍を目にして、クインに「他国の王は一国民を治めたが、あなたは諸国民を創り出したのです」と感慨を込めて言うのである。ここでは近代ヨーロッパの人々に国民アイデンティティを覚醒させたフランス皇帝ナポレオンの姿が、ノッティング・ヒルのナポレオンことウェインの姿と二重写しになっている。すべてのロンドン・バラのアイデンティティを目覚めさせたノッティング・ヒルは、彼が市民に説いて聞かせたように、ただの市ではない。キリストを生んだナザレのように、新しい生き方、愛国心を伝播させたのである。彼が命を落すときに言うせりふ、「私の喜びは、恋する男が一人の女がすべてであるときに知る喜びだ。それはノッティング・ヒルがすべてだというときに味わう喜びだ。私には市《まち》がある。それが持ちこたえようが倒れようが」は、物語の始めに登場する、あのニカラグアの亡命大統領の感慨であり、チェスタトンの言う郷土愛としての愛国心の発露である。

最後の戦いが終わり、落命したウェインとクインの死後の幻想的な対話において、ウェインは真面目さの、クインは冗談の、どちらも狂気の状態にあったことが自覚される。二人の性格は、本来は一人の人間の必要不可欠な部分であると認識される。農夫のように平凡で健全な人間となったウェインとクインは、見知らぬ世界へと放浪することが語られ、この小説は幕を閉じる。

＊　＊　＊

二〇一四年は『ノッティング・ヒルのナポレオン』の「現在」、すなわち帝国化したノッティング・ヒルの敗戦の年であった。この一九〇四年に発表された小説は、八〇年後を舞台設定にしているが、その一〇年後にノッティング・ヒルの防衛戦争、そしてそのまた二〇年後にノッティング・ヒルの帝国主義に対抗する、諸都市の自由回復戦争が戦われたことになっており、足し算を重ねると、二〇一四年が記念すべき年と言うことになる。(34) この作品が書かれたのはボーア戦争が契機となって帝国主義に反省が加えられていた時代であったが、同時に帝国主義的拡大を目指す愛国主義の象徴とも言える「全英祝日」(Empire Day、ヴィクトリア女王の誕生日である五月二四日、戦後は「コモンウェルス・デイ」と改称)が制定されたのも、『ノッティング・ヒルのナポレオン』が刊行されたのと同じ一九〇四年のことであった。

チェスタトンのpatria、祖国への思い入れ、すなわちpatriotismは、愛国心には違いがないが、その対象は彼が生まれ育ったところなのであり、その意味では「郷土愛」と言うべきものである。先に見たように、「小」イングランドとボーアとノッティング・ヒルの三つが同一視され、チェスタトンの想像力のなかで重なり合う。愛の対象を最大に拡大したとしても、それはイングランドに留まるのであり、近代以降において、通常は一つの単位として認識される「イングランド・ウェールズ」ですらない。最小単位としては一つの通り《ストリート》なのであり、『ノッティング・ヒルのナポレオン』ではポンプ・ストリートがそれであった。したがって彼の愛国心は、イングランド・ウェールズを創り出した近代最初の王朝であるチューダーの前、宗教改革以前の時代を志向するものと言ってよい。さらに言えば、彼はメリーなイングランド(merrie England)を近代において再興しようとする、カトリック中世主義の精神を共有していたということになる。[35] 帝国主義と愛国主義との違いは何か。愛国主義は基本的に自分の理解できる規模の共同体の生活、文化全体を愛し、擁護する姿勢であり、それは他の民族、共同体の存在、文化をも大切にしようとする。他方、帝国主義は世界に自国の権益を拡大しようとするものであり、その過程で他国をつぶしていく。本稿の前半で何度か参照した「愛国者クラブ」のエッセイ集を編集したチェスタトンの旧友オルダショーは、愛国者クラブがイングランドの若者に対する呼び掛けとして採用するのは、「世界帝国へ」('On to a World Empire!')でも「普遍の兄弟愛へ」('On to Universal Brotherhood!')でも「保護貿易へ」('Back to Protection!')でも「大地に帰れ」('Back to the Land!')でもなく、「イングランドに回帰せよ」('Back to England!')であると宣言している。[36] このスローガンには、イングランドの伝統に、前近代的な中世の文化に、帰還せよという意味と、帝国から故国に帰国せよという二つの意味がかけられている。処女小説の『ノッティング・ヒルのナポレオン』で見事に描いて見せた、[37] 愛国心と反帝国主義は矛盾しないというチェスタトンの主張は、今日のわれわれの耳にも届くはずである。

註

(1) P. J. Marshall ed., *Cambridge Illustrated History of British Empire* (Cambridge University Press, 1996), 64.

(2) J. H. Grainger, *Patriotisms: Britain: 1900-1939* (Routledge, 1986), 26.

(3) *OED* が採録している「帝国の規模と責任を制限するという意味での」"Little Englandism" という表現の初出は一八九五年である。最近、古書業界の重鎮となり、また小説家としても知られるようになったリック・ゲコスキー (Rick Gekoski) の著書、*Lost, Stolen or Shredded: Stories of Missing Works of Art and Literature* (Profile Books, 2013) を読んでいたところ、詩人フィリップ・ラーキンの葬り去られた日記を扱った章で、"Little Englandism" という語に出くわした。ところがその用法は、本稿が問題にする意味とはだいぶ違っている。ロンドン大学のリサ・ジャーディン教授の「最近ではラーキンが称揚するような小イングランド主義はカリキュラムにそぐわない」という趣旨の言葉が引用されており、現今の英国内の多文化状況――それ自体は帝国の解体過程で起こったことなのだが――を背景に、イングランドが抱え込んだ多文化性を忌避する心性、つまりイングランド中心主義、ケルト系ではない白人主義、アングロ・サクソン至上主義的な意味合いで使われていることがわかる。小イングランド主義は帝国主義に反対し、一般にはリベラル思想と関連づけられるが、注意しなければならないのは、自由党員にも社会主義者のなかにも、帝国主義者がいたという事実である。小英国主義者として有名なのは John Morley, Leonard Courtney, Francis Hirst, J. M. Robertson, J. L. Hammond, L. T. Hobhouse, J. A. Hobson らである。Cf. Grainger, 141. 彼らは愛国心の過大化したものとしての「国威宣揚主義、盲目的愛国主義」（jingoism）を是正しようとした。パブリックスクールにおける古典教育重視も、大英帝国をローマ帝国の再来と考える思考との関連で説明できないこともない。旧約の民イスラエルに代わってイングランド人を神に選ばれた民とみなすイングリッシュネスの理解が批判される。グレインジャーは桂冠詩人アルフレッド・オースティン（Alfred Austin, 1835-1913）の「イングランドのために戦う者は神のために戦う。／イングランドのために命を捧げる者は神とともに眠る。」（'Who fights for England fights for God. / Who dies for England sleeps with God.' Cited in Grainger, 142）という詩句を引用している。他方、グラッドストーン内閣で内相、蔵相を務めたハーコート（William Harcourt, 1827-1904）の「小イングランドなど存在しない」、「イギリス人は必然的に大イングランド主義者である」という述懐にも注目しておかなければならないだろう。"Little England, forsooth! Where is it? If I desire（which I do not）to be a Little Englander, I must cease to be a British citizen, because being a British citizen, I am necessarily a Great Englander, a citizen of a great Empire." これはいわゆる "a grand Anglo-Saxondom of the future" の根幹を成す確信的「大イングランド主義」の典型的言明である。Cf. Grainger, 146.

（4）この方面の最近の学問的功績は Julia Stapleton が編集した *G. K. Chesterton at the Daily News: Literature, Liberalism and Revolution, 1901-1913* 8 vols.（Pickering & Chatto, 2012）である。

（5）本邦におけるチェスタトン研究書は、ピーター・ミルワード、中野記偉、山形和美編『G・K・チェスタトンの世界』（研究社、一九八六年）のみであり、単独の著者によるものに限れば、山形による清水書院の「人と思想」シリーズの一冊『チェスタトン』（二〇〇〇年）しかない。英米では実に数多くの伝記、批評、論文が著されているが、カトリック信仰に依拠する人々によるものが大多数を占める。二〇一一年には Ian Ker, *G. K. Chesterton: A Biography*（Oxford University Press）全七四七頁が現われたが、カーはオックスフォードで教えるカトリック司祭であり、本来、J・H・ニューマンの専門家である。

（6）本稿で使用するテキストは Penguin Books の一九八二年のリプリント版であり、引用後にページ数を示す。

（7）*The Victorian Age in Literature*（Thornton Butterworth, 3rd ed. 1936）, 10.

（8）Oldershaw, Lucian ed., *England: A Nation, being the Papers of the Patriots' Club* (R. Brimley Johnson, 1904). チェスタトンはこのクラブの会長を務めた。Cf. Stapleton, 98, notes. 4. なお同じ一九〇四年には次節で考察する、べ

ロックのグローバル金融資本主義を批判する風刺作品『エマニュエル・バーデン』（*Emmanuel Burden*）も刊行されている。ブレーキがきかず拡大せざるを得ない運命の帝国主義と資本主義が、カトリックの中世主義的観点から批判され、後の Distributism への足がかりができる。

（9）ショーは二人の論敵を合体させ、怪物 Chesterbelloc と渾名した。

（10）G. K. Chesterton, *Autobiography*（Hutchinson, 1936）, 226.

（11）"The Patriotic Idea", 5.

（12）*Autobiography*, 227.

（13）Cf. "...a vibrant English comradeship in faith, ale, and arms had been destroyed by a succession of heretics, teetotalers, and pacifists over the centuries." Julia Stapleton, *Christianity, Patriotism, and Nationhood: the England of G. K. Chesterton*（Lexington Books, 2009）, 4

（14）*Autobiography*, 135.

（15）"The Patriotic Idea", 7-8.

（16）一九〇二年一月にイングランド教会系の The Anglican Social Union の雑誌 *The Commonwealth* に発表された短文において、チェスタトンは「偽の愛国者はイングランドが常に伸張することを誇りとし、真の愛国者はイングランド最後の戦いを誇りに思い、その英雄的敗北の歌を歌う」と述べている。Cf. G. K. Chesterton, "The Mystery of Patriotism" in *The Chesterton Review*（Vol. XXIV, No 4. Nov. 1998）, 429.

（17）*England: A Nation*, 248.

（18）Ibid., 251.

（19）*Autobiography*, 11.

（20）Ibid., 10-11. 皮肉なことにチェスタトン家の家業はチェスタトンの意志に反して、ケンジントンを軽く越えて全国的な事業へと発展し、今日に至っている。

（21）Ibid., 41.

（22）Ibid., 107.

(23) "The Patriotic Idea", 16-17.
(24) Ibid., 19.
(25) *Autobiography*, 115.
(26) Ibid., 145.
(27) "The Patriotic Idea", 25.
(28) Ibid., 28.
(29) Ibid., 30-31.
(30) Chesterton, "A Defence of Patriotism" in *The Defendant*（J.M. Dent, 1901), 166.
(31) Ibid., 169.
(32) 『新ナポレオン奇譚』（春秋社、一九七八年）、二六八。
(33) "The Patriotic Idea", 13.
(34) この作品のなかの時間操作については、中野によって夙に指摘されている。中野記偉「G. K. Chesterton の 1984 年――*The Napoleon of Notting Hill* 再検討――」『英文学と英語学』（上智大学英文学科紀要、一九七〇年）、一三六。
(35) 中野「Shakespeare の世界、妖精のいさかいをする Merry England の世界をこの作品の背後にもちます」、ibid., 133.
(36) Oldershaw, p. 262. "Back to the Land" はカトリック信者も多く参加した帰農運動である。
(37) Vaninskaya, Anna. "'My mother, drunk or sober': G. K. Chesterton and patriotic anti-imperialism" *History of European Ideas*, 34（2008), 535. 彼女はこれがチェスタトンのすべての著作のテーマであるとさえ言う。

二　ヒレア・ベロックの反近代主義――『エマニュエル・バーデン』における国際金融資本批判――

ヒレア・ベロック（Hilaire Belloc, 1870-1953）は、一九一二年に刊行された彼の経済哲学分野の主著である*The Servile State*が、関曠野氏によって『奴隷の国家』（太田出版、二〇〇〇年）として出版されて以降、以前よりは知られるようになったと言えよう。何よりも、小泉政権時代から一段と強まった経済のグローバル化によって、わが国にでも労働環境がいっそう厳しくなり、労働の非人間化が意識化されるようになったことが、ベロックの思想の再評価の土壌として指摘することができる。とはいえ、彼の主張は単に賃金の引き上げを訴えたり、福祉の充実を要求したりするような社会主義的なものではなく、働く者が一個人として自立し、すべての者が私有資産と自己決定権を持つ社会の実現を目指すものであり、資本主義も社会主義もともに批判するものであることを忘れてはならない。そもそもベロックが資本と労働の問題として単純な経済学的考察に短絡してしまいがちな事象に、生涯にわたって関心を抱きつづけ、本節の後半で取り上げる『エマニュエル・バーデン』をはじめとする小説という形を取ってまで追求したのは、経済の問題は哲学の問題であり、またすべての価値の中心に位置するべき宗教信仰の中核的問題であったからなのである。

ベロックが『奴隷の国家』で鮮明にした近代西洋に対する危機意識を要約すれば、つぎのようになるであろう。キリスト教信仰が衰えるとき、キリスト教化以前の奴隷制がまたぞろ復活する。ヨーロッパ中世のあらゆる動きは、人々が資本と土地を所有することで、経済的に自由であるような社会の確立に向けられていた。ところが、ヘンリ八世による上からの「宗教改革」によって、ヨーロッパ形成に貢献した修道院が収奪・解散され、その広大な領地を含む財産が新興貴族に払い下げられると、少数の富裕層が誕生し、政治と経済の実権を手に入れた。こうしてイングランドに、少数の人間の邪悪な意志と大多数の人間の無気力によって支えられる資本主義という「悪」が登場したのである。それとともに不当な競争や、誰かが利益を独占することを抑制し、富の集中ではなく、その分割を維持する仕組であった同業者組合《ギルド》は消え失せ、たんなる労働の供給者となった大多数の人々は、人間としての尊厳を失い、解雇・失業を恐れるあまり、神に代わって資本家を主人と拝み、自由を福祉と交換して、身体の安全を手に入れて満足する哀れな「奴隷」の身分に自ら零落したというのである。

ベロックはこの人間性を疎外する「悪」としての近代資本主義の発達に、"usury"（高利貸し）を許容する反キリスト教精神が深く関わっているという認識を持っていた。

The modern world is organised on the principle that money of its nature breeds money. A sum of money lent has, according to our present scheme, a natural right to interest. It ruined Rome, and it is bringing us to our end.(1)

お金はその本質上、お金を生むものだ。貸したお金は当然の結果として、利子という名の利潤《こども》を生む。もちろん、ベロックは金融のすべてを批判しようとするのではない。彼が承服できないのは、本来、収益が見込めない融資にも金利を乗せる行為なのである。たとえば、マンション経営のための土地の購入費と建設費に対する融資は収益を生み出す productive loan であるが、病気の人間に対する医療費の貸付は unproductive loan であり、両者は当然区別されるべきだというのである。したがって usury は、利子が不当に高いことを単純に意味するものではないということになる。問題は貸し付けられる資本がどのように使われるか、ということなのである。ベロックの歴史認識では、この区別をつけない無差別の、ただお金にお金を生ませるusuryが一般化するのは、「ヨーロッパ共通の道徳と宗教システムの破壊」("the break-up of our common European moral and religious system")が起こった宗教改革以降のことである。そして「高利貸し」を合法化した国家が、旧来のキリスト教道徳規範に従おうと努力するカトリック諸国に対して金融の面で有利な立場に立った。「改革された(プロテスタントになった)」国家において銀行業の急速な発展を見たのは、まさにこの「新しい道徳、いやより正しくは非道徳」のお陰なのである。(2) 近代資本主義とプロテスタンティズムと金融システムを、負の価値として結び付けるベロックの大胆な反近代思想の根本がここには示されている。

Usuryの問題は「富をすべて少数の貸し手のなかへ流出させ、残りの人々を経済的隷属状態に陥れる装置(3)」として機能する点にある。ベロックは自らのカトリシズムの特性を、個人の魂の救済や個人の聖性を重視するプロテスタンティズムとは異なり、そのcorporate quality、すなわち「共同性」に見出していた。(4) そうであるからこそ、彼は政治的に活動すること、警醒的な発言を厭わないことが、自身の宗教信仰と不可分であると考えていたのである。

近代の諸悪がもたらされた原因を、唯一、宗教改革に求めるベロックにすれば、近代の病根の治療薬はカトリシズムの倫理に求めるほかないことになる。

Just as Industrial Capitalism came out of the Protestant ethic, so the remedy for it must come out of the Catholic ethic. *In other words, we must make the world Catholic before we can correct it from the evils into which the denial of Catholicism has thrown it.*(5)

ヨーロッパ近代の病根を治癒させるには、まずカトリックにならなければならない、という主張は、実現性がない絶望的なものと言わざるを得ず、議論の妥当性を論じる必要もないだろう。ただし、ベロック自身の世界観を支える歴史認識からすれば矛盾がなく、イングランドを再生するための新しいイングリッシュネスの要素として、宗教改革以前のカトリックの価値観を取り戻さなければならないという、彼の生涯にわたる活動を支える信念を表明したものである。

ベロックがこのような反近代主義的な言説を公に唱えるができるようになったのは、一九世紀前半にアイルランド問題を契機にカトリック信徒の解放が行なわれ、ジョン・ヘンリ・ニューマンらが主導したオックスフォード運動によって、カトリック教会の復興［具体的には司教区制度の回復］の機運に弾みがつけられ、カトリック信徒のなかからも「知識人」が出てきたことによる。カトリック知識人——その多くはイングランド教会からの改宗者——が、一様に持っている特徴は、反近代の姿勢であった。彼らは知的な確信に基づいてカトリック教会を意識的に選択したのだが、一九世紀の知的、文化的潮流に対立、また対抗する価値観の権威ある提示者としての「教会」に引き寄せられたのである。一九世紀のイングランドで隆盛を極めた、一六世紀の宗教改革を高く評価するプロテスタントの進歩史観によって、カトリック中世の価値を否定されたカトリック信徒が、近代よりも中世を高く評価するのは当然のようにも考えられるが、彼らが西洋近代に対して危機意識を持ち、アンチモダンになる契機となったのは、物質主義による霊的価値の喪失、拝金主義、すでにベロックの「高利貸し」論で確認した、額に汗せず効率よく「お金でお金を作る」（money makes money）ことを良しとする思潮に、人間性の喪失を見たことにあった。彼らは、西洋近代の神の喪失の流れに抗して、宗教改革以前のいわゆる「メリー・イングランド」の理想に帰ることを希求したと言えよう。

中世の真理観においては、知識は真理に至るための「瞑想」(contemplation)の対象であった。しかし近代においては、ベーコンが喝破したように、知識は力となり、神秘性は宇宙から消え失せてしまう。新しい人間は、神そのものとは言わずとも、神の役割を消滅させ、「暇な神」(*Deus otiosus; God at leisure*)を誕生させたのである。世界は人間中心的に解釈され(ヒューマニズム)、新しい人間は中世の、神中心の価値観からの解放を求め、人間の自律(自立)性の確保を旨とし、それを求めることこそが近代人であることの証左とした。「自己崇拝」という新たな宗教の誕生である。個人の自我の確立、自己選択、自分の足で立つことが「人間らしさの哲学」の前提となった。したがって、近代という時代の趨勢にあえて逆らい、伝統的教会——地上における神の代理人である教皇を頂点に、枢機卿、(大)司教、司祭、一般信者という、近代の民主主義の観点からはかなり問題があるように見えるヒエラルキー構造を温存させ、聖母マリアをはじめとする女性の聖人たちを除けば、女性を冷遇するかに見える宗教組織——にあえて帰属し、教会の教導権に従い、その価値観を共有する生き方を選択[この選ぶという行為自体は近代のもの。カトリック知識人の多くが改宗者であることから来る必然でもある]した理由、その哲学について考えてみる価値は十分にあるであろう。彼らの世界には、自律性がなかなか発見できないように見えるが、教会共同体のなかに身を置くという自己奉献の自律的決断があると言わなければならない。彼らと一般の近代人を分けるものは、一六世紀の宗教改革の評価である。プロテスタント宗教改革が打ち壊したカトリック世界を善きものと見るか、あるいは悪しきものと見るか。ベロックについて見たとおり、カトリック知識人は当然、善きものと考え、反近代主義の旗を掲げ、近代の諸問題を解決するための鍵を宗教改革以前の中世に見出し、いわば過去を顧みながら前に進もうとする。

「革新は伝統の新しい再生」という見方は、カロリング・ルネサンス以来、西洋思想史の一般的考え方として定着している。一九世紀半ばのカトリック復興はイングランドだけに起った特異な現象ではないものの、歴史的にはイングランドが宗教改革を成功させ、プロテスタンティズムを国是とする「威風堂々」のキリスト教国家でありながら、現実においては、産業革命による社会構造の激変と帝国主義による対外膨張の結果として発生した深刻な諸問題のために、中世的価値が積極的な意味を持つものとして対比されやすいコンテキストが生じていた点は強調されるべきであろう。国民国家が誕生する段階で否定されたカトリック的伝統に根ざす古い価値が、新しい価値として再提示される土壌ができていたのである。

興味深いことに、イングランドにおけるカトリック復興はイングランド最初の、そして最後の植民地である、アイルランドの状況が関係している。周知のようにアイルランドはカトリック国であるが、政治経済的へゲモニを握ってきたのはイングランド系のアングリカンと、北アイルランドを中心に居住するスコットランド系のプレスビテリアン（長老派）であった。「アイルランド教会」（The Church of Ireland）は前置詞“of”が示すように国教会であり、宗教改革を認めない「劣等な」カトリック・アイルランドをAnglicize（イングランド化）するための中枢機関として設置されたのであった。ところが、地域によっては信者の数がほとんどいない主教区が存在する（正確にはそうした事態が問題視される）状況となり、統合による合理化が行なわれることになった。問題は合理化の主体である。アイルランド教会は先に確認したように、その母教会であるイングランド教会と同様、国教会（the Established Church）である。しかし、ここでわれわれはこの国定教会を意味する“established”に本来続く語句“by law”を意識しなければならない。国教会というのは当然のことながら、議会で審議、承認され、国法によって国定教会、国民教会の地位を保証（障）されているのである。したがって、アイルランドにおける主教区の削減は、第一義的には教会の意志ではなく政治の、国家の意思ということになる。そして、国家の意思を表わす議会の構成は、選挙制度改革によって必ずしも国教会員だけではなくなっていく方向、すなわち他宗派、さらには無神論者ですらも含む状況が見えてきていた。

このことが惹起した問題は、一部の聖職者のあいだに限られていたが、国教会の本質を揺るがす深刻なものと受けとめられた。そうした有力聖職者の代表格が、問題点を雄弁に指摘する“National Apostasy”という説教を一八三三年に行なったジョン・キーブルであり、後にオックスフォード運動の中心的人物と目されるようになったニューマンであった。彼らにとって教会とは「使徒継承」の教会、すなわちペトロの上に教会を造るという、キリストのことばに基づく共同体を意味した。まさにこの使徒継承性が重要なのであり、アイルランドの主教区の削減という問題は、ペトロ以降連綿と続く教会の使徒継承性を、人間の、政治の判断で傷つけるという問題性を孕んでいた。国民国家創成という近代の要請で造られた、その意味では、人間が造った教会という国教会の性格の本質的批判にも通じる問題意識を含んでいた。オックスフォード運動は、結局、国教会のなかにカトリック的なもの、いわゆる普公性《カソリシティ》を復活させる結果になった。ニューマンは一八四五年にカトリック教会に転会することになるが、残されたピュージーは、国教会にカトリック的な典礼、マリア崇敬、告解など、宗教改革以降否定されていた価値を再導入した。

使徒継承の教会というカトリック的な教会観の浸透は、オックスフォード運動のもっとも重要な遺産となったが、それと連動して強調されるようになったのは、キリストの受肉（Incarnation）の教義である。一神教の時間観は、時間の始めと終わりを想定する。時間自体が神の創造であり、アダムの堕罪によって堕ちてしまった世界を再創造するために、神はその一人子を時間のなかに送る。これが受肉の神学であり、この摩訶不思議な、人間理性では到底理解できないドグマが、一九世紀のアングリカン信者の共感を呼ぶことになったのである。因みにこの受肉の教義を信じる者が三位一体を信じる正統キリスト教信者ということになる。実は、神が人となる神秘に魅せられた聖職者は、一七世紀のアングリカン教会に多く存在していた。その代表はランスロット・アンドルーズ（Lancelot Andrewes, 1555-1626）である。オックスフォード運動の文献学的貢献は、初代教父の文献を『教父叢書』として、アングリカンの一七世紀神学者の文献を『アングロ・カトリック神学叢書』として刊行したことである。形式的にはイングランドの国民教会であるが、実際にはカトリック教会であると主張する人々――カトリックといえば字義どおりには普遍教会《カトリック》として、ネイションを超えるはずなのであるが――が、近代が成熟し、イングランドが世界の覇権を握ったかに見えたヴィクトリア時代に現われ、初代教会、受肉神学に魅せられたジャコビアン、キャロラインの神学者たちと自分たちとの連続性の意識化をはかったのである。

在留邦人の霊的ケアをするという名目で植民地に宣教団を派遣し、同時に野蛮な非キリスト教原住民をキリスト教化することによって文明化しなければならないという責任を感じる「良心」の持ち主が、一九世紀の大英帝国下の良きイングランド人の範型なのである。その際のキリスト教は、スペインの「無敵艦隊」アルマダを敗走させ、フランスを新大陸争奪戦争とナポレオン戦争で打破した事実が雄弁に語るように、神から祝福された正しいキリスト教、すなわち、カトリックではもちろんなく、プロテスタントのなかでも特別な存在であるイングランド教会でなければならない。このように十分に民族主義的な教会観に使徒継承性を巧みに付加し、カトリック教会との連続を主張する人々が現われてきたのである。

アイルランド問題を契機とする一八二九年のカトリック信徒解放令、三三年に始まるオックスフォード運動、そして四五年のニューマンのカトリックへの改宗を挟んで、一八五〇年に司教区制の復活があり、カトリック復興が名実ともに開始される。宗教改革以来、イングランドは布教地扱いとなっており、実際、優秀なイエズス会士たちが多く殉教していた。ニューマンの転会の時期はアイルランドのジャガイモ飢饉の時代に重なる。産業革命後の単純労働者として、カトリック信者のアイルランド人が大量に流入し、カトリックと言えばアイルランド人の貧困層というイメージが固着しつつあった。古くからのカトリック信者の家系がなかったわけではない。彼らはレキュザントと呼ばれ、カトリック刑罰法に耐え、罰金を支払う余裕のある貴族であった。一九世紀後半のカトリック教会勢力を分類すればつぎのようになる。非常に少数の、多分に国教会と同質化した上流レキュザント層、流入してきた大量のアイルランド系信徒、そして知識人を構成するイングランド教会からの改宗者の一群であり、この三者の間に緊密な信頼関係があったとは言えないのである。

司教区制の復活とともにイングランドのカトリシズムは、大陸のカトリシズムと直接結びつけられるようになった。大陸のカトリック教会の思想が本格的に影響を及ぼす状況になったのである。こうした面でもっとも影響力を行使したのがベロックである。彼の父はフランス人であり、母は不可知論からカトリシズムに

CARDINAL WISEMAN'S "LAMBS."

ワイズマン枢機卿の「羊たち」――『パンチ』(October 25, 1862)

帰依したイングランド人であった。

これまでカトリック教会は、すべて反近代主義者で固められていたかのように述べてきたが、実はその内部に近代主義者がいなかったわけではない。キリスト教における近代主義（モダニズム）とは何か。われわれは文芸上のモダニズムに慣らされており、カトリック教会のなかの近代主義にはなじみがないように思われる。キリスト教の近代主義とは、伝統的教会の教義、たとえば前述の「受肉」といったものには、ほとんど意義を見出さず、一九世紀後半から二〇世紀の教会の課題として、外からは多分に社会主義的に見える社会改革運動を中心に据える。産業革命による都市の誕生は、即、住宅問題を生み、資本主義の発展は、べロックの関心に直結する労働問題を発生させた。教会は、こうした現実問題にも対処しなければならない。イエスのメッセージは、社会問題の解決策として解釈されなければならない、というのである。その際には近代人が手にしている哲学、近代の学問分野の所産をも十分に取り入れ、聖書の批評においては高等批評が採用されるべきであるとされた。端的に言えば、プロテスタント諸教会のようにカトリック教会も変わらなければならないということになる。これが教会のなかの近代主義の動きであり、結局は、教皇ピウス一〇世（Pius X, 在位 1903-14）の回勅『パスケンディ』によって処断されることになったのである。

ピウス一〇世に先立つ、教皇ピウス九世（Pius IX, 在位 1846-78）は、反近代主義の姿勢を鮮明にしたことで知られる。『パンチ』（April 13, 1861）の風刺画を見てみよう。「教皇勧告――近代文明を消し去る」（Papal Allocution.—Snuffing Out Modern Civilisation.）とは、ピウスの態度をからかい嘲笑するものである。ピウス九世は何をしたか。まず目立つのは、「マリアの無限罪の御宿り《おんやど》」（Immaculate Conception）の教義決定である。マリアが母であるアンナの子宮に宿ったときに、マリアには原罪がなかったというのである。プロテスタント側から見ればまったく奇想天外な教義決定であるが、マリアは神の子を産む方だから、あらかじめ神の意向が働き、原罪は免れていたと信じられたのである。さらに、べロックが誕生した一八七〇年に終了した第一ヴァティカン公会議の開催がある。そこで決まった重要事項は、「教皇の不可謬性」(Papal Infallibility)の教義である。これは教皇が、教義とモラルに関することを「聖座」(Holy See)から発言するときには、誤りを犯すことがないというのである。これは人間である教皇が、たとえばスポーツ観戦中にどちらのチームが勝利を収めるか予言したり、明日の天気を予報したりするときに、誤ることがないと主張するものではない。それでもなお、プロテスタントから見れば驚愕せざるを得ない教義であり、実際カトリック信徒のなかにも問題視する向きがないわけではなかった。さらに一八六四年の『謬節表』(*Syllabus of Errors*)の

PAPAL ALLOCUTION.—SNUFFING OUT MODERN CIVILISATION.

ピウス九世、その反近代主義を揶揄される

公表を忘れてはならない。デンツィンガー・シェーンメッツアー編『カトリック教会文書資料集』（エンデルレ書店）によって、一番と八〇番を引用してみよう。一．「宇宙と区別される最高者、全知、すべてを計画している神は存在しない。神は自然と同一である」。八〇．「教皇は、進歩、自由主義、現代文明と和解し、妥協できるし、またそうしなければならない」。一番は汎神論、無神論を断罪し、八〇番は、教皇が近代と一切妥協しない姿勢を明確にするものである。

ヴァティカンの反近代主義は、強力な教皇というイメージとともに世に示された。しかし、このイメージは新しく創出されたものである。一九世紀半ばから二〇世紀初頭にかけて、どの時代よりも強い教皇権が主張されたのである。中世の教皇は強大な権力を手にしていたという印象があるが、それはイノケンティウス三世の権力イメージが増幅されたものである。叙任権闘争そのものが示しているように、教皇権と世俗権力は拮抗していたのであり、常に教皇権がまさっていたわけではない。伝統的にカトリック信仰が優勢である地域においてすら、一六世紀以降の絶対王制下で、徐々に国家意識が目覚め、一七世紀になると世俗国家勢力の伸張が見られ、カトリック教会を政治的に使おうとする動きが出てくる。「教会と国家」（Church and State）の問題は、ヨーロッパを考える際に必須の観点だが、国家の方が主導権を発揮するようになる。イングランド教会はエラストゥス主義に立ち、最初から国家主導の教会である。因みに、東方の正教諸教会もコンスタンティヌス帝以来の伝統で政治権力の下にある。カトリックを代表する近代国家フランスではガリカニズム、オーストリアでも一八世紀以降はヨーゼフ主義が顕著となり、いわばカトリック教会の国家教会化が進んでいたと言えよう。国家的有為性から宗教を考える視点が、近代の国民国家の特徴になったのである。

こうした状況を背景に、カトリック信徒は「ウルトラモンタニズム」（Ultramontanism）と「シザルピン主義」（Cisalpinism）の両極に引きつけられることになった。これはアルプスという山を挟んで、あちら側かこちら側か、つまり、あちら（ウルトラ）側とはローマ、ヴァティカンを指し、教皇権を積極的に認めようとする立場であり、シザルピンとは山のこちら側、すなわち国民国家の枠組を重視する立場を意味する。したがって、反近代主義者は一般にウルトラモンテーンの心的態度を示す傾向が強い。ニューマンと同じ国教会から改宗し、イングランドの首位司教座であるウェストミンスターの第二代大司教・枢機卿となったヘンリ・エドワード・マニング（Henry Edward Manning, 1808-92）——彼はまたチェスタトンとベロックの二人に大きな影響を与えた——は、第一ヴァティカン公会議で活躍したウルトラモンテーン派の代表的人物である。

イタリアが一九世紀後半にようやく国民国家として成立していく過程で、「教皇領」（papal states）が消滅し、教皇は領主として所有していた地上の権力を事実上喪失した結果、逆に霊的権能が高まったのである。このように教皇権が伸張し、カトリック教会復興が実現した時期を生きたイングランドのカトリック知識人は、未だに残る「カトリックは出て行け！」（No Popery!）の思想文化風土のなかで、最良のプロテスタンティズムを自負する教会信仰を国是に、世界をAnglicizeしようとするイングランドの覇権主義的国家体制に抵抗し、カトリシズムを有意義な選択肢として突きつけたのである。イングランドの国家像の見直し、真のイングリッシュネスの探求が彼らの急務となった。確かに、一九世紀末までにイングランドは、神に祝福された「信仰告白国家」（confessional state）として、大英帝国に「成長」していた。グレート・ブリテンは単に、ブリテン諸島の一つ、フランスのブルターニュに比して大きいという意味を持つ地理学的名称であったのだが、「偉大な」ブリテンと成り果せたのだった。しかしながら、カトリック知識人はその「成長」に、むしろイングランド本来のアイデンティティ、イングリッシュネスの喪失を見出す。焦点はやはり、宗教改革の意義の見直しである。そのときから近代の迷妄が批判されるようになる。ベロックが『奴隷の国家』の始まりを、そして資本主義の発展を支えた「高利貸し」の合法化を、ヘンリ八世の修道院財産の没収、なかんずくそれを新興貴族に渡した宗教改革に置いていたことを今一度想起すべきである。こうした近代批判の流れ、系譜を創り出したのは、ジョン・リンガード（John Lingard, 1771-1851）のイングランド史であり、それがウィリアム・コベット（William Cobbett, 1763-1835）の苛烈な批判の筆を借りて社会一般に広がったのである。最近では、いわゆる修正主義者たちの歴史研究により、学会においても「ホイッグの歴史家のプロテスタント的偏見」（the Protestant bias of the Whig historians）が暴き出されるようになったが、ベロックをはじめとするカトリック知識人は、二〇世紀の早い時期から、イングランドをヨーロッパ大陸のカトリック文化圏と接続し、ラテン・ヨーロッパの一部として自国を捉え直す言説を唱えるようになっていたのである。

以上、やや詳細に、ベロックが反近代主義者の相貌をもって登場してくるコンテキストについて叙述してきたが、ベロックにとっては、自身が一八七〇年——普仏戦争と第一ヴァティカン公会議の年——に誕生したことが終生重要な意味を持ち続けたようである。彼がプロイセンに対して常に批判的であるのは、カトリックの盟主であるフランスが近代の野蛮性を代表する国に蹂躙されたと考えたのである。フランス人の夫を亡くし、幼児であったベロックを連れてイングランドに帰国した母親は、ジョージ・エリオットとも交流する知的な女性であったが、ニューマン、マニングの影響でカトリック信者となった。ベロックはそうした母の計らいで、ニューマンがバーミンガムに開設したカトリック一貫校であるオラトリ・スクールに学び、フランス軍に一年ほど入隊した後、オックスフォード大学に進学する。母親が先祖からの遺産を投資の失敗でほとんど失い、貧窮状態にあったため、姉の助力によって可能となった大学生活であった。多感な青年時代にロンドン・ドックで有名なストライキが起こり、労働者側に立って経営者側と交渉し、時給一ペニーの増額を勝ち取ってストを解決させたマニング大司教に強く惹かれるようになった。ベロックはまたチェスタトンとともに南アフリカのボーア人、そしてアイルランドの自治を支持するリベラルな、帝国主義に反対するリトル・イングランド主義の考えを持つようになった。神学的には保守的なカトリック信者が、政治的にはリベラルな思想に与することは、ドックヤードの労働者を支持したマニングの例があるように決して珍妙なことではなく、むしろ普通のことである。ベロックはノンコンフォーミストの地盤とされるマンチェスター近郊のサルフォード選挙区から、自由党議員として二度下院の議席を得たが、政党政治に幻滅し、引退して文筆で生きる決心をした。彼はチェスタトンの弟セシルとの共著『政党制』(*The Party System*, 1911)のなかで、政党などというものは存在せず、トーリーもホイッグもお金儲けしか考えていない同じ穴の狢でしかないと批判している。

すでに指摘したように、カトリック知識人の圧倒的多数は国教会からの改宗者であるが、ベロックだけは生来の信者であった。国教会の主教を父に持つ、やはり改宗者であった推理小説でも有名なロナルド・ノックス(Ronald Knox, 1888-1957)は、ベロックは「われわれの時代の悪だとみなしたものをはっきりと見据えることができた人物」であり、その意味で、「彼は預言者であった」と評価している。(6)『奴隷の国家』は、カトリック預言者による警醒の書ということになる。この本の背景には、教皇レオ一三世(Leo XIII, 在位1878-1903)の回勅『レルム・ノヴァールム』(*Rerum Novarum*, 1891)がある。この回勅は、教会の社会・労働問題に対する姿勢を明確に示したものであり、私有財産を自然権として認めることから社会主義でもなく、また資本主義の自由放任主義をも戒める内容となっている。富の公平な分配を社会正義とする点は、ベロックとチェスタトンが支持した「私有財産分配主義」(Distributism)にも通じる。

すべての人間が生産手段という財産を所有し、経済的自由を確保する、私有財産分配主義の骨格は、建築家アーサー・ペンティ（Arthur Penty, 1875-1937）が死去する直前に発表した『マニフェスト』（*Distributism. A Manifesto*）に見ることができる。それは産業主義に対する批判であり、手工業、農業中心の中世社会を理想化している。「お金と機械の操作は少数の金持ちと多くの持たざる者を生じさせる」だけだからである。ディストリビューティストは過去へと目を向ける。すべての人間が小さいけれども自分自身の財産を持つ中世のギルドを評価する。ギルドは集団で品質管理を行ない、適正価格を設定し、新規参入を容易には許さないシステムを持っていた。規制緩和する一方の新自由主義の真逆を希求する職能別団体であったのである。何人の徒弟を取るかについても制限があり、ジャーニーマンとしての遍歴修行を終えると、ようやくマイスターになる可能性が開かれる。当事者だけではなくその家族の社会保障も請負い、守護の聖人の祭りを祝うギルドは、産業主義を問題視するカトリック知識人に、前近代の理想として映り、彼らの中世主義の象徴的栄養素となった。ベロック、そしてチェスタトンとも交流のあったアングロ・カトリックの信者、ジョージ・ウィンダム（George Wyndham, 1863-1913）がアイルランド担当大臣として一九〇三年に発効させた「アイルランド土地購入法」によって、アイルランドの小作人が長期にわたる負債を抱えることになっても、自作農になる道、"peasant"から"farmer"になる道を選択した事実に、ベロックはいたく感動している。

＊＊＊

それではベロックが生涯にわたって呪詛、批判しつづけた「国際金融資本」が、彼の最初の小説『エマニュエル・バーデン』（*Emmanuel Burden*, 1904）にどのように描かれているか考察して行こう。この小説にはベロックのカトリック反近代主義の一面が見事に表現されている。

『エマニュエル・バーデン』はG・K・チェスタトンの『ノッティング・ヒルのナポレオン』が世に送り出されたのと同じ一九〇四年に、チェスタトンによる三四枚のイラストを付し、一流出版社と言えるMethuenから刊行された。フルタイトルを示せば、*Emanuel Burden: Merchant of Thames St. in the City of London, Exporter of Hardware: A Record of His Lineage, Speculations Last Days and Death*（『ロンドン旧市街テムズ街にて金物製品輸出業を営むエマニュエル・バーデン氏の家系、投機（思索）、その最後の日々と死』）というものである。タイトルでおおよそのプロットが示されるという、小説の黎明期の慣習に従う作品となっている。小説家のA・N・ウィルソンが『ベロック伝』で指摘しているように、ベロックは現代の心理的リアリズムを追究する作家ではない[7]。ベロックの目的は古き良きイングリッシュネスが、国際金融資本という近代の魔物によって食い殺される姿を物語にすることであった。読者は、ベロックがスウィフトの傑作『桶物語』を思わせる筆致で脚注をつけたり、語り手に彼の本来の意図とは逆に金融資本主義に肩入れする説明をさせたりしているところに、語りの技法の面白さを味わうだろう。確かに、語り手は著者ベロックの考えをただ代弁するだけの存在ではない。ノックスが指摘しているように、ベロックはバーデンに感情移入するあまり、語り手の仮面を脱ぎ捨て、バーデンが代表する金融資本主義に犯される以前のイングランド商人の実直さを直截に褒めてしまい、持ち前の風刺が利かなくなってしまう面もあるのである[8]。

スウィフトの作品のように完璧に機能しているとは言えないが、ハックライターが渦巻くグラブストリートの住人よろしく、語り手の「私」は「自序」において、本書が友人バーデンの生涯に讃辞を贈るために書かれた実録であり、本来は友人たちの間で閲覧されるだけで、公刊を意図したものではなかったと告白する。しかし、登場人物の一人でもあるベンソープ卿の絶賛を浴びたこと、そして何よりも西アフリカのM'Korio

開発会社（the M'Korio Delta Development Company）の重役たちが、彼らのビジネス手法が公になることに異を唱えないことがわかったので刊行することにしたのだと言う。現実には、あくどい投機の手法が明らかになる文書の公開に同意するとは思えないのだが、語り手は自分にこうした著作を書く能力があることは、伝記作品で有名なチャールズ・エグトンを初めとする当代の作家たちの折り紙付きであると補足することを忘れない。このように、まさに一八世紀の小説を思わせる調子で物語は始まるのである。

大英帝国の新しい植民地、西アフリカの the M'Korio Delta Development Company への投資事業をめぐって物語は展開する。M'Korio 川の右岸はフランス領、左岸はドイツ領であり、イギリスはデルタを領有している。このデルタは一四五マイルの海岸線を持ち、九〇マイル上流で二つの支流が合流し、ヤバ族という民族が居住していることになっている。アフリカへの開発投資、というよりは、事業はさておきの、株式の販売によって巨額の富をせしめようとする投機は、自らの労働によらず、お金にお金を産ませようとするもので、ベロックが「高利貸し」のなかで、近代の反キリスト教的特徴として指弾した悪である。ペンティがディストリビューティズムの『マニフェスト』で指摘したとおり、近代資本主義のもとでは、「お金はものの価値をはかる尺度ではなくなり」、「より多くのお金を儲けるために使われなければ、有効に使われたことにはならないとする異端説」が一般に受け入れられるようになった。しかしあからさまな儲け話は、キリスト教の道徳が色濃く残るヴィクトリア時代の紳士と淑女の社会では、高貴な議論で隠蔽されなければならない。そこで出てくるのが「序」で語り手が持ち出す「民族の宿命」(the Destiny of a People)という議論、すなわちイングランド人の宿命と神の摂理（Providence）とを結びつける論法である。それはまた第一〇章冒頭の“There runs a mandate to chosen nations to govern upon earth as vicegerents of the Divine.”という、「神の代理」として他民族を支配せよという、選民に対する神の命令として顔を出している。

バーデンの伝記を執筆することで、何かのモラルを読者・後世に伝える意図があったかどうかについて、語り手は以下のように述べている。

I cannot pretend that I had intended it at the outset to convey any great religious or political lesson to the world, but I will confess that long before my monograph was perfected a conscious meaning inspired my pen. Rather let me put it more humbly, and say that I became vividly sensitive to a Guiding Power of which I was but the Instrument…the Presence of some Mysterious Design, and I arose from the Accomplished Volume with the certitude that more than a mere record had been achieved. The very soul of Empire rose before me as I re-read my simple chronicle. I was convinced of the Destiny of a People…(9)

当初は宗教的、あるいは政治的教訓を伝える意思など毛頭持ち合わせていなかったのだが、途中から、自分を導くある一つの力、神秘的な意図の存在を感じることになったのだと告白している。しかし、それはベロックの理想とは逆の、帝国主義を動かし、拡大する力である。「正統」イングランド人としての語り手は、ここでは「民族の明白な運命」を確信しているのである。

　植民地主義を正当化するのはキプリングの詩句を使って表現される“white man's burden”論である。白人が担わなければならない責務《バーデン》とは、実質上イングランドが中心の英帝国の庇護下に、新しい「立派な」民族を創り出していくことである。主人公が「エマニュエル」というキリストを思わせる名前と、イングランド人が白人の代表として担う責務を暗示する「バーデン」という姓を併せ持つことは十分に注意されねばならない。アイルランドをイングランド化しようとしたように、アフリカにもイングランドの文明と文化を植え付けなければならない。ユダヤ人に代わって今や神から選ばれた民となったイングランド人は、「低級」な人民の世話をしなくてはならないという、まことに勝手極まる議論である。エマニュエル・バーデンはしかし、この荷を担うことを最後には拒絶する。一旦は、オックスフォード在学中に借財を重ねた息子コズモ（Cosmo：適切にもコズモポリタンの金融業を彷彿させる名前である）が、借金を肩代わりしてもらったドイツからのユダヤ系移民である資本家のバーネットに絡め取られ、投機話に乗ることになるが、精神的葛藤から健康を害し、高潔な人柄を保ちつつ死んでいくのである。

バーネットを中心に、開発の母体として債権引受団《シンジケート》が創設されることになる。語り手は物語の初めの部分で、草稿を準備している間に、バーネットに爵位が与えられ、ランベス卿となったこと、そして亡くなったバーデンの息子のコズモも准男爵（Baronet）になったという情報を書き記している。彼らの事業は、上首尾であったということのようである。開発事業が欺瞞であることは明らかであるが、すぐには暴露されず、公的承認を得てしまったことを示すことで、ベロックは簡単に罰することができない巨悪の姿を描いていると言えよう。

シンジケートを構成する四人がどのような人物として造形されているか、見てみることにしよう。まず、バーネットはすでに記したように、もともとはイングランド人ではなく、フランクフルト生まれの不可知論者という設定である。不可知論は確信的信仰の持ち主であったベロックの攻撃対象になるのは当然であり、語り手はバーネットがいかなる信仰者に対しても寛容な態度を取ることができたのは不可知論のおかげであると、積極的に評価しているが、ベロックがしばしば国際金融資本と結び付けるユダヤの問題（ベロックはしばしば反ユダヤ主義者の汚名をきせられる）とも関連し、語り手の高評価とは裏腹に、読者には良い印象を残さない。フランクフルトはキリスト教の保護者であったカロリング朝の都市であり、一八六六年にプロイセンに併合されるまではドイツの首都であった一方で、ユダヤ人の富豪ロスチャイルド家を生んだ都市でもある。バーネットの父親は愛国者であったが、イギリスに移住する決断をした。それはフランクフルトに、野卑なプロイセンの支配を歓迎する動きを見て取ったからである。このプロイセンを憎悪する態度は、先にも触れたように、普仏戦争で父親の資産を台無しにされたベロック自身のものでもある。

バーネットがイギリスで財を築くことができた秘密は銀行業にあり、年利八％で預金を募り、利払いが難しい場合には新規預金者のお金を使い込むという、まさにネズミ講式・自転車操業経営の採用であった。しかし、悪事は長くは続かず、この事実をほのめかす情報が出て、銀行は倒産してしまう。ところが、語り手はこの倒産について、「中産階級のきちんとした婦女子、貧苦と闘う聖職者が、自分自身の責任でなく、ただ彼に全幅の信頼を置いたために破産したことを思うと、いたたまれない気持ちであった(10)」と、あたかもバーネットに良心があるかのようなことをコメントとして記しているのである。さらに加えて、銀行を倒産させたのは「悪疫性の小イングランド主義」(the pestilent Little-Englandism) であり、それはいつバーネットを引き摺り下ろしてしまうかしれないと、彼自身が幾度となく述べていると、読者に報告する。本来の規模のイングランドにとどまることに安寧を見出し、帝国主義を厳しく批判するチェスタトンにも見られる小イングランド主義が、国際金融の代名詞とも言えるバーネットの口から、敵として出てくることによって、バーネット対バーデンという対立軸がより鮮明になっている。

M'Korio の開発事業にバーネットが期待をかけているのは、これもユダヤ人の連帯性を匂わすためであろうが、ロイター社の現地特派員を使ってデルタを徹底調査させたからである。しかしながら、語り手の説明によって、読者はバーネットの確信が、実は信仰に近いものであることを知る仕掛けとなっている。

Mr Barnett was convinced—he knew not how: it was a kind of faith—he was convinced of the presence of gold. He saw the banks dyked, the marshes drained, a province immensely fertile, teeming with wealth, standing at the door of the vast M'Korio valley, the very key of Africa: and all that for England!(11)

科学的な実証ではなく、バーネットの欲望がデルタに巨万の富が存在することを彼に確信させ、事業が始まる前に富を眼前に見てしまうのである。「すべてイングランドのため」とあるが、自身の利益こそが第一なのであろう。そしてこの事業の成功にとって最も重要なのは、二人の人物、すなわち金物製品輸出業者のバーデンと、その旧友で船会社を経営するアボットをシンジケートに引き込むことであった。二人はともに実直なイングランド人商人の典型であり、彼らの出資はデルタ開発事業に倫理的保障を与えるからである。メディアにも影響力のあるバーネットならではの計算である。

　バーネットの秘書的役割を果たすハーベリーは、『タイムズ』や *M.M.M* といった真面目な新聞が、帝国問題の専門家として評価する人物である。ここで言う "M.M.M" とは、*Money Makes Money* のことである。彼は年に三度もアフリカ、あるいは近東に出かけている。

　もう一人、バーネットを支える仲間として、ベンソープ卿がいる。彼の祖父はダブリンの長老派としてアイルランド議会で活躍し、イギリスとの統合法（the Act of Union）の成立にも貢献し、ウィルトシャーに地所を購入して、ジョージ三世によって貴族に列せられた人物である。自らは軍人としてセイシェルなどに展開、武功を立て、若くして政治家となった。一九世紀後半は穀物法（Corn Law）の廃止に伴い、農業は全般に不振となったが、ベンソープも地主として負債を抱えることとなった。植民地関係の事業もうまくいかず、妻にも先立たれ、一八九五年には一文無しとなってしまった彼は、一応、経済のグローバル化の被害者であったことになる。しかし、すぐに救いの手が差し伸べられ、ベンソープは屋敷を失うことなく続けて居住できることになる。それは幸福な偶然によって、バーネットが関与する「アングロ・サクソン融資投資会社」（the Anglo-Saxon Loan and Investment Company）がすべてうまく管理してくれることになったからである。ベンソープは完全に自律性を喪失した、ベロックの憎む近代の「奴隷の国家」の一員となったのである。

お金で結びついたこれら三人の人物に、主人公バーデンを近づける役割を果たすのは息子のコズモであるが、彼はオックスフォードで近代語の学位を得て卒業しようとするとき、不注意にもパブの娘に結婚を匂わすような手紙を書き送り、結果的に、その父親から脅され慰謝料を払う羽目になる。大学卒業後、父親の事業に加わり、人生は順調に滑り出すかに見えたが、一つ大きな悩みがあるとすれば、慰謝料を含めて大学時代に背負い込んだ一二五〇ポンドの借金に対する利払いである。一五％の利子で、半年におよそ九三ポンド。とても払えるような金額ではない。そこでまたしてもハーベリー氏の助けを求めることになる。こうしてコズモは、お金で自由を奪うバーネットの網の目にしっかりと捉えられてしまうことになったのである。

バーネットが代表する国際金融資本と対立するのが、バーデンと旧友アボットである。まず、バーデンの家系は一七世紀にその名が現れる歴史がある。バーデン家はイーストアングリアの出で、その地にふさわしくピューリタンであった。先祖の一人のジョンは、「本当に神を畏れる人」（“an honest God-fearing man”）であった。子孫のバーデンの事業はどのようなものであったかと言えば、

His business, founded upon ample capital, demanding no credit, existing as a wholesale resource for the trade and independent of advertisement, never required it of him to lie, to cheat, to gamble, or to destroy another's wealth.(12)

これはベロックの理想とする商売のあり方である。潤沢な自己資本に支えられ、信用貸しを必要としない。嘘をつくことも、騙すことも、投機的行為に打って出る必要もなく、また他人の富を台無しにしてしまう必要もないのである。

申し分のない愛国心の持ち主であると、その人間性を高く評価しながらも、語り手はバーデンの欠点（failing）として、帝国に積極的に関わろうとしない点をあげる。確かに、彼は「アングロ・サクソン人種の明白な運命」（"All the manifest destiny of the Anglo-Saxon race"）をはっきりと見てはいる。それにもかかわらず、その運命は彼にとってはただの「見世物」（pageant）にすぎないのだと言う。語り手は、バーデンは自分自身が「帝国劇場」という華々しい国際舞台の俳優であること、「帝国市民として新しい世界を創っているのだということを真には理解せず、ただ観客として傍観している[13]」と批判するのである。語り手の評価では、バーデンは新時代の思考法を理解していない遅れた人間とされる。それは、彼が金融と政治の結びつきは危険と考え、不安定な民主政府よりも、金持ち階級の政府の方がよろしいと考えているにせよ、その富の出所は所領であるべきだと考えるところにも見られる。語り手は、バーデンは「大臣が帝国の発展に関係する企業の株式を所有しているとか、贈られたとかといったことを耳にすれば、激しい不快感を示したであろう[14]」とも述べている。これはセシル・チェスタトンが有罪となる「マルコーニ疑獄事件[15]」を先取りするものである。「政府の一員たるもの、保有している株は売り払うべし」と考える信念が、バーネット（語り手によると、バーネットはバーデンよりもイングランド人的ではないものの、イングランドにとってはより必要な人物である。[16]）との連携を困難なものにしているのである。

しかしながら、息子のコズモをとおして、そしてベンソープとの面談によって、新しいイングランドの姿、拡大したイングランドである大英帝国のヴィジョンを意識させられることによって、バーデンの心は激しい葛藤に襲われることになる。先祖から受け継がれた財産は彼の廉直さと勤勉によって護られてきたものであり、「投機には涜聖の香りがつきまとう」[17]。しかしその一方で、彼はイギリスの支配の拡大、帝国の宿命に賭けて、巨万の富を手にした人々の例にも惹かれてしまうのである。本来のイングリッシュネスが、帝国主義の栄光によって揺らぎ始める。

　バーデンは安らかに眠ることができなくなり、つぎのような悪夢を見てしまう。

He dreamt that many men of many kinds were offering him money in incredible amounts, as loan, as gifts, as reversions, as exorbitant prices for securities which he held; and yet these offers did not please, but vaguely disturbed him, for they were made by sundry beings with faces always distorted, sometimes horrible, who sat beside him on the seat of a hansom cab, wherein he drove. In the corners of this cab, before him, were bottles of champagne. It was brilliantly lit, and he could see outside in the darkness between the shafts, that it was drawn not by a horse, but by his friend Mr Abbott.[18]

これはベロックが腕の立つ文章家であることを示す実に秀逸な文章である。立派な馬車に乗っているバーデンは、つぎからつぎへと異形の同乗者から多額の金をローンとして、また贈与、復帰財産、買値として提示される。シャンパンはバーネットが飲んでいたもので、ここでは帝国に群がる数多くのバーネットの類に包囲されていることが暗示されているのだろう。しかし何より面白いのは、この馬車を引くのが友人のアボットだということである。アボットも海運業に従事しているにもかかわらず、帝国主義を嫌っている。彼は自らデルタに赴いたことがあるのだが、結果は軽侮の念が増すだけであった。アボットは手堅い実務家として、夢や見越し（anticipations）といったものを負債と同じように侮蔑しており、「誰にも一文も借りたことが無く、未来と商売をしたためしがない」[19]人物なのである。

バーネットの見積りによれば、シンジケート設立に必要な金額は一〇万ポンドである。結局、バーデンは二万五千ポンドの出資を決断してしまう。こうしてバーデンは帝国のバーデンを担い、帝国臣民としての役を演じるために舞台に上がる決意をしたのだったが、シンジケートが動き始める過程で心身の疲労から命を落してしまうというわけである。語り手は、バーデンの死は「必要な犠牲」であったと言う。

The past and the name of such men are necessary to the grist of expansion; but expansion and the newer kind of responsibilities kill them. So doubtless Venice in the sixteenth, Spain in the seventeenth, Holland in the eighteenth centuries were compelled to use, and destroy in using, what had been their most national type. It was the price they paid for the varied glory they proceeded to achieve. My friend was a necessary sacrifice, I know; but he was my friend. The victim moves me.[20]

国家が拡大し、新たな栄光をつかむためには、過去の歴史とバーデンのような人物が必要であるが、新時代の責任が彼らの命を奪うのである。しかし、注意してみると、例に挙げられているヴェネチア、スペイン、オランダの「新時代」は、衰退に向かった世紀であることが分かる。ここでは語り手の意図を上書きする、イギリスが栄光を手にしようとして、かえって衰退に向かうのではないかという、ベロックの危機意識を読み取るべきなのかも知れない。

シンジケートのプロスペクタスが起草され、事業は着々と進行するが、「新しい帝国の領土が作り出される」（"forging a new province"）というのに、バーデンの魂は「相対する気持ちの渦」（the vortex of conflicting moods）[21]に巻き込まれたままである。ここで使われている"forge"という動詞には、「鉄などを鍛えて製品にする」というバーデンの職業にふさわしい善い意味の他に、「嘘をでっち上げる、ねつ造する」という意味もあるので、実に巧みな表現であると言えよう。

バーネットの事業に参加する表明をしたことで、バーデンの精神はあたかも大きな罪を犯した後のごとく、世界から疎外されていく。苗字が示す心の「重荷」を感じて彼が身を落す椅子は、近代資本主義産業社会の典型的産物と言えるような代物である。

Full of an aged complaint, not very distant from despair, he sat him down in the vacant chair set for him. It was of the kind known to the trade as "Dutch Mediaeval Easy"; fashioned of American hickory so treated as to resemble old English oak, and handsomely upholstered in a green imitation of Spanish leather.[22]

一見したところ実に立派な椅子なのだが、安易なイミテーションである。

バーデンの死後、語り手は彼の人生を振り返り、「バーデンは神の裁きを恐れる必要はない。三人の子供を立派に育てあげ、受け継いだ資産を正統な方法で増やし、それとともに国家を豊かにすることにも貢献した。選挙にも自身の利害ではなく国家の利益を考慮して票を投じた。ハルツームでゴードン将軍が戦死するまでグラッドストーンを支持し、アイルランドとの連合を支持するような、本物のイングランド人で、良き人間であった[23]」と言うのである。

＊＊＊

資本主義と帝国主義の、すなわち近代の、宗教改革以降のイングリッシュネスは、本来のイングリッシュネスとは異なると、ベロックは言いたいのである。死の直前、悪夢のなかで馬車を曳いていたアボット（Abbott; この苗字をAbbotの異綴りと考えれば、ヘンリ八世が破壊した修道院長を彷彿させる）という実直な海運業者との接触から、バーデンはシンジケートから抜ける決断をする。真のイングリッシュネスとして、ベロックは小イングランド主義を考えているのである。それは国際金融資本の目からは“the pestilent Little-Englandism”と形容されるものであった。しかし、反近代主義の闘いの同志であったチェスタトンの『ノッティングヒルのナポレオン』が示しているように、小イングランド主義こそが真のイングランドを再興させる原理であると、ベロックは信じて疑わなかった。『エマニュエル・バーデン』のなかで、民衆がついついバーネットのような人物に対して抱いてしまう気持ちとして書き込まれている、「国際金融――情け容赦なく、民族の理想をすべて破壊し、反道徳的で、ヨーロッパの伝統の核心を食いつぶすもの」（“Cosmopolitan Finance—pitiless, destructive of all national ideal, obscene, and eating out the heart of our European tradition.”[24]）という批判は、二一世紀を生きる我々にも深い反省を呼び起こさせる。ノックスが喝破したとおり、ベロックは時代からの挑戦を受け、自らのカトリック・アイデンティティを支えに、近代の「悪」を見据え、預言者的な批判を加えたのであった。リーマンショックの一世紀も前に、帝国主義のお膝元のロンドンで、小イングランドこそが真のイングランドの姿であると信じていた一群の人々がいたことを忘れてはならないだろう。グローバリゼーションが声高に叫ばれる現代世界にあって、シューマッハーの『スモール・イズ・ビューティフル』（*Small is Beautiful*）まで継続する、カトリックの中世的価値観を再評価する必要があるように思われるのである。

註

（1）Hilaire Belloc, "Usury" in *Essays of a Catholic Layman in England*（Sheed & Ward, 1931）, 29.
（2）Ibid., 34-35.
（3）Ibid., 35-36.
（4）"The New Paganism" in *Essays of a Catholic Layman in England*, 21.
（5）"The Faith and Capitalism" in *Essays of a Catholic Layman in England*, 295.
（6）Ronald Knox, "The Panegyric" preached at the Requiem Mass for Hilaire Belloc in Westminster Cathedral, "Appendix" to Robert Speaight, *The Life of Hilaire Belloc*（Hollis & Carter, 1957）, 535.
（7）A.N. Wilson, *Hilaire Belloc*（1984; Penguin, 1986）, 125.
（8）Ronald Knox, *Literary Distractions*（Sheed & Ward, 1958）, 205.
（9）*Emmanuel Burden*（Methuen, 1904）, ix-x.
（10）Ibid., 71.
（11）Ibid., 73.
（12）Ibid., 80.
（13）Ibid., 82-83.
（14）Ibid., 84.
（15）詳しくは、吉沢英成著、『マルコニ事件：民主主義と金銭』（筑摩書房、一九八九年）を参照。
（16）*Emmanuel Burden*, 84-85.

(17) Ibid., 136.
(18) Ibid., 168.
(19) Ibid., 86.
(20) Ibid., 223.
(21) Ibid.
(22) Ibid., 224.
(23) Ibid., 311-12.
(24) Ibid., 89.

第七章　中世主義者としてのイーヴリン・ウォー

――『名誉の剣』にみられるカトリック信仰――

本章の目的は、第二次世界大戦が生み出した偉大な文学と称されるイーヴリン・ウォーの『名誉の剣』を、一九世紀に一つの思想・文化運動となった中世主義と関連させて考察することである。[1] ウォーに関する研究は、彼がグリーンとともに二〇世紀イギリスのカトリック文学を代表する作家でありながら、わが国では極端に少ない。[2] その上、中世主義の観点から彼の作品の解釈を試みる研究はこれまでなかったと思われる。多少の関連性が認められるものとして、『一握の塵』をゴシック趣味の復興と結びつける論考があるだけである。[3] しかし、趣味・様式の選択には思想が先行するはずである。一八世紀の古物趣味《アンティクウェリアニズム》と歴史学の発展、そしてウォルター・スコットの文学によって始まり、一九世紀のカトリック教会の復興によって近代主義思想のアンチテーゼとして顕在化した中世主義を、ウォーまで引き伸ばして考えることはできないだろうか。ウォーの死の前年に発表された大作『名誉の剣』を読みながら考えてみたい。

一　近代における中世騎士道精神の復興とカトリック信仰

ケネルム・ヘンリ・ディグビィ（Kenelm Henry Digby, 1797-1880）は、イギリスでも広く知られているとは言えない文人であるが、ジョン・ヘンリ・ニューマン以前のカトリック復興のさきがけ的存在である。[4] 彼は小説も詩も書いたが、その名を同時代の人々に知らしめたのはやはり『名誉の砦』である。[5] この本は紳士階級、次代を担うパブリックスクールの生徒、さらには世界に展開し、イギリスの範を垂れるべき大英帝国の出先機関の出向者に対して、その行動原理・規範を示した。また、精神と肉体を鍛えるボーイスカウト運動にも影響を与えた。時代は拡大する帝国を支える人材の養成という課題に直面していた。ディグビィは種々の騎士道物語を引用しながら、「敬神、勇猛、忠誠、寛大、そして名誉」を「キリスト教紳士」の要素と説いている。『名誉の砦』は、「高貴で真に騎士道的な規範」によって、世界に広がる帝国を支える「キリスト教紳士」を養成するための、一種のマニュアルとして読まれたのである。

騎士道精神の奨励に見られるような中世の再評価が行われた背景には、産業革命が加速させた資本主義的功利主義に対するキリスト教側からの反発がある。中世の価値の上昇は、ウィリアム・コベットを嚆矢とする宗教改革＝改悪論にも後押しされ、非合法組織として地下に潜行せざるを得なかったカトリック教会の積極的評価と、その再浮上に結びつく。ディグビィはこうした文脈のなかに登場したのである。

ウォーの『名誉の剣』の主人公ガイ・クラウチバックの行動規範も、カトリシズムと深く結びついた中世主義的な騎士道精神である。ウォーは第二次世界大戦に志願し、参戦したが、彼には騎士道的精神が宿っていたのだろうか。ヴィクトリア時代の騎士道の再評価をパノラマ的に扱った研究である『騎士道とジェントルマン：ヴィクトリア朝社会精神史』の著者ジルアードは、「ヴィクトリア時代の騎士道は第一次世界大戦でクライマックスに達し、同時に死を迎えた」と述べつつも、ウォーについても書いてみたいという誘惑に駆られたと告白している。[6] このことからも、騎士道とウォーを結びつけることはまったく的外れな視点ではないと思われる。『名誉の剣』は、ディグビィが読者層として想定した大英帝国を支える人々が、帝国とキリスト教信仰の衰退とともに、社会の一線から後退していかざるを得ない局面を描いている。

二　ウォーの中世趣味

ディグビィの改宗は一八二五年であるが、その少しあとにニューマンらのオックスフォード運動が起こる。これは宗教改革によって国民国家教会が制定されたが、そのなかに中世以来連綿と続くカトリック性を確認しようとするものであった。ニューマンはカトリック教会に転会してしまうが、アングロ・カトリシズムの信仰は一つのセクトとして国教会内部に存続し続ける。ウォーも少年時代からアングロ・カトリシズムの典礼に惹かれていたことが知られている。彼が学んだランシング・コレッジは、ヴィクトリア時代の中世趣味の典型であるゴシック様式の学舎で有名である。しかし皮肉なことに、ここでウォーは不可知論者になってしまう。宗教教育の担当者が、キリスト教近代主義《モダニズム》の信奉者であった影響である。後に起こるウォーのカトリック入信は、近代のリベラリズムを克服しようとするものであった。

ウォーが発表した『名誉の剣』に至るまでの作品にも、中世主義的な要素が見て取れる。処女出版はダンテ・ガブリエル・ロセッティの評伝である。ラファエロ前派の本質は物質主義に対する美的反発であり、またその名が示すように、ルネッサンス以前の、中世を評価する主張として捉えられる。カトリック信仰を自覚する前にすでに、ウォーには反近代主義の姿勢が窺える。『一握の塵』の主人公のトニー・ラーストは、自邸のヘットン・アビーをネオ・ゴシックに改築し、アナクロニズムであるにもかかわらず、その理想を追求し続ける。さらにウォーと中世を結びつけるものとして、彼が中世の聖人伝のジャンルを復活させたことが挙げられる。エリザベス時代のイエズス会殉教者エドマンド・キャンピオンと、国教会からカトリック教会に転会したロナルド・ノックスの伝記、ヴィクトリア時代のカトリック小説の代表である、ニコラス・ワイズマン枢機卿の『ファビオラ』やニューマンの『カリスタ』にも連なる、コンスタンティヌス帝の母でイエスが架けられた十字架を発見したとされるイングランド人ヘレナの伝記小説を書いている。

三　『名誉の剣』を読む

主人公のガイ・クラウチバックは、イングランドの宗教改革に従わなかった「レキュザント」と呼ばれるカトリック貴族の家系に属している。この小説は彼が、独ソ不可侵条約が締結されたのを知って、国王のために戦うために、祖父の代に購入されたイタリアの城を後にするところから始まる。この点でガイの行動規範はディグビィの『名誉の砦』に説かれている騎士道精神に合致している。

しかし、このとき彼はすでに三五歳であり、騎士として戦うには老け過ぎている。[7] しかも心にはトニー・ラーストと同様に、妻に逃げられた傷を持っている。ガイは結婚に敗れてからの八年間、祖父母が自分たちの結婚を祝福するために購入した城に、一人、恥辱と孤独の時を過ごしてきた。城があるイタリアの小村の人々の信心の対象になっているのは、ガイと同じイングランド人のウェイブルックのロジャー（Waybroke は「道が破綻した」の意味に取れる）という騎士である。ロジャーは第二回十字軍に参加したが、聖地に行く前にこの地で難破し、聖地に連れて行くという地元の貴族の約束と引き換えに、彼のために戦いに参加し、あえなく戦死した人物であるが、村人たちは彼を教会の認定もないままに聖人として扱ってきた。彼の（見方によっては不名誉でもある）剣は、教会に安置され、村人が願をかけて常に触れるために錆びずに残っているほどである。

ガイはこの同国人に対して「特別な親近感」を抱いている。ガイは時代に遅れて誕生した中年騎士として、「武装した近代」(the Modern Age in arms)と闘うために帰国するのである。結果がどうであれ、ガイはこの闘いに自分のいる場があると確信している。しかし、ロジャーが本来の思いを遂げることなく、聖戦でもない一地方の戦いで命を落としたように、ガイの行く末は決して明るくない。ガイの出陣はドン・キホーテのようにファース(笑劇)に終わることが十分に予想される。

ガイの参戦は、実は、精神の不毛性から逃れようとする彼の個人的事情を反映したものである。彼には「信仰の二、三粒の乾燥した種」しか残されていない。ガイは帰国を前に告解の秘跡を受けるが、それは、旅の前の習慣として行なうのであり、良心の咎めを自覚したからではない。彼は司祭への告白で「荒地で衰弱している」ような自分の魂について、「言葉では言い表すことができない」と感じる。あるのは「空白《ヴォイド》」である。八年前の離婚以来、彼の魂は「麻痺状態」にある。この霊的機能障害に陥った状態から、ガイは霊的覚醒を経験することになる。

ガイの妻だったヴァージニアは、カトリック信者ではない。ガイの妻となるとは誰も予想しなかった「無軌道な上流社会の女性」であり、ウォーの初期の小説『汚れた肉体』に登場するような"bright young things"の一人である。結婚後、ガイは大英帝国の紳士にふさわしく植民地ケニアで農園を経営するが、ヴァージニアは休暇と称してロンドンに帰り、二人の共通の友人であるトニー・ブラックハウスと関係を持ち、ガイを捨てたのであった。

ガイとは対照的に、キリスト教紳士の鑑として登場するのは、ガイの父親でクラウチバック家の現当主、ジャーベイズである。彼は妻を亡くし、今は本邸を女子修道会に貸し、近隣のホテル住まいである。多くの貴族が邸宅を手放すなかで、彼は本邸のチャペルに聖体を安置するしるしである「聖体ランプ」(sanctuary lamp)の火を灯し続けることに成功している。『ブライズヘッド再訪』で、この聖体ランプが建築家の意図にも、だれの意図にもなかった神の計画を表わす、カトリック信仰のともし火となっていたことが思い出される。クラウチバック家はヘンリ一世時代から男系で継続し、カトリック信仰を護ってきた。しかし、ガイの離婚により、後継ぎが絶える可能性が高い。というのも、姉のアンジェラはカトリック信者ではない国会議員のボックス＝ベンダーと結婚し、二人いた兄はすでに亡くなっているからである。長兄は第一次世界大戦で戦死し、次兄は狂気となり、ガイが離婚した年に死亡している。何とかカトリシズムの灯を消さないではいるが、クラウチバック家の衰退は明らかである。ジャーベイズは十分不幸に見舞われた人生を送ってきたが、それでも「神秘的な、静かな喜び」の表情をたたえている。レキュザントとそれ以外の人々との間に一線を引き（つまり、宗教改革時に修道院を略奪した新興貴族、平民首相のロイド・ジョージ、ネヴィル・チェンバレンと自分たちをはっきり区別するわけである）、そしてカトリック王ジェイムズ二世以降の国王を認めないという気骨を示すが、他者との関係においては、「寛容と謙虚」を旨とする人間である。

年齢がたたってガイの軍隊入隊志願はなかなか実を結ばないが、偶然、父の住むホテルに疎開してきたティカリッジ少佐の紹介で、「ハルバディアーズ」に入隊することになる。ハルバディアーズは実在の陸軍組織ではなく、ウォーの創作であるが、ヴァティカンを護るスイス兵が持っている中世以来の武器、「鉾槍」をイメージさせる部隊である。ガイは近代との闘いに際して、最もふさわしい部隊に入ったことになる。

入営したガイは、同年輩のアプソープに出会う。彼は現世的で自己中心的な人物として描かれているが、カトリックの小説家・評論家のロッジが指摘するように、ガイの「影」のような存在である。若い見習い軍人たちとの生活で、ガイは青春期に味わえなかったような高揚感を味わう。各人が客を招待してよいゲストナイトに、ガイはフランス戦線に展開する甥のトニーを、アプソープは主教の子供であるというがゴリラのような容貌のチャッティ・コーナーを招く。ディナーの後、若い士官候補生たちとゴミ箱をボールにしてサッカーとラグビーのまねごとに興じ、ガイはひざを負傷してしまう。これが彼の軍隊生活における最初の失敗である。この後も、ガイは重要な局面になるとひざに怪我をして、年齢から来る肉体的なものばかりとは思えない、彼の「不適格さ」が示される。

休暇でロンドンに出た際に、ガイはヴァージニアが彼を捨てて走ったトミー・ブラックハウスと会い、彼から彼女がトミーのつぎのつぎに結婚したアメリカ人の夫を残して帰国し、ガイのことを気にかけていることを知る。元の妻のことを頭の片隅に意識しつつ、ガイは新しい訓練地に移動する。ライフル射撃の演習では視力の減退からミスを重ね、トリマーとあだ名される元美容師の士官候補生から冷やかされて激怒する。このトリマーこそが近代を代表する人物であり、この小説の展開に重要な役割を果たす。町にあるカトリック教会では、イングランドのカトリシズムの歴史を研究しているグッドール氏と知り合う。この人物からガイはあるカトリック家の当主の話を聞く。彼はガイと同様に妻に逃げられたが、一〇年ぶりに彼女と再会したときに彼女と関係し、彼女は男の子を産む。現在の夫が認知したため、カトリックの家の後継ぎは途絶えたが、神の目には正しくこの子が世継である。グッドール氏はここに神の摂理の働きを見る。しかしガイにとっての、このエピソードの重要性は、神学上、元の夫が前妻と性的関係を持ったとしても罪ではないというグッドール氏の所説である。世俗法が認める離婚を教会が認めないため、神から見れば妻は離婚しても妻のままだからである。ガイはこの見解に刺激されたのか、ロンドンのホテルでヴァージニアに会い、肉体関係を迫るが、アプソープがなぜか何度も電話してくるために、「こと」を果たせない。

訓練期間を終えたガイは北アフリカのダカールに向かう。指揮官のリッチーは、ガイの指揮する小隊に偵察任務を与える。初めての敵地上陸に際し、ガイは高揚した気分に満たされる。敵のライフル射撃を受けて退却するが、いつの間にかリッチーが小隊に紛れ込んでいる。リッチーが負傷し、シエラレオーネの病院に入院すると、同じ病院に精神状態がおかしくなったアプソープがいる。ガイが見舞いの手土産として渡したウィスキーが悪影響を及ぼし、アプソープは死んでしまう。遺品をゲストナイトにきたチャッティ・コーナーに渡す約束を果たすために、イングランドに戻った彼は、コーナーの手がかりを求めて元の訓練地に戻る。

チャッティ・コーナーをスコットランドのマグ島というところに探し当て、遺品の受領書にサインをもらう。宗教祭儀のように任務を遂行したガイは、アプソープの霊魂が鎮められるのを感じる。皮肉なことに、ガイが騎士として参戦した近代との闘いで成し遂げた唯一のことは、アプソープの遺品を無事に届けることであった。

この島は陸軍の訓練地でもあり、ガイはアプソープに代わって、アイヴォー・クレアと友情を結ぶ。ガイがクレアを最初に見たのは春のローマのボルゲーゼ庭園で馬術競技を行なう颯爽とした姿であり、深い印象を受けていたのだった。ガイには、クレアは「イングランドの華」とも言うべき存在であり、「ヒトラーが考慮に入れていなかった男」に思える。ガイはクレアと自分との間に、人生を「永遠の相の下に」(sub specie aeternitatis) 見る共通点を見出す。しかし、この段階では、これは本当だろうかという疑問を読者に残す。

ガイのスコットランド滞在中に、トリマーはヴァージニアと再会し、性的関係を持つ。ガイとヴァージニアの共通の友人イアン・キルバノックは、空軍のメディア担当士官であるが、民衆の戦争遂行士気を高めるために庶民の英雄を求めていた。第一次世界大戦とは違い、この戦いは民衆の戦いであり、上流階級出身の英雄は必要ないというのがイアンの考えである。ガイとクレアのような「紳士で士官」という軍人は「冗員」なのだ。イアンが構想し、美容師のトリマーを参加させたのが「ポップガン作戦」である。ヴィシー政権下のフランスに上陸し、鉄道を破壊する。イアンの報道によって狙いどおり、トリマーは英雄になる。「イングランドの華」ではない人物たちが活躍する時代となった。クレアの部下にもルードヴィックという作家気取りの人物がおり、兵営での思索を「パンセ」と称して書き付けている。

ガイの部隊は、アレクサンドリアを経由しクレタ島へと向かう。ドイツ軍に追われて退却する連合軍を後方支援する任務である。このクレタ島でガイは軍隊にはっきりと幻滅を感じるようになる。まずハウンド少佐の行動である。彼は空腹に耐えかね、士官としての魂を売り渡す。退却する軍からビスケットと肉の缶詰を、煙草と交換し、一人で食べてしまうのだ。ルードヴィックがトラックを無断使用して部隊から離脱すると、パニックとなったハウンドは前線本部へと退却するが、報告することは何もなく、求めていたものは、ただ食料と上官からの命令であった。ハウンドは、ルードヴィックに殺され、ルードヴィックはハウンドの軍服を身につけ、偽の士官となる。

他方ガイは、偶然出会ったティカレッジに、彼の部隊に自分を編入するよう願い出るが却下される。クレタ島で最後まで退却する軍を見守り、最後にドイツ軍に降伏する命令を受けたクレアとガイではあるが、彼らは共にその任務を遂行しない。ガイは工兵が調達した小船でエジプトに向けて出発する。漂流し、幻覚に襲われつつも何とかたどり着く。が、工兵が行方不明になる。ルードヴィックによって殺されたのだった。他方、クレアの方は部隊を放棄し、最後の退却船に乗ってしまう。これはまったく不名誉な行為であり、それを知ったガイはクレアに対する尊敬心を失う。騎士道と軍隊との結びつきを完全に絶たれた衝撃を表すかのように、ガイはアレクサンドリアで言葉が出せなくなり入院する。その後、ロンドンに帰ったガイは、前線に行きたいという願望を捨て切れないが、年齢のせいでかなえられない。彼はまさに「冗員」となった。イタリアの城を出発したときに彼が抱いていたロマンティックな戦争参加のヴィジョンは、このように砕け散ったのである。

ガイが自分を見つめ直し、真のカトリック紳士かつ士官となる道を歩み始めるのは、父の手紙を受け取ったときからである。ラテラノ条約を批判したガイに対して、父はカトリック教会とは何かについて諭す。「教会は、気取って、その威厳を示すようなことはしない」。「ラテラノ条約によって何人の魂が救われたことか」。「しかし、数量的判断は適切ではない。一人の魂が救われるならば、どれほどメンツを失っても十分余りある」。父はたんなる「名誉」など問題ではないと言うのである。ここで人間的視点だけではなく、超越的視点、十字架の縦軸の視点が導入される。これはガイがクレアと自分にはあるが、平民にはないものと認識した「永遠の相の下に」ものを見る視点である。しかし、敵前逃亡したクレアのボルゲーゼで馬に颯爽とまたがる姿は虚像であり、自分も軍の冗員と判明した。彼らの友情を可能にしたはずの「永遠の相の下にものを見る」姿勢は、実は、上流階級の仲間意識を言い表すものでしかなかったのである。

ガイはこの父からの手紙を常に携帯し、「お前のことが心配だ」という言葉を反芻する。父はこの後すぐに亡くなるが、ガイは父に思いをはせる。父はガイのアパシーを心配していた。ガイは積極的な関係を拒否するかのように、神に何も求めない。父親の心配は、ガイの心が感情麻痺を起していることにあった。「熱情と行動では十分ではない。神はすべての人間に、求めよ、と要求した」。亡くなった父との霊的交流で、垂直軸に対する感覚を得たガイは、自分の良心を意識化する。「良心の深みで、これから先、自分だけが果たせる役割、神の計画のなかに自分だけのために用意されている役割があることを信じ」、それが巡ってくる機会に備えようとする。それは華々しい活躍をする騎士の行為でなくてもよい。父親が言ったように、

「数量的判断は適当ではない」のだ。ガイはそれを果たす機会が巡ってきたときに、それに気がつくことができるようにと祈る。

その最初の機会は、ヴァージニアがトリマーの子を妊娠したことを知ったときに来る。彼はヴァージニアとの再婚を決意する。その子の父になるためである。イアン・キルバノックの妻、カースティの詰問に、ガイは身ごもっている「にもかかわらず」ではなく、身ごもっている「から」結婚するのだと答える。ヴァージニアを騎士道物語につきものの「悩める乙女」に、自らを「義侠の士」とみなすつもりか、この時代にまったくそぐわない、と彼女から批判されるが、父の手紙にあったように、一人の子の魂を救済する役を引き受けるのである。

もう一つの機会は、ユーゴスラビアに派遣され、パルチザンと連合軍との間の連絡将校の任務についたときに巡ってくる。感情麻痺に陥っていたガイではあるが、ユダヤ人難民に同情を感じ、彼らを救済しようとする。ガイは「憎しみと荒廃の世界にあって」、「時を贖うための小さな行為をする機会を与えられた」と感じる。

しかし、ガイはユダヤ人難民の代表の一人で、パルチザンにとって必要な発電技術者、したがってやすやすと出国を許すわけには行かない人物を夫に持つカニイ婦人から、「あらゆるところに悪が、戦争を欲する意志、死の願望がある。善良な人々でさえ、個人の名誉が戦争によって満たされると考えた。……利己的で怠慢であった罪滅ぼしに困難も受け入れる」という言葉を聞かされる。ガイは、まさに自分がそうだったと反省する。そしてこの瞬間に、ロジャーの墓で一身をささげることを誓った、ガイの十字軍の闘いは終わる。

結局、ユダヤ人たちはアメリカの人道団体の尽力でイタリアへ脱出することができるが、ガイが一番救い出したいと思っていたカニイ夫妻は逮捕され、処刑されてしまう。夫はサボタージュの罪で、妻はガイが最後に善意で渡したアメリカの雑誌がアダとなり、西側世界の反共産主義宣伝文書保持者として摘発されたからである。

四　摂理の承認、そして生き延びる中世主義

『名誉の剣』は終戦後六年が経過した一九五一年のガイの姿が、義兄のボックスベンダーと友人のエルダーベリーが交わす世間話のうちに描かれて終わる。二人は共に戦後の労働党政権下で落選中である。ボックスベンダーの「ことはガイにとって非常に好都合に運んだ」という言葉は何を意味するか。現世的なボックスベンダーであるから、ガイが、ヴァージニアが洗礼を受け、男の子を産んだ後に、ドイツ軍の空襲で死んだため、レキュザントの家系に属するドメニカと再婚し、ヴァージニアとトリマーの息子を後継ぎに、平和に暮らしているので、すべてがうまく行っていると考えているのだろう。フランスで捕虜となった彼自身の息子が修道院に入ってしまい、跡継ぎが生まれる見込みがなくなったことを思えば、ガイを見る彼の気分がよりよく理解できよう。

しかし、読者はこの短い最終章が「無条件降伏」と名づけられていることに注目しなければならない。ガイは何に「無条件降伏」したのだろうか。地上的な、人間的な視点では、サー・ロジャーの十字軍の闘いが果たされないまま終わったように、ガイの近代に対する騎士道的闘いは、「普通の民の世紀」(the Century of the Common Man) では敗北に終わったと言えるだろう。ガイの祖父が教皇の祝福を受けた後に、蜜月の愛を成就させたイタリアの居城を、二人の上官を殺したルードヴィック(彼は『死の願望』という長編小説でベストセラー作家となった)に売却するのも平民の勝利を表わすものであろう。近代イングランドにおける中

世主義について多くのことを教えてくれるアレキザンダーの解釈は「英雄の時代が終わったとしても、敗北した生き残りは時代の流れに抗して、華々しくはないが、ある程度、価値ある生活を営むことができる」というものである。[8] しかし、この理解は十分とは言えないのではないか。地上的な視点しかないからである。人間的な相を超えて超越的視点でものを見ることが、最も有名な作品の『ブライズヘッド再訪』でも提示された、ウォーのカトリック的世界観であった。その延長線に『名誉の剣』がある。ガイの無条件降伏は神の計画への降伏ではないのだろうか。「人間を神との関係で描くこと」をカトリック作家としての自己の存在根拠としたウォーなのだから、「ガイにとってすべてが好都合に運んだ」という言葉の裏には、摂理のテーマが潜ませてあるのだと考えられる。

　ガイは、父親の言葉のおかげで、まず「永遠の相の下に」ものを見ることができるようになり、さらにカニイ婦人から、人間一般の心に巣くう「悪と死の願望」を指摘されることによって、超越的視点に立って時を贖おうとする行為にも、自己の傲慢さがあることを自覚させられる。ガイはアパシーから回復したが、人間の矩を超える失敗を犯し、そこから謙遜を学び、神の摂理を静かに受け入れ、今や農業に従事している。しかしそれは、ヴァージニアとの新婚時代のように、植民地ケニアでではなく、先祖から受け継いだ領地で、しかも本邸ではなくずっと小さな別邸でのことであり、妻と息子の三人で暮らしている。

　この家族の最後の姿は何を物語るか。まず、先祖伝来の所領を自らの手で耕すという行為について述べれば、大イングランド主義から小イングランド主義への転換という意味で、ポストコロニアルなイギリスの変化を表している。他方、高柳氏が指摘するように、[9] この言及が異教世界とキリスト教世界を連絡するウェルギリウスの『農耕詩』を暗示するならば、本来は奴隷の仕事であった額に汗する労働を、初めて積極的に評価した精神を受け継ぎ、「祈りかつ働け《オラ・エト・ラボラ》」を標語に西欧キリスト教世界とその文化を作ったベネディクト会を代表とする中世の修道会を称揚する、新しい中世主義を指摘することも可能であろう。ウェルギリウスとの連関は、さらに、ローマ帝国、神聖ローマ帝国、そして（イングランド人には）大英帝国とつながる、キリスト教帝国の再生への願いが暗示されている可能性がある。ガイは近代との闘いに敗れはしたが、名誉の剣を鍬と鋤に持ちかえる。両大戦間時代に運動として起こったドミニコ会士のヴィンセント・マクナブ、その第三会員エリック・ギルら、カトリック信者を中心とする帰農運動が思い起こされる。

しかし、第二次世界大戦の終結後明確になった大英帝国の終焉のほかにも、注目すべき点がある。一九六一年に出版された三部作最後の『無条件降伏』は、いわゆる「校定本」として『名誉の剣』にまとめられたときに、子供の数をめぐって重要な変更が加えられた。原本では再婚したドメニカとの間に二人の男の子がいることになっていたが、最終校ではそれが消され、ボックスベンダーに「残念なことに自分たち自身の子がいない」と言わしめている。世俗を代表する彼の目には、嫡男ではないヴァージニアとトリマーの子がカトリック・レキュザントの家の跡取りとなることはまことに残念なことである。*TLS* の匿名の書評子に言わせれば、この変更が校定本における「唯一の大きな変更」で、続けて意味深にも「幸運な結末は何らかの理由でもはや受け入れられなくなった」のである。ウォー氏の摂理の観念には重要な変更がなされた[10]のである。この変更の経緯はウォーの『書簡集』を見るとわかる。ナンシー・ミットフォードが「ハッピーエンディングでよかった」と読後感を伝えてきたことに対して、ウォーは「ボックスベンダーだけが結末がよかったと考えているのだ[11]」と主張している。さらにオックスフォード以来の友人アンソニー・パウエルには、概略つぎのように述べている。「ハッピーエンディングの印象を与えてしまったが、それはまったく自分の意図するところではなかった。失敗はガイに嫡子を与えてしまったことにある。信仰心篤いクラウチバック家の正統ラインに属する子供たちが、トリマーによって廃嫡されるのはずっと皮肉だと考えていたのだが、そのことを明らかに伝えることができなかった」[12]。この文章の意味は、カトリックの血統を引く子供が二人生まれたにもかかわらず、近（現）代の申し子であるトリマーの子供が長子であるために、家督を奪われることになる皮肉を言ったものである。多くの読者がボックスベンダーと同じように、十字架の横軸の観点から、人間的地平からのみ、ものを見てしまったため、ウォーは予期せざる評価を受けてしまったわけである。こうした状況を正すために、校定本では実子が消されてしまったのである。

ガイは神の視点に立てばヴァージニアは妻であるから肉体関係を迫っても良いという次元から出発し、ヴァージニアのおなかに誕生した子の霊魂のために、自由意志の選択としてヴァージニアと「再婚」し、彼女との関係を神の側からも人間の側からも正常なものとした。彼の参戦を促した騎士道精神は見事に潰えたが、この皮肉な展開は神の計画、すなわち摂理への、ガイの自己犠牲を伴う参与としての「無条件降伏」であったと言える。人間的レヴェルのみにおける幸福を嫌ったウォーによって、最後に自分自身の子供を消されたガイは、あたかも聖ヨゼフのように、名前が聖母マリアに通じるヴァージニアの子を自分の子として育てるのである。

ウォーの晩年には第二ヴァティカン公会議が開かれ、採択された教会の現代化《アジョルナメント》路線に対する不満のために、彼の心は平安を失った。ウォーは小説のなかでラテラノ条約を批判したガイを父親にたしなめさせたが、彼自身は公会議による典礼の変更に公然と異を唱えたのである。公会議が終わった一九六五年に、カトリック教会は多くの知的改宗者をひきつけた「反近代主義」という中世主義を喪失してしまったと言えるが、彼の信仰は元来、ウルトラモンテーン、すなわち教皇中心主義的なものであった。カトリック文学の特質として、反近代主義的特徴をあげることができるが、ウォーも例外ではない。カトリック者の中世主義は、近代の価値観を背景にして中世の価値観を際立たせ、歴史的中世に投影するものである。結局、ウォーの信仰は、不可知論をベースに啓示を拒否し、二〇世紀初頭にヴァティカンから処断された神学上のモダニズムの立場とは相容れないものであった。それは一九世紀以降の、科学主義、マルクス主義、実存主義が台頭してくるなかで、世俗化した知識人一般には受け入れがたくなってきていた神の摂理を信じる、中世的なものであったと言えよう。

註

（1） *Sword of Honour*（1965）ウォー自身の第二次世界大戦参戦体験を下に書かれた三部作、*Men at Arms*（1952）, *Officers and Gentlemen*（1955）, *Unconditional Surrender*（1961）を、ウォー自身の言葉を借りれば「冗長、退屈なところを刈り込み、最初の構想どおり一作にまとめた recension（校訂本）。筆者が使用したテキストは、*Sword of Honour*（Little, Brown, n.d. first American ed.）である。

（2） 拙著『イギリスのカトリック文芸復興』（南窓社、二〇〇六年）の第九章は『ブライズヘッド再訪』のカトリシズムを検討している。

（3） 例えば、山田麻里、「寝台に横たわる人びと：イヴリン・ウォーとカントリー・ハウス」久守和子他編『「インテリア」で読むイギリス小説：室内空間の変容』（ミネルヴァ書房、二〇〇三年）所収。

（4） 多くのカトリック知識人と同様に、彼はアングリカニズムからの改宗者である。ディグビィがカトリシズムに改宗すると『名誉の砦』の評価も下がった。これはプロテスタンティズムを国是とする国家内におけるカトリシズムという別の大きな問題の中で考慮しなければならない問題である。

（5） 筆者が参照したテキストは *The Broad Stone of Honour: or, Rules for the Gentlemen of England*（Rivington, 1823）である。

（6） Mark Girouard, *The Return to Camelot : Chivalry and the English Gentleman*（Yale University Press, 1981）。邦訳、高宮利行、不破有理訳（三省堂、一九八六年）第五章はディグビィを取り扱った数少ない文献の一つである。

(7) 三五歳という年齢はダンテの『神曲』を想起させる。人生の半ば、人は人生の森の中で迷う。ガイ・クラウチバックという名前が暗示するものについて、デイヴィッド・ロッジが興味深い解釈を行っている。「ガイ・クラウチバック——不注意で無能なカトリックの陰謀家のガイ・フォークス、腰の曲がったドン・キホーテ、そして十字架上で頭を垂れるキリストの連想を結合する名前」David Lodge, *Evelyn Waugh* (Columbia University Press, 1971), 39.

(8) Michael Alexander, *Medievalism: the Middle Ages in Modern England* (Yale University Press, 2007), 249.

(9) Shun'ichi Takayanagi, "Evelyn Waugh's *Sword of Honour*: Divine Providence's Paradox and A Comedy of Human Errors" (unpublished). なおこの観点からウェルギリウスを説き明かす論考にTheodor Haecker, *Virgil: Father of the West* (Essays in Order 14: London, Sheed & Ward, 1934) がある。この本は深瀬基寛の紹介でかなり読まれたカトリックの文化史家クリストファー・ドーソンが両大戦間時代にキリスト教ヨーロッパの危機を目撃して編集したシリーズの一冊であり、カトリック復興を支えた出版社から刊行されていることに注意されたい。さらに本書がT・S・エリオットにも影響を与えていることは、エリオットの講演「ウェルギリウスとキリスト教世界」を読めばわかる。ヘッカーはギリシア世界では奴隷の領分でしかなかった「ラボール」(labor) が、人間に不可欠なものへ大転換する契機を中世の修道者たちが盛んにウェルギリウスの『農耕詩』(*Georgics*) を読んだことに見出している。農耕《アグリカルチャー》はキリスト教文化《カルチャー》を生み出し、個人主義的リベラリズムと異教的全体主義の浸食によって崩壊しつつあるヨーロッパの復興は、再び耕すことによるキリスト教世界の復活に賭けられる。エリオットは第二次世界大戦中（一九四〇年）に出版されたC・D・ルイスの『農耕詩』の翻訳をとにかく読めと勧める。

(10) *TLS*, 17 March 1966, in Martin Stannard ed., *Evelyn Waugh: The Critical Heritage*, (Routledge, 1984), 477.

(11) Mark Amory ed., *The Letters of Evelyn Waugh* (Penguin, 1980), 577.

(12) Ibid., 579.

＊本稿は日本キリスト教文学会二〇〇九年度全国大会（於仙台白百合女子大学）で行った研究発表に基づく。司会の労

を取っていただいた上智大学名誉教授高柳俊一先生からは、テキストの異同の問題について、さらに発表後、ガイが農業を行なう意味について、古典教育のイングランド知識人への浸透を鑑みれば、ウェルギリウスの農耕詩との関係を読み取ることも可能なはずであるという主旨の貴重な指摘を受けた。また後日、注で言及している未発表の論文の閲覧を許していただいた。本論の立論に重要な示唆を得ていることをここに記し、深甚の感謝の気持ちを表したい。

第八章　カトリック文学とは何か
――超自然的世界の言語化――

はじめに

あらゆるテクストを読む際に言えることであるが、とりわけ文学テクストにおいては、連続する言葉をいくら丹念に読み込んだとしても、その言葉の意味を総和させるだけでは、はっきりと了解できない場合がある。作者の織り成した文章を、ときには作者の意図にお構いなく、まったく新しいテクストに織り直すかのような印象さえ与える、あの特殊な才能――聖なる文学的感性と想像力に基づく「秘術」の必要性のこと――を問題にしようというのではない。私のここでの関心は、平凡な読み手であっても努力によって獲得できる、それゆえに教育によって平等に分け与えられる、イマジネーションを飛翔させる一歩手前の、いわば素晴らしい飛行をするための「滑走」の役割を果たす知識、すなわち「コンテクスト」の必要性である。

コンテクストとしての知識の獲得は、異文化に属するテクストを読む場合に、一層不可欠なものとなる。私が本章において試みたいのは、キリスト教の、特にカトリシズムの知識が、たとえばイーヴリン・ウォーの文学と対峙するときに、いかに必要とされるかについて考察し、あわせて近代英文学に含まれる異質なものとしての「カトリック文学」の特質に光を当ててみることである。

異文化としてのカトリシズム

明治以来の西洋との関わりの深さにもかかわらず、西洋世界を形成した原動力であるキリスト教はいぜんとして、日本人にとって咀嚼されないまま異文化として残されている。しかし、近代イングランドにおいて、日本人にとってキリスト教がそうであるように、カトリシズムがまさに「異文化」に属するものであった。それはイングランド近代史のなかで非合法化された信仰であったからである。

イングランドは、ナショナル・アイデンティティの確立のため、宗教改革以来一世紀半の時間をかけて、プロテスタンティズムを基軸とする国民国家体制を構築した。[1] スペイン、フランスなど、大陸のカトリック国とのライヴァル関係や地政学的な要因がカトリシズムを忌避させたのである。その結果、ジョン・ヘンリ・ニューマンが「湖上のキリスト」と題する説教で指摘したように、「カトリック信者は下界から生れ（“come from below”）、アンチ・キリストに仕える者である」[2] という、プロテスタントの人々が無批判に共有する根絶しがたい偏見を生み出した。カトリック信者は徹底した差別にさらされ、マイノリティとして生きるほかはなくなった。差別の結果生じた経済的、社会的格差も、カトリックに敗者の汚名《スティグマ》を刻印した。“No Popery!”（カトリックは出ていけ！）は、イングランド人のアイデンティティを護るために不可欠な標語として「国民」の脳裏に深く刻まれたのである。

カトリシズムの特徴——秘跡中心主義

カトリシズムに対する偏見を醸成し、強化したのはカトリシズムの一大特徴である秘跡中心主義《サクラメント》であった。秘跡は教会会議《カウンシル》の伝統とそれに基づく教会法《キャノン・ロー》などを権威の典拠として、教会が提供するものである。神の恵みは洗礼、堅信、聖体、告解《こっかい》〔現在の教会用語では「ゆるしの秘跡」〕、結婚、叙階、終油〔病者の塗油〕の七つの秘跡をとおして信者に至る。そのために秘跡を執行する教会の聖職者は不可欠の存在となる。信仰を支える権威として聖書のみを重視するプロテスタンティズムの立場から見れば、秘跡中心主義は人間が定めたものを崇めることにほかならない。なかでも最大の問題は、「聖体」の秘跡であった。司祭が特別な祝別の祈りを唱えることで、パンとぶどう酒が、その物質としての外形は残しながらも、キリストの体と血に変わるとする「実体変化（Transubstantiation）」の教義は、迷信であるばかりではなく、司祭に魔術的な権能を認めることでもあり、人間が作ったパンとぶどう酒をこのように神の肉体として扱うことは犯してはならない大罪となる。少なくともそれは反近代の無知蒙昧主義である。近代イングランドの国家体制の維持装置として成立・存続した「審査法《テスト・アクト》」が、官職に就こうとする者に「実体変化」否定の宣言を求めたのは、まことに「賢明な」カトリック信者排除法であった。

その他、反カトリック・キャンペーンがきまって取り上げたカトリシズムの「問題点」は、教皇と国王への「二重の臣従」、「迷信」に基づく聖母マリアと聖人に対する信心(3)、修道会や告解の秘跡を利用した教皇庁の「信者管理システム」であった。これは自由主義的なプロテスタント文化に属する知識人と民衆の双方が持っていた、「近代を生成させたのはわれわれだ」という自負心が、宗教改革が行なわれていない反近代的な教会が存在することに気づかされたときに、その異質性と反応して増幅された偏見であったと言えるだろう。

カトリック文芸復興《ルネサンス》

一九世紀の半ばからカトリック教会は「教皇権至上主義《ウルトラモンタニズム》」の時代となり、神学の上でも科学的成果を取り入れて信仰を理解しようとする近代主義《モダニズム》に反対する姿勢を取った。これはプロテスタント啓蒙文化圏において反カトリック・キャンペーンを生起させた。

教会の位階制度そのものが旧体制的な遺物であるというのに、社会一般の合理主義的傾向が一層強まった一九世紀後半に至って、教皇ピウス九世が聖母マリアの「無原罪の御宿《おんやど》り」の教義（マリアが母親の胎内に宿ったときにすでに原罪を免れていたとする）や第一ヴァティカン公会議（一八七〇年）における「教皇の不可謬性」の教義決定を行なったことは、一般の目にはさらに時代錯誤的に見えた。つぎの教皇レオ一三世は一八七九年に発布された回勅において、聖トマス・アクイナスの権威を確認し、カトリック教会の反近代主義を支える柱として中世的な思想体系である新スコラ主義を採用した。この思想体系を教会の公式哲学とすることで伝統的信仰を擁護しようとしたのである。

二〇世紀になると反時代的な霊的絶対主義が明確なものとなった。ところがこうしたカトリシズムの反近代主義にかえって魅力を見出す知識人が、カトリック教会の信仰を受け入れるようになった。第六章で扱ったヒレア・ベロック、G・K・チェスタトンなどが文壇に登場してくるのはこのような経緯からである。自由主義の水で薄められたプロテスタント信仰を拒絶し、また世俗の代替物にも満足できずに、カトリシズムの正統へと帰着するという構図は、彼らに共通するものであった。

ウォーのカトリック信仰

プロテスタント文化が主流のイングランドに、カトリシズムが復興する経過は二段階に分けられる。第一段階は、一九世紀半ばのカトリック解放に始まり、ニューマンらのオックスフォード運動——ここから国教会内部のカトリシズムであるアングロ・カトリシズムが登場する——をとおして形成される、カトリック教会復興期の護教的精神を受け継ぎ、教会の立場を擁護し、プロテスタント文化を批判、攻撃することを特色とする。前述のいわゆる「チェスタベロック」が代表者である。第二段階は、このような護教的メンタリティから抜け出て、本格的な文学創造を目指した作家の登場である。イーヴリン・ウォーとグレアム・グリーンはこうした段階を代表する作家である。

ウォーは自らの意志でカトリックの信仰を受け入れた改宗者である。彼がカトリックとなったのは一九三〇年、二七歳のときであるが、その入信の経緯については、奇しくも同じイーヴリンという名前の女性との結婚が破綻したことからくる傷心や、絵画にも造詣の深かった彼が、カトリシズムの美的魅力に惹かれたことなどが理由としてあげられている。しかし、両大戦間のヨーロッパの精神的「荒地」ぶりに、T・S・エリオットとともに危機感を抱いていたウォーを想起すれば、もう一人の成熟したカトリック小説家であるグレアム・グリーンが述べた「彼は何か確固として、強靭で、不易なものを信奉する必要があったのだ」(4)という見方の方に、より説得力があるだろう。ウォー家の信仰であったアングロ・カトリシズムの枠組みのなかでキリスト教に入信することをせず、あえてローマ・カトリック教会を選び取ったのは、彼を教会に迎え入れた、イエズス会員のマーティン・ダーシー（Martin D'Arcy, 1888-1976）に送った手紙のなかで表明されている「私はローマ・カトリック教会がキリスト教の唯一純正なあり方であることがわかりました。また、キリスト教は西洋文化に不可欠の、それを形成する構成要素であることもわかりました(5)」という知的確信だったのである。

改宗者がローマの権威に対して批判的ではないのは、権威主義そのものが魅力的だからという指摘があるが、現代社会という「荒地」で権威ある教会がウォーに霊的成長の枠組を提供したのである。文学的な創造性もその枠組みのなかで見出される。しかし、ウォーは芸術性を追及する作家としての責任を放棄し、護教作家に成り下がったわけではない。彼は人間を直視することは、とりもなおさず神との関係のなかで人間を見極めることであり、その姿を描いていくことこそが、彼のカトリック作家としての責務だと考えた。ウォーは現代作家の陥っている欠陥として「彼らは人間の精神と魂をあまねく表現しようとしながら、その決定的な性格、つまり人間がある明確な目的を持たされた神の創造物であるという性格を省いてしまっている(6)」ことだと指摘する。ウォーにとって、作家としての良心は、人間全体を神との関連において描くことにほかならない。

ウォーはカトリック者として、人間はまずもって神の創造物であるという人間観を受け入れ、それを小説で展開しようという意志を持っていた。そのようなウォーが、現実の世界を見やったときに視界に入ってきたのは、エリオットにとってそうであったように、精神的不毛の荒地と化して、野蛮と混沌が支配する時代であった。そうした時代に生きる芸術家の唯一の仕事として、彼はつぎのような自覚を持つ。「芸術家が唯一今日の崩壊した社会に寄与することができるのは、自分自身の小さな独立した秩序体系を造り出すことである(7)」この「自分なりの秩序体系」というのは、もちろんカトリシズムに基づくものだったのである。

さきのダーシーが言うように、ウォーがカトリック教会に見出していたものは、教会が保有する「常に古いものでありながら常に新しいという特質」であって、生きた伝統の保存者としての教会が持っている逆説的な性格であった。このことと、ウォーの小説にしばしば登場する古い建築物に対する愛着とは、おそらく無関係ではあるまい。この点にウォーの反宗教改革、反近代の、カトリック中世のイングランドに対するノスタルジアを感じ取ることも可能だろう。しかし、過去への思い入れは、混沌とした現在からの脱出の一方法であると、消極的にのみ解することはできない。ウォーの一見したところ後向きの姿勢、イアン・リトルウッドの言を借りれば「より価値の高い過去への忠誠」(8)は、現状に対するアンチテーゼとして、すなわち過去は過去でも、時間のなかで息絶えてしまった過去ではなく、現在にそして未来へと生き続ける過去、すなわち伝統に対する信頼の表明として理解されるべきなのである。

『ブライズヘッド再訪』のカトリシズム

自らもイタリア系のカトリック者であるバーナード・バーゴンジーは、一般の作家が創造した登場人物とカトリック作家が創造した登場人物との違いは、カトリック作家のそれが「物語のたんなる登場人物ではなく、地獄落ちか救済かの永遠の運命を背負った不滅の霊魂である」(9)点にあると述べている。カトリック小説はこの世のことを描きながらも、そこにはいわゆる「四終」(10)のことを忘れない人物が登場することになる。登場人物の魂の問題、すなわち救霊の問題が主題となるのである。

ここで、一般にウォーのカトリック小説の代表作と目されている『ブライズヘッド再訪』を取り上げ、彼の信仰がどのように文学的に表現されているか検証してみることにしよう。(11)カトリシズムの信仰箇条のなかで、特にウォーの心を捕らえたのは「摂理《プロヴィダンス》」の問題であったと思われる。摂理は全能の神を認めるか認めないかの別れ目になる重要な考えだが、宇宙全体とそのなかに生きる人間の営みに、どのような意味を認めるかという問題と直接に関わる。神の摂理を認めない人にとっては、世界のすべての事象を説明するのは「偶然《アクシデント》」となるだろう。ところが信仰者にとっては、ウォーの友人であったロナルド・ノックス(Ronald Knox, 1888-1957)が「カトリックの考える神の宇宙に対する関係は、私たちの主が言われた、一羽の雀も天の父の許しがなければ落ちることがない。どんなに些細なことであっても、あるいはどんなに偶然のように見えても、どんなにある個人にとって残酷であっても、いまここで全能の神の同意を必要としないものはない、という言葉に要約されている」(12)と説明するように、世界の見え方はまったく異なったものとなる。このような人間理性をはるかに超越した信仰にウォーは生き、その信仰を自律した文学として表現しようとする。

『ブライズヘッド再訪』は中世以来の、イングランド貴族社会が保存してきたキリスト教伝統が、主人公チャールズの副官であるフーパーを代表とする中産階級の世俗社会にとって代わられる様子を詠った挽歌として書かれた。実際、ブライズヘッド邸には後継ぎがなく、軍隊によって接収され、バロック様式の噴水(13)には、サンドイッチのゴミとタバコの吸殻が埋まり、水は止まったままである。ただ、聖堂の赤い聖体ランプだけが最後の拠り所となっている。われわれは、このミサのなかで実体変化した聖体を安置する聖櫃《せいひつ》(tabernacle)の前に灯された光を、単に観念的に理解してはならない。生きたイエス・キリストがその場にいる証しとして現実主義的に感得すべきなのである。(14)生きたキリストそのものである聖体がそこに存在するからこそ、信者はミサ聖祭が行なわれていなくとも常に聖堂に招かれており、実際、聖体訪問は重要な信心行として教会によって認められ、勧められているのである。

神がパンという物質を使って顕現する聖体の秘跡は、ブライズヘッドという空間を神的空間に保つ保証となっている。マーチメン家の衰退を象徴的に示すのは、一家にカトリックの信仰をもたらし、イタリアで情婦と暮らす夫に代わり、四人の子供を教条的な信仰生活に生かそうとしたマーチメン夫人が失意のうちに亡くなり、聖堂が閉鎖されることである。そのときの状況を、末娘のコーディリアがチャールズに語る場面は、聖体の秘跡の意味が真に理解されないと、単に母を思う子供が抱く感傷的な気持ちの表出と誤解されるだろう。「ブライディと司教様が聖堂を閉じてしまったのよ。ママのレクイエムが最後のミサになってしまったわ。埋葬が終わってから神父様がいらして（中略）祭壇の石を取って鞄に入れ、それから綿に聖香油を浸して燃やし、その灰を捨て、聖水盤の聖水を捨て、聖体ランプを吹き消し、まるでこれから毎日が聖金曜日みたいに聖櫃を空っぽにして開けたままにされたわ。あなたは不可知論者だからこんなことを言っても解らないでしょう。私は神父様が出て行かれるまでそこにいて、そうしたら急にそこがただ妙な装飾がしてあるだけの部屋になったの」。イエスの最後の晩餐と聖体の秘跡の制定とを記念する聖木曜日のミサの後、聖体は墓として準備されたところに移され、祭壇の掛布も取り払われる。コーディリアは、そのキリストがいなくなってしまった聖堂を「ただの奇妙な部屋」と感じるのだ。これがカトリック的信仰感覚なのである。

小説のエピローグの部分でチャールズは、思いがけずに再訪したブライズヘッド邸の、聖体ランプが燃える聖堂へと足を踏み入れる。その途端に彼は、この世の、人間界の時間から離れ、永遠の相の下にものを見る視点を獲得する。一〇年前までの彼であれば「一切は無である」と思ったかもしれない。しかし今、自分の言葉ではなく教会の定めた言葉で（これもまたカトリック教会の特色である）祈るのである。これは読者が小説の初めの部分で出会うチャールズからは、まったく予想されない変化である。「この家を建てた者が全然考えていなかった結果が彼らの仕事から、そして私も演じたここでの悲劇から生じて（中略）小さな赤い火が燃えている」。赤い火が今、この瞬間、燃えている。それは登場人物たちがブライズヘッドで演じたドラマの後に再び灯された火である。復活したキリストの臨在を顕示する明かりの視点、すなわち永遠の相の下に視点を移すと、家を建てた者、カトリック信仰を持ち込んだ者、人間的悲劇を演じた者、そのすべての者が一見無関係でありながら、この明かりが灯されるためには一人たりとも欠くことができない、神の摂理が立ち現われる。「私には家もなければ子供もない、愛するものがない中年男」と語る彼ではあるが、聖堂から宿営地へ戻ると、フーパーに「今日のあなたはいつもと違って元気のようですね」と言われるのである。彼の顔に現われた希望は、単に数々の思い出が住みついた場所に足を運び、ノスタルジアにふけったために生まれたのではない。この静謐な明るさは、彼がオックスフォード大学でセバスチャンと出会うことから始まったマーチメン家の人々との交流を振り返ることで、人生のドラマに働く神の摂理を読み取った証左とは言えないだろうか。

このように考えると、『ブライズヘッド再訪』に登場する人物は「神の釣り糸(15)」に引かれ、彼らが意図しなかったおさまり方で、世俗の世界から神的空間へと招かれたことが理解される。母から押し付けられた信仰から逃避したセバスチャンは、彼なりの方法で、アフリカである種の殉教を果たすことになり、ジュリアもチャールズとの地上的な愛を捨ててキリストへの愛に殉じる。たとえそれが世俗の人間社会の基準から見れば、愛し合っているにもかかわらず、罪の意識によって別れ、家族は離散し、生まれてきた赤ん坊まで死ぬという、信仰物語にしてはおそろしく余りにも暗く絶望的に見えるにしてもである。マーチメン卿の死の床での回心のインパクトはジュリアの回心を呼び、そしてチャールズにも回心の可能性があることが示された。彼が聖体ランプの意味を認識し、人間的地平を超えて、そのランプが示すもの、すなわち救世主キリストの聖体（キリストがいま、ここにあるという事実）の神秘に立ち会わされたことは、彼が信仰者とのコミュニオンのきっかけを獲得したことを暗示する。そしてチャールズは祈りを唱え、神に応答した。それによって、

「私には家もなければ子供もない、愛するものがない中年男」という自己認識から始まる、次元の違う新しい人生を生きる機会が与えられたのである。

このようにウォーは、聖体の秘跡の神秘を中心に据えて、神の摂理をドラマ化した。一般にキリスト教作品の条件として考えられる罪の認識、恩寵の働き、回心、神による罪の許しをめぐる人間心理の複雑な動きが、たとえばグリーンの作品に比して、この小説には少ないと指摘できるにしても、『ブライズヘッド再訪』が優れたカトリック小説であると言えるのは、カトリック教会の特色であり、プロテスタント諸教会との重要な相違点である、秘跡に対するカトリック信者の感覚が、見事に表現されているからである。

世俗化する社会と超越文学の行方

人間社会に介入し、摂理の働きを顕現させる神に対する信仰が後退し、ただの「普通の神《オーディナリ・ゴッド》」、いわば空気のような神と、大きな葛藤を引き起こすことなく共生していきたいと望み、教会との関係でも“Believing without Belonging”（［教会に］属することなく信仰する）という感情が支配的となり、積極的な関わりを維持する人々が減少してしまったイングランド社会では、(16) 共同体を基盤とする伝統的な宗教を映し出す文学が成立する素地はもはや消え失せたのかも知れない。人間相互の社会的関係のなかで、人間対人間の関係性のなかに救済が証《あかし》される文学は、現代では誕生する可能性が極めて少なくなっていると言わざるを得ないだろう。

エリオットがかつて述べたように、宗教文学はもともとプロパガンダの域を出ることができず、文学としての自律性を失う危険性が大いにある領域である。ジョージ・オーウェルは、ドグマティックな教会信仰と近代の文学との両立し難さを指摘し、「われわれが知っている文学は個人的なものであり、精神の誠実さを要求し、検閲は最小限にとどめるべきものである。（中略）正統思想の空気は常に散文には害があり、とりわけあらゆる文学形式のなかでもっとも無秩序的なものである小説にとってはまったく破滅的である。ローマ・カトリックの小説家で優れた作家がいったい何人いただろうか。一握りの名前をあげられるとしても、たいていは教会からにらまれるような信者であった。小説は事実上プロテスタントの芸術形式である。それは自由な精神、自律した個人によって生み出されるものなのだ[17]」と述べた。こうした文章を読むとき、私はグレアム・グリーンのことを思い起こし、オーウェルの判断に多少とも同意せざるを得ない気持ちになるのである。

おそらくここにはカトリシズムの文学的表現が孕む根源的な問題、ほとんど宿命と言ってよいものが提起されている。カトリック的瞬間、信仰のミステリーを文学世界に取り込もうとすれば、必ずや知的ではないと批判される。罪と懐疑の作家グリーンは、教会ヒエラルキーと軋轢を起こしながらも、"Catholic agnostic"として自律的な文学世界を構築した。グリーンが護教家と誤解される可能性のある「カトリック作家」と呼ばれるのを嫌い、「小説を書くカトリック者」という表現を用いて、小説家としてのアイデンティティを前面に出そうとした気持ちも十分に理解されるのである[18]。

カトリック文学の特質

繰り返すがカトリックの教会信仰の特徴は秘跡中心主義である。秘跡信仰は、神が日常生活の物、出来事、人のなかに自身を顕現されるという確信であり、神の恩寵がわれわれに具体的な形で伝えられる手段として、カトリック教会信仰の根幹をなす。エイモス・ワイルダーは、「ローマ・カトリック教会のミサにおける実体変化の教義は、カトリック芸術の鍵である。それは恩寵と自然との関係を規定し、カトリックの芸術家と世界との関係を規定する[19]」と述べ、聖体の秘跡のなかで幾度となく繰り返される托身（受肉）の玄義を、自然と超自然との関わり、超自然の自然への働きかけを中心テーマとするカトリック芸術家の特質として指摘している。

アルバート・ゾンネンフェルトがカトリック小説の定義として提示する、カトリシズムを特徴的な「神話生成構造あるいは物語を生成する象徴システムとして用い、主人公の救済か破滅が決定的な問題となっている小説」という考えは、われわれをカトリック文学の受容の問題へと向かわせる。このように定義される小説世界が、一般の読者に説得力を持つかどうかという問題が、問われなければならないからである。

バーゴンジーは、オーウェルとはまた別の意味でカトリック小説の根本問題を指摘した。彼によれば、そもそも小説という文学ジャンルは、一八世紀の揺籃期から「現世的、現実的、経験的」なものであった。したがって、カトリック小説が扱う奇跡、超自然的な出来事にはうまく適合しない[20]。

カトリック小説の特性は、小説というジャンルを構成するリアリズムと常に緊張をはらませることになる。カトリック小説が描く典型的な場面として『ブライズヘッド再訪』におけるマーチメン卿の死の床での回心や、グリーンの『情事の終わり』に描かれるセアラの信仰によって起こった奇跡を思い浮かべることができよう。カトリック者には、自然的世界に神の恩寵が介入する瞬間と受け取られる。神をこのように理解することによって、カトリック文学の作品一つひとつを、神のひとり子であるイエスの托身と、十字架上での神の子羊《アニュス・デイ》としての死による贖いという、壮大な救済ドラマから派生した、小さなドラマとみなすことが、カトリック者には可能となるだろう。しかしながら、この文学作品という個々のドラマの信憑性は、キリスト教信仰がどの程度社会全体に浸透しているかということと不可分に結びついている。ネイサン・スコットがジャック・マリタンを援用しながら指摘するように、読者が作品に何らかの意義を見出すのは、作家のヴィジョンに反応するからなのである。もちろんこのヴィジョンは言葉によって作られている。しかし、「作家が使う言葉の意味を豊かなものにした作家の信仰をいくぶんとも理解しなければ、彼らの詩や小説を理解することができない[21]」と思われるのである。だとすれば、本章のはじめの部分で私は、「共有できるコンテクスト」ということを述べたけれども、テクストを生かすコンテクスト以上のものが求められていることになる。おそらくこの点に、宗教と文学の間に横たわる根源的な難解さがある。

註

（1）Cf. Linda Colley, *Britons: Forging the Nation 1707-1837* (London: Pimlico, 1994), pp. 53-54.

（2）Daniel M. O'Connell ed., *Favorite Newman Sermons* (New York: Spiritual Books Associates, 1940), pp. 96-97.

（3）つぎの二書は中世史研究であるが、聖人崇敬がカトリシズムにとってどれほど重要なものであったかを理解するのに役立つ。青山吉信『グラストンベリ修道院——歴史と伝説』（山川出版社、一九九二年）、『聖遺物の世界——中世ヨーロッパの心象風景』（山川出版社、一九九九年）。

（4）Nicholas Shakespeareとのインタビューでの発言（BBC、一九八七年）。Cited in Selina Hastings, *Evelyn Waugh: A Biography* (London: Sinclair-Stevenson, 1994), p. 228.

（5）Ibid., p. 225.

（6）Evelyn Waugh, "Fan-Fare" in *A Little Order: A Selection from His Journalism*, ed. Donat Gallagher (London: Eyre Methuen, 1977), pp. 31-32.

（7）Ibid., p. 33.

(8) Ian Littlewood, *The Writings of Evelyn Waugh* (Oxford: Basil Blackwell, 1983), p. 110.
(9) Bernard Bergonzi, "The Decline and Fall of the Catholic Novel" in *The Myth of Modernism and Twentieth Century Literature* (Brighton: The Harvester Press, 1986), p. 173.
(10) 「四終」("Four last things") とは、「死、審判、天国、地獄」のこと。『ブライズヘッド再訪』でもジュリアがこれにこだわる場面がある。
(11) 二〇〇三年はウォーの生誕百年記念の年であり、『英語青年』(一一月号) も特集を組んだが、ウォーのカトリシズムに触れる文章はなく、彼の小説に見られる風刺とユーモアを扱うのみである。
(12) Ronald Knox, *The Belief of Catholics*, quoted in William Myers, *Evelyn Waugh and the Problem of Evil* (London: Faber and Faber, 1991), p. 73. ノックスは一九一七年にアングロ・カトリシズムから改宗し、オックスフォード大学のカトリック信者のためのチャプレンを務め、聖書のウルガタ訳からの英訳を完成させ、さらにキリスト教の熱狂主義的教派を扱った学術書として評価の高い *Enthusiasm* (1950)、護教的著作に加えて推理小説、詩まで書いた多才な人物であり、現代イングランドにおけるカトリック復興に貢献した。
(13) バロック様式は、カトリック教会による「対抗宗教改革」と結びつけられる。Cf. 高柳俊一「『ブライズヘッド・リヴィジテッド』とウォーのカトリシズム」『キリスト教文学研究』(第二一号、二〇〇四年)、五五頁。
(14) ニューマンが転会後に抱いた「私は今、聖堂の隣の部屋でこの手紙を書いています。同じ建物のなかに肉体を備えたキリストが臨在しておられるということは、全く会得し難い幸福であります」という感慨は、近代主義の目から見れば呪術信仰にすぎない聖体の秘跡が彼にとってどれほど魅力的なものであったかを雄弁に物語っている。Cf. Ian Ker, *The Catholic Revival in English Literature 1845-1961: Newman, Hopkins, Belloc, Chesterton, Greene, Waugh* (Notre Dame, Indiana: University of Notre Dame Press, 2003), p. 19.
(15) マーチメン夫人が飲んだくれたセバスチャンが去った後に、皆の前で朗読するチェスタトンのブラウン神父物の佳作、「奇妙な足音」("Queer Feet") と結びつく。ブラウン神父が言う、犯人が地の果てまで逃げても針が掛かっている以上「釣り糸の一引き」("A twitch upon the thread" この句はそのまま第三部の題となっている) でいつでも釣り上げられる、という言葉は、登場人物が神の摂理からは逃げられず、ついには神の方へと向かうことになることを示す。

(16) Grace Davie, *Religion in Britain since 1945* (Oxford: Blackwell, 1994), "Introduction" and Ch. 5.

(17) George Orwell, "Inside the Whale" in *England Your England and Other Essays* (London: Secker & Warburg, 1953), p. 129.

(18) J. C. Whitehouse ed., *Catholics on Literature* (Dublin: Four Courts Press, 1997), p.14.

(19) Amos N. Wilder, *Theology and Modern Literature* (Cambridge, Mass.: Harvard University Press, 1958), pp. 85-86.

(20) Bernard Bergonzi, p. 173.

(21) Nathan A. Scott Jr., *Modern Literature and the Religious Frontier* (New York: Harper & Brothers, 1958), p. 36.

第九章　神の恩寵の現われとしてのマリア

――T・S・エリオットの『マリーナ』――

『マリーナ』を理解したい、と思ったのはずいぶんと前のことだ。学部時代に私が所属していた「英詩研究会」の夏休暇のキャンプで、一級上のI氏がこの詩を取り上げ、解読を試みられたことがあった。そのときがこの難解な詩との格闘の最初であった。I氏が「簡単な詩だと思っていたが、こんなに難しいとは……」と、感想をもらされたのが妙に今でも記憶に残っている。私もまったく同感で、ほとんど理解できなかった。理解できた者など一人もいなかった。ただ、この詩がシェイクスピアの『ペリクレス』に依拠していること、父親の失われていた娘の再発見をモチーフとするものであることが「頭」で分かったに過ぎない。そもそも高級な文学であればあるほど、大学生のような人生経験が乏しい人間にはわからないものだ、と言ってしまえば終わりだが、そのような感慨が浮かぶのも無理からぬところがある作品である。

タイアの王ペリクレスの妃タイーサは、激しい嵐のなかを航海中、王女を出産するも、命を落とす。船員たちはさらなる不幸が起こらないよう、すぐに亡骸を水葬にするようペリクレスを説得する。美しい妻の命の終わりに娘の新しい生を与えられるという運命の皮肉に見舞われた彼は、幼子に、海で生まれた記念として「マリーナ」という名前をつける。

一人娘は昔ペリクレスの恩を受けた他国の王家に預けられるが、気品と美しさと教養を兼ね備えた女性に成長したマリーナは、その国の王妃によって疎まれ、殺害されそうになる。わが娘がマリーナの存在によって霞んでしまうからであった。しかし、殺される前にマリーナは海賊にさらわれ、売春宿に売られてしまう。しかし彼女は、その高潔な性格によって周囲の人々を回心させてしまう。やがてペリクレスは美しいタイーサの一人形見を連れに来るが、王妃は嫉妬に負けて殺そうとしたことはひた隠し、ただ亡くなったとだけ告げる。ペリクレスは悲嘆にくれ、絶望状態に突き落とされた彼は、誰にも心を開くことなく、自らのうちに引きこもる。

こうした窮状からペリクレスを救い出すのがマリーナである。帰国の途上、彼女が住んでいる国の太守が、マリーナであればペリクレスを慰めることができると考え、彼らを引き合わせたからである。彼女はこのようなどん底状態にあるのは、自分と同じような辛い経験のせいであろうと考え、自分自身の経験を語りだす。こうして身の上話から、ペリクレスは自分の前にいるこの若き女性が、自分の失われた娘、マリーナであることを知る。しかも奇跡はこれで終わらず、タイーサも復活する。彼女はマリーナを産み落としたとき、ただ仮死状態になったのであり、救われて、ダイアナに仕える巫女となっていたのだった。こうしてすべてを失ったかに見えたペリクレスは、愛の結晶のような娘との再会を契機に、自分を取り戻し、家族も再生するのである。

以上が、シェイクスピアの『ペリクレス』の梗概である。『ハムレット』には 'objective correlative' が欠如しており、失敗作だ、と断じることで、鮮烈に英国文壇に登場したエリオットは、G. Wilson Knight ら、シェイクスピア学者の研究にも導かれ、英文学キャノンの中心に位置する劇作家を再評価し、とくにロマンス劇の 'recognition scene' について、相当に理解を深めていったようである。私はこの劇詩における「認知」場面の重要性を認識した事実と、彼が、たとえ当時のイングランド社会が、オックスフォード運動から始まり、その百年祭を直前に控え、アングロ・カトリシズムの運動が盛り上がっていたとはいえ、多分に反近代主義的なキリスト教信仰を自覚的に選択し、洗礼を受けたことと深い関係があると考えている。ここでは、人が何事かを自らの実存と絡めて認識するとき、人間的・水平的・横軸的地平に、必ずや超越的・垂直的・縦軸的働きがクロスする瞬間がある、とだけ言っておきたい。

シェイクスピア劇に触発されたエリオットは、『灰の水曜日』が出版された年でもある一九三〇年に、Ariel Poems の一つとして『マリーナ』を書いた。この詩はエリオットの『ペリクレス』解釈を基礎に、自らの信仰を文学的に表現した傑作である。まず、平井正穂の訳詩を掲げよう。

マリーナ

ここはどこだ、どこの国、世界のどのあたりなのか?

この海この岸辺この灰色の岩この島々　これは何なのか
舳先《へさき》をひたひたと打つこの潮の流れ
松の香り　霧の向こうから聞こえてくる鶫《つぐみ》の鳴声
松の前に戻ってくるもろもろの面影　これは何なのだ
おおわが娘よ。

死にいたる
犬の牙を研ぐものの姿が
死にいたる
蜂鳥の栄光を誇るものの姿が
死にいたる
自己満足の豚小屋に安住するものの姿が
死にいたる
獣欲の恍惚に淫するものの姿が

今次第に消え、弱まろうとしている、一陣の風に、
松の息吹に、鶫の鳴声を伝える霧に、
この恩寵の力により今消え去ろうとしている

ぼやけたりはっきりしたりするこの顔は何なのか
弱くなったり強くなったりするこの腕の脈拍は何なのか――
与えられたのか借りものか？　星より遠く眼より近いこれは？

木蔭に隠れた子供たちの囁《ささや》き、小さな笑い声、走る足音
すべての流れが合流する眠れる意識の下で今蘇る。

氷雪でがたがたになった檣《ほばしら》、暑さで剥げ落ちたペンキ。
自分でしでかし、忘れてしまい
そして今思い出している。
傷んでしまった艤装《ぎそう》、腐ってしまったカンヴァス
ある年の六月と翌年の九月との間のこと。
自分で、我知らず、ぼんやりと内緒で、決めたのだ。
竜骨翼板も水漏れがしている、接目《つぎめ》も修理を要する
この姿、この顔、この生——今自分を超えた時間の世界に
生きんとする生のために、この生を捨て、あの言葉を絶した
もののためにわが言葉を捨てる、——唇を開き祈らんとする
目覚めたる者、この希望、この新しき船のために。

私のこの襤褸船《ぼろぶね》に迫ってくるこの海の岸辺この御影石《みかげいし》の島々は何なのか
霧の向こうから私を呼んでいる鶫の声は
おおわが娘よ。

日本語訳には、この平井訳の他に、高松雄一訳もある。私が使用した原テクストは、エリオットの存命中最後の出版となった *Collected Poems 1909-1962*（Faber, 1963）に収載されているものである。平井訳の一

番興味深いのは、三二行目の'lips parted'を「唇を開き祈らんとする」と解釈していることである。しかし、問題と思われるところがないわけではない。それを最初に記しておくと、まず原詩の連構成に忠実ではなく、インデントが行なわれていない点があげられる。翻訳に訳者の解釈が入るのはやむをえないが、二一行目の「今蘇る」に相当する句が原詩にはない。さらに二七行目の'Made this unknowing, half conscious, unknown, my own.'「自分で、我知らず、ぼんやりと内緒で、決めたのだ」の「決めたのだ」は、原詩の'Made this'に由来するのだろうが、意味不明である。'this'は二三行目の'I made this'の'this'と同じで、平井が三三行で「襤褸船《ぼろぶね》」としているものと同じものを指しているはずである。したがって二三行の「自分でしでかし」も支持できない訳である。高松訳の「私はこれをつくり」の方が、ずっと自然である。最終行の「おおわが娘よ」の「おお」も原詩にはない。平井訳ではたんなる五行目'O my daughter.'のリフレーンになってしまう。それは日本的詠嘆の気分に合致するかもしれないが、私の考えでは、エリオットはある重要な意図を持って「おおわが娘よ」から「わが娘よ」に変更したのである。この点については後で触れることにしたい。

　多くの詩でそうであるように、エリオットはこの詩でも意味深なエピグラフを掲げている。自分の詩行を響かせる反響板のように使われているのは、セネカの『狂えるヘラクレス』(*Hercules Furens*)からの引用'*Quis hic locus, quae regio, quae mundi plaga?*'である。エリオットの引用に「?」マークがあり、平井訳でも疑問文のようになっているが、ラテン語原文においても、純粋な問いというより、感嘆の意味も込められているようである。何らかの状態から覚醒した人物が、世界と「私」との関係を再構築しようとして、自分の所在を確認している疑問として、そして同時に、何というところに自分はいるのかという感慨として、理解できるようになっている。エリオットは、『マリーナ』にイラストを提供したE. McKnight Kaufferに宛てた手紙で、'The theme is paternity; with a criss-cross between the text and the quotation'「テーマは父性で、詩のテクストと引用が交差する」（Donoghue, 368）と述べている。ヘラクレスが怒りに狂い、自分を見失い、気がついてみれば、妻と子供たちが自らの手によって殺められているのを発見したことと、ペリクレスが失われていた娘と妻の生を再発見することが、エリオットによって対比的に意識されている。実際、彼はオックスフォード大学ボドレー図書館に草稿を寄贈した際に、つぎのようにも述べている。'I intend a criss-cross between Pericles finding alive, and Hercules finding dead—the two extremes of the recognition scene ….'（Donoghue, 369）。これは、生と死の発見、そもそも人生にはこの二つの意味しかない、というエリオットの問題把握の表明となっている述懐である。キリスト者となったエリオットの文学的関心として、心惹かれるのは 'recognition scene' である。シェイクスピアを高く評価するようになった根本的理由は、人間が他者、自分以外の存在との「かかわり」の内で発見する「認知」であり、究極的には「死」の発見か「生」の発見しかないという人生理解である。そもそも『マリーナ』は、クリスマスをテーマとする連作詩 Ariel Poems の一つであり、イエス・キリストの受肉による人間の救済、ひいては罪で汚された世界の再創造がシリーズ共通のテーマとなっている。第一作の *Journey of the Magi* がわかりやすい例である。『マリーナ』では娘の認知によって救済が起こる。

　Ariel Poems のエリオット作品における意義は、彼の作品世界は『荒地』から救いの世界へと徐々に移動していくわけであるが、その橋渡し的役割を果たしていることにある。彼のアングロ・カトリシズムは、劇的な回心を伴う福音派《エヴァンジェリカル》的な信仰ではなく、積極的な意味を持つものとして理性的懐疑を含むものであった。彼の信仰の本質は、信仰することができるよう、神に許しを請う性格のものであったと思われる。「祈ることができますように」という祈りと言ってもいい。洗礼後の同時期に書かれた大きな作品、『灰の水曜日』と同じ詩の系列に入る。

十字架型——人間的地平である横軸と神の人類史への関与を表す垂直軸の交差——こそが、救いの表象なのである。人間は横軸だけでは救済されない。横軸に神の恩寵が介入するキリストの受肉が、マリーナの再生に読み取られ、ペリクレスにとっての娘の再誕生が、彼を絶望の淵から生還させる。そして、この詩を読む読者もまた再生する契機に招かれる。これがキリスト教的文学体験である。

『マリーナ』の評価はおしなべて高い。マーフィは'one of Eliot's few genuine love poems'「エリオットの数少ない純粋な愛の詩の一つ」(Murphy, 303) とし、スコフィールドは、さらに高い評価を与え、'the finest poem of Eliot's middle period'「エリオット中期の最高の詩」(Scofield, 161) と激賞している。彼はさらに、この詩が成功を収めている理由として、表現されている感情がエリオット自身のものに近いことをあげている。確かに、この詩には彼の信仰がもっともパーソナルな形で伝わってくる告白詩の側面がある。『荒地』が救いの仄めかしとして、命の表象である「水」に言及するにとどまり、硬質なモダニズムの詩表現の枠を超えず、エリオットの詩の最終形態を示すものとなった『四つの四重奏』は、多分にイングランド教会の「公的」祈りの表現という印象を与える。『マリーナ』は、この二つの偉大な詩をつなぎつつ、エリオットの純粋な姿を垣間見させてくれるように思われる詩である。

さすがに、キリスト者である平井は、一行から五行の「ペリクリーズの独白」は、エリオット自身の「霊的再生のプロセスを述べている」と読み取り、六行から一三行について「ペリクリーズ(というより作者)は、過去の様々な世俗的な欲望に捉われた自分の姿を想起している」と適確なコメントをつけている(平井、147)。エリオットの詩で常に対比的に描かれるのは、「生と死」、「霊と肉」、「古い自己と新しい自己」と、いくつかあげられる。こうした二分法は『荒地』以来なじみのものだ。考えてみれば、人間は、肉体とは必ず別れる。しかし、自分の霊とは永遠につき合わなければならない。この恐ろしい事実にいずれは向き合わなければならないのが人間という存在だ。それはヘラクレスも、エリオットが描く現代社会の「荒地」の住人たちも、「うつろな人々」も、自分の責任でもないのにすべてを失う義人ヨブも、絶望に陥ったペリクレスも、同じである。神を喪失した現代人であっても、自分の存在の継続を何らかの形で願うか、そもそも自明のものとして生きている。天国か地獄か、どちらかの永遠を前提とするキリスト者にあっては、これほど恐ろしい二者択一はないであろう。

さて、劇(あるいは人生といってもいいであろう)の局面を一気に、決定的に変えてしまう認識、認知――アリストテレスがアナグノリシスと呼んだもの――は、「どこか」から訪れるものである。求めて得られるものではない。それは繰り返すが、「訪れ」なのである。すなわち、縦軸的瞬間であり、超越的なるものを意識させる瞬間なのだ。エマオの食卓で、エルサレムで「主」を失った二人の弟子が、一緒に旅したときには気がつかなかったのに、食卓でパンを裂く同行者の一瞬の姿に「主」を認知し、使徒に変貌したあの決定的場面を、ロンドンのナショナルギャラリーに飾られているカラヴァッジオの雄弁な絵画とともに、思い出せばいい。文学の根源的機能は、再発見、認知による驚き、何らかの意味、意義の発見による「癒し」である。他者との、そして自分自身の過去との再会によって、何らかの救いを経験し、未来へと進むための一条の光を感じることである。

『マリーナ』は、ロバート・ブラウニングの 'dramatic monologue' のように、全篇、父親ペリクレスの独白で構成されている。'What seas…' から 'O my daughter' に至る最初の五行で、ペリクレスは失われたと思っていたわが娘を、認知し、あまりにも大きな喜びに圧倒され、奇跡に驚愕する。そして、ようやくのこと、彼の想いは過去へと向かう。この連には動詞がただ一つ、'return' があるのみである。その主語は 'images' である。脳裏に浮かぶ姿、像、心象、昔の経験が、彼の心に再び姿を現わしているのだ。ペリクレスとマリーナは船上にいる。'lapping' という現在分詞が海上を滑るように進む船の姿を髣髴させる。喜びによって過去の無数の姿・形が思い出されている。若いときに航海した場所の景色が「戻ってくる」。恩寵の働きによって、絶望状態にあったペリクレスの心は、一気に生気を取り戻す。活性化したペリクレスの脳髄は 'scent of pine' 「松の香り」と、'the woodthrush singing through the fog' 「霧のなかで鳴く森鶫の歌」を知覚する。スコフィールドによれば、この鶫は『荒地』第五部の「水」とともに救いを暗示する「松林のなかで鳴く鶫」('If there were the sound of water only / Not the cicada / And dry grass singing / But sound of water over a rock / Where the hermit-thrush sings in the pine trees') と響き合っている。場所はニューイングランド。マサチューセッツからメインにかけての東海岸を、ヨットで行き来したエリオット自身の、ハーヴァードの学生時代の記憶がよみがえっている。

しかし、記憶はなぜどんどんと戻ってくるのか。『荒地』冒頭で、四月の雨によって、現代の不毛の都市の住人 ('Dull roots') が、精神的冬眠から無理やりに覚醒させられ、過去の「記憶」と将来の「願望」を混交させながら意識に上らせたように、'images' とともによみがえる「記憶」は、癒されるためにペリクレスのもとに来たのではなかろうか。回想される過去の風景、知人の顔の一つひとつが人を癒す力を持っている。ヘラクレスの場合とは異なり、ペリクレスはそばに立つマリーナによって生を回復し、無数のイメージの再訪を受けている。感動したペリクレスは「おおわが娘よ」と呼びかける。人と人との連帯、整序化された人間の関係がそこにはある。

つぎの連。この八行では、このつぎの連の先頭に配置されている 'Are' という動詞の主語が明示される。行頭に置かれ、四回繰り返されている 'Death' が、視覚的にも強烈な印象を与えている。「死を表象する……する人々」というパターンの意味を、もっともわかりやすく教えてくれるのはクレイグ・レインである。この「死」はキリスト教の「七つの罪源」（the seven deadly sins; 高慢、貪欲、邪淫、嫉妬、貪食、憤怒、怠惰）を表していると言うのである（Raine, 37）。そしてエリオットが七つすべてではなく、四つにとどめていること、「罪」（sin）という語を使わずにいることを'prophylactic'「予防的」処理、つまり、詩人の意図をあまりにも安易に読者に悟らせず、考えさせる点で効果的な表現と評価している。それではこのパターンの最初のもの、'Those who sharpen the tooth of the dog, meaning / Death'だが、これは七つの罪源のうち、どの罪を犯している人々を意味するのか。平井は「犬」については「悪魔（evil）」、「特に貪欲の象徴」という注釈を与えている。レインは「大食」（gluttony）と解釈している。また、ドノヒューは「憤怒」（anger）と考えている。「牙」を研ぐ行為を、異常なまでに富を追求する姿勢と見るか、ガツガツ食らう表象と解釈するか、あるいはまた怒りで人を噛むような鋭利な武器と連想するかの違いである。神の恩寵に気づかずに、罪の状態に留まる人々のたんなる観察ではなく、告白的にエリオット自身の回心前の自己理解として、この部分が書かれているとするならば、「憤怒」と理解する方がエリオットの性格に似合っているだろう。どちらであろうと、これが「死」を意味するということが重要である。レインが「ローマの信徒への手紙」六：二三：'the wages of sin is death'（「罪が支払う報酬は死です」）を引用しているとおりである。

同様に「蜂鳥の栄光に煌く者たち」とは「高慢」（pride）の罪を犯している人々を指す。『四つの四重奏』で'humility is endless'と述懐するエリオットが思い出される。高慢は最高級の知性の持ち主であった彼にとって、もっとも身近な罪源として意識されていたにちがいない。ドノヒューによれば、草稿では「蜂鳥」は「孔雀」になっていたようだが、ニューイングランドでも夏場には目にすることができる蜂鳥の方が、花の蜜を吸うための長い嘴をもち、高速に羽ばたきながらホヴァリングするブーンという音とともに、小さいながらも色鮮やかな可憐な姿が、常に夏の花を背景に目撃され、圧倒的な印象を見る者に残すので、ずっと高慢のイメージにふさわしい。つぎに出ているのは「満足の巣窟に座す人々」である。‘sty’ には「売春宿」という意味があることから、「邪淫」(lust) を感じさせる。売春宿はマリーナが海賊にさらわれて連れて行かれた場所でもあるので、この連想は遠くない。レインはしかし、「怠惰」(sloth) を読み取っている。確かに、つぎの ‘suffer the ecstasy of the animals’ が明らかに肉欲にふける者たちを描いているので、二重の描写とならないためにも怠惰と解釈する方が適切かもしれない。いずれにしろ、これら七つの罪源を生きる者たちは『灰の水曜日』の表現を借りれば ‘The infirm glory of the positive hour’ (I) を ‘The dreamcrossed twilight between birth and dying’ (VI) で生きているのだ。

以上のように、大きな罪に陥る可能性としての罪源に留まる人々、すなわち恩寵を受け入れて回心を果たす必要がある人々は、つぎの三行連で、‘Are become unsubstantial’ となる。‘Are become’ は現在完了形で、シェイクスピアのエリザベス時代の雰囲気を醸し出す古風な表現である。彼ら七つの罪源の状態にある者たち――力業に浮かれたヘラクレス、『荒地』の住人と「うつろな人々」、そしてエリオット自身――は、「風」、「松の息」(三行目では ‘scent of pine’ と表現されていた)、そして ‘woodsong fog’「森歌の霧」(これは、平井が「鶫の鳴声を伝える霧」とパラフレーズして訳しているように、霧のなかをとおして聞こえてくる鶫の歌声を簡潔に言い表す、実に巧妙な句である)によって、ニューイングランドの自然が神の恩寵の働きとなって(‘By this grace’)、「実体を失った」。罪人は ‘reduced’ され ‘dissolved’ され、ついには ‘substance’ を喪失する。神の恩寵を表象するもの、‘this’、「松の香り」と「鶫の鳴声」によって解体されてしまう。古い自分に死んで、新しい生へと開かれる。恩寵により実体が溶解し、古い自分に死んだ者は、新しい生のための胎動を待ち受ける。このあたりのテクストにピリオドがないのは、一連のプロセスを読者に意識化させるためであろう。詩のほぼ中央に巧みに配置された ‘grace’ という鍵語がペリクレスの霊的転回点を指し示している。

つぎの三行連では、娘マリーナが恩寵の働きにより復活し、その認知により自らも霊的に復活したペリクレスの衝撃が、ふたたび疑問と感嘆が一緒になった表現で表される。しかし、第一連とは異なり、彼の注目は恩寵の現われとしての自然に向かうのではなく、視線はそばにいるマリーナに注がれている。'What is this face...'。'face'は先行の'grace'と'place'と韻を踏み、この二つの語と折り重なる。認知されたマリーナの「顔」が、神の「恩寵」と、罪人が罪に死に新しい生を獲得する「場」と、重要な関係にあることが示されるようになっている。生きている証左としてのマリーナの腕に聞こえる心臓の鼓動が'strong'の比較級で、そして顔が'clear'の比較級で、ペリクレスの認識の揺らぎが表現される。顔については視覚により、脈拍については触覚により、巧みに言語化されている。「松の香り」と「鶫の鳴声」につづき、これで人間の五感のうち、味覚を除く四つが使われたことになる。到来した恩寵のしるしとしてのマリーナの描写に、人間の回復を表わす五感の機能が用いられており、実に的確な技法である。父ペリクレスは、面前に現われた娘マリーナが「与えられたものか貸されたものか」と訝るが、どちらであっても彼女が彼の同伴者として再来したことに変わりはない。

つぎの連は、わずか二行で構成されている。第一連の終わりの「おおわが娘よ」以降の長い詩句が、ようやく'where all the waters meet.'のピリオドで終わる。ここまでは現在完了形を含め、時制はすべて現在であり、ペリクレスの、そしてペリクレスに仮託したエリオットの、そしてさらに救世主《キリスト》の受肉によって、古い自分に死に、新しい自分に生きることになった人間の、その事実を認知したときの戸惑いと喜びが混在した状態が、劇的に表現されていた。そして今、ペリクレスの耳に、エリオットの詩のなかで何度か救いの予兆として使われている「木の葉と急ぎ足の間に聞こえる子供たちの囁きと小さな笑い声」が聞こえる。

'Under sleep…'は、解釈がかなり難しいが、「眠りのもとに」と「すべての海が出会う場」は、睡眠と海底を示唆しているところから、「無意識」が象徴されているのではないだろうか。『荒地』におけるフレバスの水死、「プルフロック」の意識のなかの海底のイメージが想起される。罪を犯す前の人間の原初的な無垢を体現する子供たちは、後に'Landscapes II'の'New Hampshire'（1934）で、'Children's voices in the orchard'と、『バーント・ノートン』では、鶫の声に騙されて入った'Into our first world'で、'the leaves were full of children, / Hidden excitedly, containing laughter'と'the hidden laughter / Of children in the foliage'、さらに『リトル・ギディング』では、'The voice of the hidden waterfall / And the children in the apple-tree'と表現されていた。

つぎの連では、覚醒したペリクレスの観察、あるいは自己省察が綴られる。恩寵に触れた者は謙虚に自分を客観視するのである。観察することは、また、モダニスト詩人としてのエリオットの中心的関心であった。それは*Prufrock and Other Observations*という最初の詩集のタイトルにも表明されていた。新しい現実に目覚めたペリクレスは、自分の船の現状を「観察」する。まず目に入るのは'Bowsprit'「船首斜檣《しゃしょう》」であり、それは氷でひび割れている。人生の旅路で凍てつく海も経験したのであろう。つぎは灼熱の太陽にあぶられ、これもひび割れした'paint'「塗装」である。'crack'という固い響きの語は、人生の破綻を象徴している。ペリクレスはこの艦褸船を認識し、「私はこれを作った」、「忘れていた」、そして「今思い出した」と述べる。老船を見るペリクレスの目は、さらに「帆柱」へと向けられ、それが弱り、帆布は腐っていることに気づく。それは「ある六月から九月までに」とあえて断っている。ここにエリオットのパーソナルな顔が出ているのではないか。つまり六月は彼がアングロ・カトリシズムを正式に受け入れる洗礼と堅信礼を受けた月であり、九月は彼の誕生月である。もちろん六月から九月までは、ハーヴァードの夏休み期間であり、アメリカ東海岸をヨットで航海した、あるいは父親が建てたグロスター岬の夏の別荘で幼少時に送った時間の記憶に対する言及でもあるのだが。ともかく彼は、この船を「私は無知のまま、半ば意識し、誰も知られずに、私自身のものにした」と告白する。この無知は「神を知らぬままに」と読み替えられるだろう。この船は今や「竜骨翼板」から水が漏れ、その「合わせ目」は「填隙《てんげき》を詰める必要がある」。この船はペリクレスの老いの象徴であると同時に、エリオットが受洗前に書いた作品群を指しているとも考えられる。'This form' とは彼らが乗っている船、ペリクレスという存在、エリオットの作品を意味している。'this face' はやはりマリーナの顔でなければならない。そして行末の 'this life' とは、マリーナの復活によって可能となった新しい生であろう。この三つは同じように、'Living to live in a world of time beyond me'「私を超えた時間の世界のなかに生きるために、生きている」、つまり永遠を生きている。ペリクレスも、読者も、永遠の時のなかに招かれる。この事実を認知したペリクレスは、ついに観察するのを止め、一つの決意を表明する。あるいは一つの祈りを唱える。行末に静かに置かれた 'let me' から、断固たる決意を示す行頭の 'Resign my life for this life' がそれだ。この永遠の相の下にある生、人生と、新しく発見されたマリーナという生命のために、この「私の生を放棄」することができますように、と祈るのである。そして詩人としてのエリオットにとって、'speech' こそが最大の関心事である。だからこそ彼は『リトル・ギディング』の「複合霊」にマラルメを含ませ 'Since our concern was speech, and speech impelled us / To purify the dialect of the tribe' と語らせたのだ。しかし、彼はそのスピーチですらも、'that unspoken'「あのいまだ語られずにある言葉」のために――つまり『灰の水曜日』第五部で、アングロ・カトリックたるエリオットが私淑するランスロット・アンドルーズの降誕説教から引用しつつ描いて見せた、「暗黒の世界を照らした」'the light shone in darkness'、「言葉を発しない、世のなかに、世のためにある、御言葉」'The Word without a word, the Word within / The world and for the world' のために、生まれたばかりのイエス・キリスト、ロゴスである神のために――捧げると言うのである。さらに、「目覚めたもの、開いた唇（宗教的脱魂状態、神秘に対する言及）、新しい船（つまりは新しい作品）のために捧げる」と決意を表明する。この連でエリオット的回心の結果がすべて表現されたことになる。アンドルーズからの引用は、アングロ・カトリシズムの伝統に接続する試みと言えるだろう。アングロ・カトリシズムでは、個人が教会共同体に参加することこそが救済なのである。ヘラクレスが代表していた個人の英雄的強靭さは、エリオットにとっては 'infirm glory' であり、「死」を意味し、キリストの愛によって超克されるべきものであった。ペリクレスの認知以後の感慨は、ふたたび『灰の水曜日』の表現を使えば、'Because I cannot hope to turn again / Consequently I rejoice, having to construct something / Upon which to rejoice' ということであり、新しい船の建造、すなわち、新しい詩の創造による救済を信じるということになる。『マリーナ』は父による娘の再発見を劇的独白で歌いつつ、キリストの受肉の意味を探り、またメタポエトリとして、キリスト教の救済と文学との関係をも暗示する詩である。許し、救い、希望の詩である。

最後の三行は新しい生を生きることを今や自覚することになったペリクレス／エリオットの救い、すなわち恩寵を知った後の希望を記している。第一連の「おおわが娘よ」は、ここでは単に静謐な気分で語られる「わが娘」となっている。ここに私は『ドライ・サルヴェイジズ』の第四部の、「御身の子の娘、天の女王」'Figlia del tuo figlio, / Queen of Heaven' という、処女にして神の母となり、その信仰により神の子イエスの娘となったマリアに対する「祈り」が聞き取れるように思うのである。父親ペリクレスと娘マリーナの関係は、父である神と娘マリア、神の子を生むことにより、世に救いをもたらす聖母となった処女マリアに展開する可能性が秘められている。

キリスト教以前の古典世界では、ヘラクレスが「死」を発見したことが示すように、読者は運命に翻弄される人間的苦悩に直面させられる。エリオットが『マリーナ』で表現しているのは、ヘラクレスとペリクレスによって代表される、キリストの受肉以前と以後の「対比」であり、受肉によって人間は再生可能な存在となりうるというヴィジョンであった。この詩の鍵語は聖母「マリア」を連想させる「マリーナ」という名前であり、そのドラマの本質は、マリーナの復活という恩寵を与えられたペリクレスが、受肉以前の世界の住人たちの「死」を超えて、「鶫の呼ぶ声が聞こえる」再創造された世界のなかに身を置き、新たな生を生き始める契機を歌うところにある。「与えられたものか貸されたものかわからない」マリーナ(マリア)は、人間の復活を可能にする恩寵のしるしであり、ペリクレス/エリオット/キリスト者の「希望」へとつながっていく。四回にわたって強調された「死」は、いまやキリスト教「対神徳(信、望、愛)」の一つ、希望にその場を譲るのである。最終連の'What sees…'の'What'は'Whatever…'とも読めるものである。つまり、受肉以後、ペリクレスにとってはマリーナの再生を認知した後は、いかなる海も、国も、恐れる必要がない、ということが示されている。「霧をとおして鶫が'calling'」している。あえて三行目で使われていた'singing'に代えて'calling'が選択されている。「鶫が呼んでいる」。鶫は聖霊であり、それがペリクレスの航海を導くのである。最後の'My daughter'が'O My daughter'ではなくなっているのは、ペリクレスから'wonder'(訝り)が消え、そばにつき添うマリーナへ落ち着いたまなざしが注がれ、恩寵に対する信頼が象徴されているからだ。

ヘラクレスの表わす恩寵以前の人間的地平に、マリーナというマリアが登場し、ペリクレス/エリオット/人間は、救済が可能となる地平に止揚される。娘マリーナは奇跡に驚く父の視線が届いたときに、聖母の慈愛の眼差しを父ペリクレスに返したのである。彼らの新しい航海はこうして始まる。この展開を簡潔な詩に結晶させたエリオットの手腕は見事であるとしか言えない。あの学部時代の英詩研究会の折の『マリーナ』との出会いから、実に四〇年の時が過ぎた。O My Daughter / My Poem.

参考文献

Donoghue, Denis. "Eliot's 'Marina' and Closure", *The Hudson Review*. Vol. 49. No. 3 Autumn, 1996. pp. 367-388.

Haughton, Hugh. "Allusion: the Case of Shakespeare" in Jason Harding ed., *T. S. Eliot in the Context*. Cambridge University Press, 2011.

Leavis, F. R. "Marina" in B. C. Southam ed., *T. S. Eliot: 'Prufrock', Gerontion', Ash Wednesday and Other Shorter Poems*. Macmillan, 1978.

Moody, David A. *Thomas Stearns Eliot: Poet*. Cambridge University Press, 1979.

Murphy, Russell Elliott. *Critical Companion to T. S. Eliot: a Literary Reference to His Life and Work*. Facts on File, 2007.

Raine, Craig. *T. S. Eliot*. Oxford University Press, 2006.

Sharpe, Tony. "Having to Construct": Dissembly Lines in the "Ariel" Poems and *Ash-Wednesday*" in David Chinitz ed., *A Companion to T. S. Eliot*. Wiley-Blackwell, 2009.

Scofield, Martin. *T. S. Eliot: the Poems*. Cambridge University Press, 1988.

Warren, Charles. *T. S. Eliot on Shakespeare*. UMI Research Press, 1987.

高松雄一訳「マリーナ」『エリオット選集』（第四巻）、彌生書房、一九六八年。

平井正穂訳・註「マリーナ」『イギリス名詞選』、岩波書店、一九九〇年。

初出一覧

第一章　岡村祥子、川中なほ子編『J・H・ニューマンの現代性を探る』（南窓社、二〇〇五年）、三一―五六頁．

第二章　日本ニューマン協会編『時の流れを超えて――J・H・ニューマンを学ぶ』（教友社、二〇〇六年）、一六五―一八一頁．

第三章　*Kobe Miscellany* 第三二号（神戸大学英米文学会、二〇〇九年）、一七―四一頁．

第四章　*Kobe Miscellany* 第三三号（神戸大学英米文学会、二〇一〇年）、一―一七頁．

第五章　『キリスト教文学研究』第二三号（日本キリスト教文学会、二〇〇六年）、一三四―一四八頁．

第六章　一節　『近代』第一一〇号（神戸大学近代発行会、二〇一四年）、一―三三頁．

二節　『国際文化学研究』第四四号（神戸大学大学院国際文化学研究科紀要、二〇一五年）、二九―五五頁．

第七章　『キリスト教文学研究』第二七号（日本キリスト教文学会、二〇一〇年）、一二三―一三六頁．

第八章　『テクストの地平――森晴秀教授古希記念論文集』（英宝社、二〇〇五年）、四三九―四五五頁．

第九章　*Kobe Miscellany* 第三四号（神戸大学英米文学会、二〇一二年）、一九―三五頁．

本書に収められた文章を書くにあたり、以下の科学研究費助成事業による助成金を受けたことを感謝とともに記しておきたい。

一．「イギリス文学に対するオックスフォード運動の影響研究」（課題番号16520151）
二．「ヴィクトリア時代のカトリック・ルネサンス研究」（課題番号21520252）
三．「イングリッシュネスのなかのカソリシティ——新しい伝統創成過程研究」（課題番号24520287）

あとがき

本書にはニューマンの影響を受けていることがわかっているミューリエル・スパーク、G・M・ホプキンズを含める予定でいたのだが、あきらめざるを得なかった。今後、キーブルとの関係でシャーロット・ヤング（Charlotte Yonge）、さらにクリスティナ・ロセッティ（Christina Rossetti）、R・H・ベンソン（Robert Hugh Benson）、ローズ・マコーレー（Rose Macaulay）などについても考察してみたいと考えている。

一九七〇年代後半に大学教育を受けた者にとって、いかに文学を研究するかということは、大学で教育・研究を続ける意思を持つ以上、大きな関心事であった。実に様々な批評理論が紹介され、私も研究書を追いかけていた。しかし、本書に収載されている文章を読んでいただければすぐにわかるように、そのような批評理論の痕跡はない。あるのは作家と作品をつなげる読み方であり、その「読み」の根拠は作家の生きた時代精神、特にキリスト教をめぐる思想である。本書の性格はどのようなものであるか。気どって言えば、作家・作品と、今に生きる読み手である私との、ヒューマニズム的邂逅の記録ということになるであろう。以上のようなアプローチをとったのには、多少意地になったところもないわけではない。日本の人文学研究では、キリスト教の理解が不可欠と言われるばかりで、大方は無視されるか、多少の関心が示されたとしても、英文学と言えばプロテスタンティズム、という図式でとらえられがちで、カトリシズムについては一向に理解が進まないように感じられるからである。

文学を読む、と言うより、読んでしまうのは、そこにセラピューティック（therapeutic）な効験があるからであろう。文学も芸術である以上、見えないものの実体化、文章として目に見えるものとなる現象である。そこにキリスト教神学の「受肉」という「恩寵」の働きを見出すことも可能であろう。本書は、読まれることもそれほど多くない作品ばかりを扱っているが、大きなコンテクストとして「中世主義研究」に位置づけられると思っている。

私も人生を振り返る時期に達した。「光陰矢の如し」とつくづく思う。昭和五〇年、田舎の高校生であった私は、ただただ英語の勉強を続けたいという思いで上智大学英文学科に入学した。何も知らずにヨーロッパのキリスト教ヒューマニズムに基づくイエズス会の影響下に入ったわけである。イエズス会との接触がなかったならば私のこれまでの人生はあり得なかった。感謝してもしきれない思いである。そんなものは存在しないのであるが、私はイエズス会の第三会員でありたいと念じている。特に、昨年亡くなられたピーター・ミルワード先生には、イングランドにおけるカトリシズムの問題について最初に私の関心を向けさせていただいたこと、またオックスフォード大学の一学寮であるイエズス会のキャンピオン・ホールで在外研究を行なう道をつけていただいたことに対して感謝したい。私をヨーロッパ・アメリカの思想史、さらにはキリスト教神学について、現在も変わらず知的な刺激を与えてくださっている高柳俊一先生にも、この場を借りて感謝の言葉を述べさせていただきたい。最後になりましたが、決して営利事業に向かない内容の本書を紙の形で出版するという温情を示してくださいました開文社の安居洋一氏に深く感謝いたします。

平成三〇年　聖霊降臨の主日に

野谷啓二

著者紹介

野谷　啓二（のたに　けいじ）

1956 年　富山県高岡市生まれ.
1979 年　上智大学文学部英文学科卒業.
1981 年　上智大学大学院文学研究科英米文学専攻
　　　　博士前期課程修了.
現在，神戸大学大学院国際文化学研究科教授，
　　　日本 T. S. エリオット協会会長，博士（文学）.

〈主要著書〉
『イギリスのカトリック文芸復興』（南窓社，2006 年）
〈訳書〉
ノーマン・サイクス『イングランド文化と宗教伝統』（開文社，2000 年），ノーマン・タナー『新カトリック教会小史』（教文館，2013 年），モース・ペッカム『悲劇のヴィジョンを超えて』（上智大学出版，2014 年）.

オックスフォード運動と英文学　（検印廃止）

2018年5月20日　初版発行

著　　者　野　谷　啓　二
発 行 者　安　居　洋　一
印刷・製本　シナノパブリッシングプレス

162-0065　東京都新宿区住吉町 8-9
発行所　開文社出版株式会社
TEL 03-3358-6288 FAX 03-3358-6287
www.kaibunsha.co.jp

ISBN978-4-87571-096-7　C3098